JN171357

BROCCOLI LION
ブロッコリーライオン
Illustration : saraki

LEVEL RESETER

・CONTENTS・

LEVEL RESETER

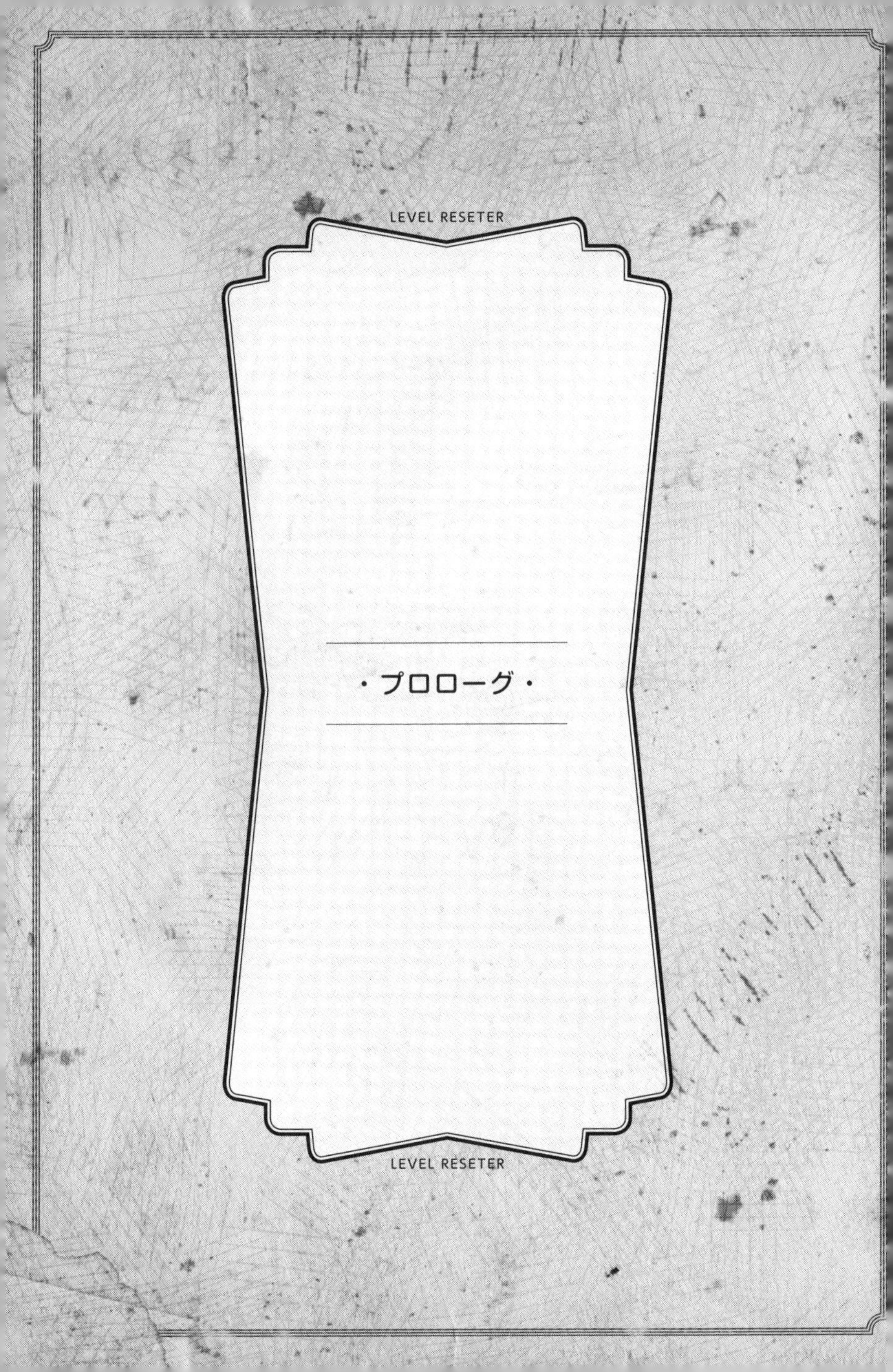

LEVEL RESETER

・プロローグ・

LEVEL RESETER

赤黒い空に稲妻が幾重にも走ると、雷光が飛行する異形を照らし出した。

その異形は角と尻尾、三対の漆黒の翼を生やした四本腕の姿をしていた。


その異形が一人の人族に対し、激しい怒りと憎悪の感情をぶつける。

「許さぬぞ。魔王の我と勇者の戦いに割って入るなど、万死に値する」

そんな魔王を名乗る異形の底冷えするような声を聞いても、光り輝く鎧を身に纏った騎士姿の男は柔和な笑みを浮かべたままだった。

「折角の戦いに水を差すような真似をして悪かったな。だけどあれは勇者の肩書きを持っていても、まだまだ甘ちゃんだから魔王（おまえ）さんと戦わせる訳にはいかなかったんだよ」

騎士姿の男は魔王を名乗る者に対して軽口を叩く。

ここに他の者がいれば、魔王を前に大言壮語を吐く騎士姿の男はただの狂人にしか見えなかっただろう。

しかしそんなことは起こりえない。

何故ならこの場には騎士姿の男以外、人族の姿はなかったからだ。

「そんなこと我が知ったことか。貴様、簡単に死ねると思うなよ。この世に生まれたことを嘆き苦しみ後悔しながら絶望を抱えて死んでいけ」

「はぁ～辛辣だな。分かっているさ。勇者との戦いに水を差したんだから、その責任ぐらいはキッチリ取るつもりさ。ここにいる魔王（おまえ）さんを含めた全ての魔族と魔物をこの俺が、俺達が殲滅するという形でだがな。それで許してくれよ」

魔王は騎士姿の男の精神が既に壊れてしまったのだと思うことにした。

考えてみればそれは当然のようにも思えた。

人族は騎士姿の男しかおらず、男の視界には、夥しい数の魔物や魔族が映り込んでいて、ただ蹂躙される未来しかないのだから。

しかし大言壮語を吐くにしても、言っていいことと悪いことがある。

「我を魔王ではなく、ただの魔族として殺すと言ったのか？　しかも俺達だと？　貴様の仲間など何処にいる？　道化を演じるのも大概にしろ‼」

「そう思うのであれば、油断してくれると嬉しいのだが？」

「ぬかせ。その首、勇者に送りつけてやるわ。行けぇ！」

魔王の命令により、魔物達が一斉に騎士姿の男へと襲い掛かった。


戦闘が始まってどれぐらいの時が流れただろう。

騎士姿の男は押し寄せる魔物や魔族を倒しながら考えていた。

少しだけ魔物達の圧力が減ってきたか？　まぁあれだけの魔物がいたし、少し減ったとしても変わらないだろう。

残念ながら既に五感を始めとした多くの感覚が失われてしまったけど、その代わりに傷を負っても痛みを感じることが無くなったのは運が良かった。

感覚はないがイメージするだけで身体も思い通りにちゃんと動いてくれるし、今までで一番調子がいい。

魔王や魔物の攻撃は、溢れ出る殺気や魔力で面白いように感じることが出来るから、戦闘への支障はない。

これならまだまだ多くの魔物を殲滅することが出来る。

騎士姿の男はそう自分に言い聞かせながら魔物を倒し続けた。


しかしやがて限界は訪れる。

血を流し過ぎたからなのか、身体が思い通りに動かなくなり始めていた。

騎士姿の男はこのまま戦っても勝ち目はないと判断し、自らの命を代償として固有スキルを発動するとそのまま喀血して倒れ込んだ……倒れながらも周囲の気配と魔力を探り続ける。

そして騎士姿の男は笑いながら思った。

この戦いの勝者は俺だ、と。

何故なら騎士姿の男が受ける殺気はたった一つだけになっていたからだ。

もちろん残ったのは魔王を名乗るあの異形であることは間違いなかった。

それでもこれなら後を任せられる者達がいると騎士姿の男は笑う。

そしてわずかに残った命は自らの為に使うことを決めた。

騎士姿の男は黄金の青白いオーラを放ちながら、ゆっくりと身体を動かして立ち上がり、魔力を膨れ上げさせている魔王に向けて名乗りを上げることにした。

「悪いな……もう五感を失っているから……言葉を交わすことは出来ない……。それでも……名乗りだけは上げさせてもらうぞ。我が名は……聖騎士クリストファー。希望（ゆうしゃ）に夢を託す代わりに、魔を討ち滅ぼす者成り」

すると魔王の殺気が膨れ上がり、渦巻くような魔力の奔流が騎士姿の男へと迫る中、騎士姿の男は笑いながら剣を構えた。


激しい戦いの果て、魔王もかなりの深手を負ってはいたが、騎士姿の男もまた既に限界だったため、空を見上げるように倒れ込んだまま動けなくなっていた。

それでも騎士姿の男に後悔はなかった。

魔王を討てなかったことだけは少し心残りだったが、後に任せられる者達がいるのだから大丈夫だろう、と。

しかし魔王の怒りは収まらなかった。

騎士姿の男が分かるようにわざわざ念話をぶつけて来たのだ。

『貴様だけは許さんぞ。我の呪いで地獄へと道連れにしてくれる』

その直後、失っていた筈の痛覚が戻り、全身をたとえようのない痛みが襲う。

想像を絶する痛みで普通なら意識を失ってもおかしくない筈なのに、それを許さない絶望が騎士姿の男に襲い掛かる。

でもそれはとても短い時間だった。

騎士姿の男は自分の身体から痛みが無くなったことで、夢か幻覚を見ていると判断した。

もう絶対に会うことはないと思っていた仲間達の気配を感じられたからだ。

しかし夢を見るのも悪くない。

希望が魔王を討ち取り、魔王の気配が完全に消えたのだ。

これで世界が救われる。

夢はきっと皆が叶えてくれるだろう。

ただ心残りがあるとすれば、それを見ることが出来ないことだな。

騎士姿の男がそんなことを思っていると、天（そら）から黄金の光が降ってきた。

その光に手を伸ばすと、光が身体と意識を包み込んで天へ導いてくれる気がして、騎士姿の男は全てを委ねることにした。


『クリス、お前が死んだら俺が一番困るんだぞ』

『クリスのことは私が絶対に治すから、生きることを諦めないで』

『クリス、魔王の呪いは絶対に解いてみせるよ』

ただ最後に親友の悲痛な声が、次に愛する大切な女（ヒト）の弱く震える声が、そして夢を託した希望（ゆうしゃ）の意志が込められた声が聞こえた気がした……。

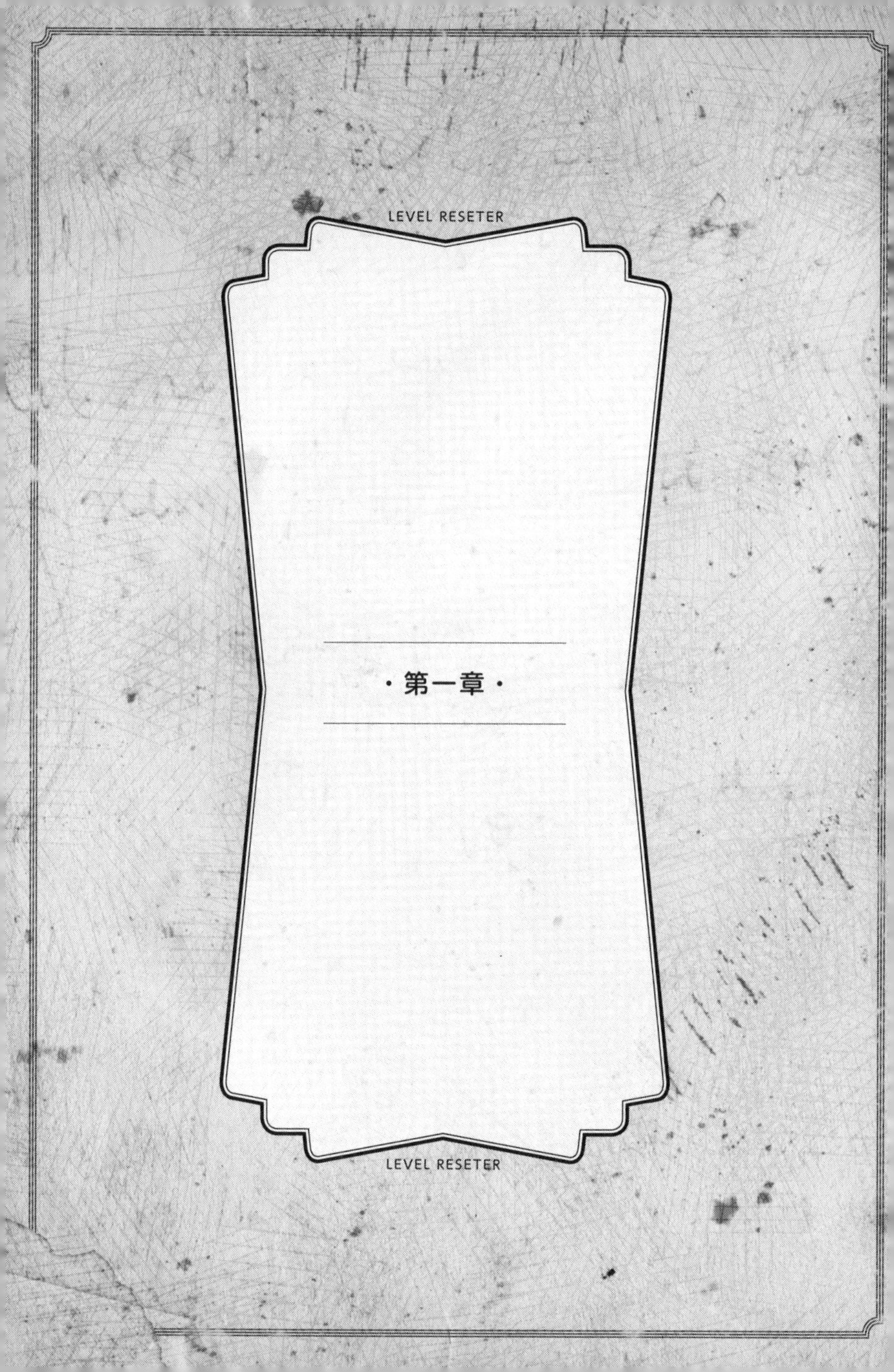

LEVEL RESETER

・第一章・

LEVEL RESETER

頭にズキンッとした強い痛みが走り、僕は目を開こうとしたが、開くことを止めた。

「あ～あ、つい殺っちまったな。乳離れしてないガキは壊れやすいから買い付けるのは止めようって、だから言っていたのに……。これで俺の取り分が減ったとしたら最悪だぞ」

そんな声が聞こえてきたからだ。

その人の声を聞いただけで、とても気分が悪くなり、怖くて身体が震え、全身に鳥肌が立つのを感じる。

何でこんなに怖く感じるんだろう？　寝起きだからなのか頭がうまく働いてくれない。

すると次の瞬間、全身に焼けるような痛みが走ったことで、思わず声を上げそうになってしまった。

でも委縮していたからか、何とか声を出さずに済んだ。

声の主も僕が震えた姿を見逃したみたいで、近づいて来なかったのはとても幸運なことだったと思う。

それにしても今の痛みは一体何だったんだろう？　これじゃあ動くに動けないよ。

そう何度も幸運は訪れてくれないだろうから、僕はどうかこのまま怖い存在が少しでも早く遠くに行って欲しいと思った。そしてどうかこの全身の痛みを失くして欲しい。そう心から願い続けた。

するとその願いが通じたのか、声の主の足音が徐々に遠ざかって行く。

暫く死んだふりを継続して待つことを決めた僕は、少しでも状況を確認するために薄っすらと目を開いた。

すると視界に飛び込んできたのは、とってもきれいに晴れ渡った青空だった。

こうして空を見上げていると、何だかとても大切なことを思い出せそうな気がしてきた。

あれ？　そういえば何で僕は外で寝ていたんだろう？

少しだけ冷静になった僕は、自分の身に何が起きているのか思い出しながら、整理してみることにした。


まず僕の名前はクリストファー。少し前に五歳になったばかり。

家族はお父さんとお母さん、そこに四歳上のお兄と僕を加えた四人家族だ。

うちは貧乏な家庭だったけど、それでも何とか生活することは出来ていた……お父さんが怪我をするまでは。

お父さんが怪我をしたのは数か月前のことだった。

そこまで酷い怪我ではなかったけど、それでもいつものように仕事をすることが出来なくなってしまったみたいで、収入が減ってしまっていた。

うちには蓄えもなかったらしく徐々に貧困具合は酷くなり、最近では食事の量も少なくなっていたと思う。

そんなある日のこと、隣街から商人さんがやって来て、街の広場で一週間後に成人前の子供を店の奉公人として雇い入れる話があると告知したらしく、お父さんがその話をお母さんとしていたのを僕も聞いていた。

そんな話はとても珍しいことみたいで、街中でもちょっとした騒ぎになっていると、お兄も言っていた。

本来商人が奉公人に求める条件は文字が書けるのは当たり前、計算などの勉学に明るい者を集めるのが普通らしい。

今回のように無条件で成人前の子供だけを集める商人は、子供達に計算などの教育を施す前提になる。

当然直ぐに仕事を覚える筈がないし、食事や寝床を用意する必要だってある。

だから相当珍しいのだと、お父さんは教えてくれた。

でもそんなうまい話はないだろうと、お父さんを含めたほとんどの人がそう思っていたらしい。

だけど商人さんはいつも笑顔を絶やさずに低姿勢で、聞かれたことにしっかりと答えていたらしく、徐々に信用されていったのか、結局最終的には十数人の子供達が集められることになった。

僕もその中の一人だった。

そうか！　今ようやく全てを思い出した……。

本来うちは跡を継ぐような家柄ではないので、少しでもいい暮らしが出来るようにと、両親はお兄を商人さんのところへ奉公に出そうと話していた。

でもお兄がこれに猛反発したのだ。

「お願いだよ。もうすぐ冒険者に成れる歳だし、そしたら僕が沢山稼ぐからうちにいさせてよ」

「冒険者はそんなに甘いものではないぞ。それに武具はどうするんだ」

「それについてはちゃんと考えているよ。クリスを奉公へ出せば支度金がもらえるんでしょ？　それを使わせてよ」

お兄のその言葉にお父さんはとても怒った。

「……おまえは一体何を考えているんだ。クリスはまだ五つなのだぞ。しかも自分の物を買うためにクリスを奉公へ出せというのか」

でもお兄は巧みな話術で、その状況を切り抜けることになる。

「違うよ。確かに武具も欲しいけど、商人のところへ奉公に行けばうちにいるよりもお腹一杯食べられるでしょ。きっとクリスにはそっちの方が幸せな筈だよ」

それはあまりにも身勝手な意見だったけど、両親はその言葉を聞いて考え込んでしまった。

そこで勝負はついてしまったんだと思う。

両親は、このまま僕がひもじい生活を続けるよりもいいのではないかと、泣く泣く奉公へ出すことを決めたのだ。

僕はお父さんとお母さんから離れるのが嫌でずっと泣いていた。

けれど僕はお父さんとお母さんに泣きながら謝られて、商人さんのところへ行ってくれるようにお願いされた。

僕はそのお願いを断り切れずに、商人のところへ奉公に行くことが決まった。

そしてお父さんが商人さんから支度金を受け取ったことで、僕は商人さんの元へ奉公に出されることが確定した。

僕が馬車の荷台へ乗ると、お兄と同じぐらいの子供達が既に乗っていて、こちらを見ていた。

僕はその視線が嫌で、入り口近くの隅っこで丸まるように座ったのを覚えている。

それから商人さんは別の場所まで馬車を走らせると、そこでも奉公に出された子供達を次々に馬車の荷台へ乗せていった。

そして次に馬車が停止した時、外で笑っている商人さんの声が馬車の中に聞こえてきた。

「はっはっは。本当に馬鹿な奴ばっかりだよな。奴隷として子供を奴隷商人の俺に安く売るんだからな。まぁ実際には奉公先で大失敗をやらかす予定だから、まだ奴隷じゃないがな」

僕は初めて両親と離れること、馬車に同乗するのが子供だけで見知った顔がいないことに対し、強い不安と緊張を覚えてずっと震えが止まらなかった。

そんな状態で商人さんのその言葉が耳に入ってきて、あまりの恐怖に理性を保つことが出来なくなってしまった。

だからだろう。荷台の扉が開き、また新しい子供が馬車へ入ってきたところで商人さんの顔を見てしまい、あまりの恐怖で盛大にお漏らししてしまったのだ。

「おいおい勘弁しろよ。クソガキ」

商人さんはそれまでの優しい顔とは違う、とても怖い顔をしていた。

僕は直ぐに謝ろうとしたけど、怖くて声を出すことが出来なかった。

すると次の瞬間、胸倉を掴まれ怒鳴られた後、それだけでは気が収まらなかったのか頬を叩かれた。

そして痛みによる条件反射でさらに僕が大泣きすると、商人さんはそのことでさらに苛立ってしまい、僕の胸倉を掴んだまま持ち上げた。

苦しいと思った次の瞬間には、馬車の床が見えた気がする。

その後は……何があったか全く思い出せないし、覚えていない。


きっとあの時に意識を失って、今さっき目が覚めたのだろう。

思い出して納得した。

さっきの人が奴隷商人で、僕は暴行されたショックで身体が震えていたんだ。

「それにしても……」

僕は自分の置かれた状況を思い出して、目に涙が溜まっていくのが分かる。

それでも今大きな声で泣いたら奴隷商人が戻って来るからもしれない。

そしたら必ず後悔する……そう自分に言い聞かせてなんとか泣くのを我慢することが出来た。


そこで僕は自分の身に不思議なことが起きていることに気付く。

先程までは少しでも身体を動かそうとするだけで、焼けるような痛みを感じていたのに、今はもうどこも痛くないのだ。

確認のため少し身体を傾けるように左右へ振ってみても痛みは感じない。

痛みが無くなったおかげで、また少しだけ冷静に考える余裕が生まれた。

その時、僕は自分自身に対して、とても強い違和感というか、戸惑いを覚えた。

僕は一体どうしてしまったんだろう？　僕が五歳であることは間違いない。

だけど気を失ってから、急に色々なことが考えられるようになった気がする。

それだけじゃない。

本来は知らない筈の知識が、頭に浮かんできたのだ。

もしかすると頭を打ちつけて、その影響で頭が良くなったのかな？　でもそれだったらずっと痛いはずだからそれも違うか……。

少しだけ自問自答してみたけれど、結局のところ分からなかった。

そんなことを考えていると、奴隷商人が路地を曲がり、その姿が完全に見えなくなった。

僕はそれを確認したことで安堵することが出来て、大きく息を吐き出した。

「もう行ったから大丈夫だよね？　はぁ〜奴隷にならなかったのは本当に良かったけど、これからどうしようか……。あれこれ考えていてもお腹は膨れないから行動するべきだけど……さすがに家に帰るのは駄目だよね」

何気なく現状を整理するために呟いた言葉が、僕の胸を締め付けたみたいで目に涙が溜まってきた。

どうしてかは分からないけど、頭の痛みや身体の痛みはもう無くなったし、気分も悪くない。

ただ寂しさだけがずっと胸の中に居座り続けているだけだ。

だけどいつまでもこうして感傷に浸っている場合じゃない。

僕は涙を服の裾で拭ってから立ち上がり、自分のいる場所を確認することにした。

するとどうやら僕はゴミ捨て場にいるらしく、ゴミとして捨てられたことを認識する。

「まさか生ゴミとして捨てるなんて……笑えないよ」

服を叩いて埃を払ってから、スンスンと自分の臭いを嗅ぐと少しだけ臭かった。

だけど至近距離でなければ、たぶんそこまでは気にならない、そんなレベルの臭い。

ゴミ捨て場に捨てられているゴミを見ると、そこには木や瓶などのゴミだけで、生ゴミは捨てられていなかった。

きっとそのおかげでそこまで臭くならなかったのかもしれない。

そんなちょっとした幸運が嬉しい。

あ、そういえば。

僕が奴隷商人を怒らせたのは漏らしてしまったからだと思い出した。

だけどこれまた不思議なことに、ズボンは乾いていた。

「たぶんそこまで時間は経っていないから、乾いているのはおかしいな。でもさっきから不思議なことが色々と起きているし、ズボンが乾いているのは良いことだし……もしかして僕には凄い力が⁉

痛ッ」

少しだけ燥(はしゃ)ごうとしたら、何故かまた頭にズキッとした痛みが走った。

「まだ本調子じゃないってことなのかな。まるで誰かに無理はしちゃいけないって言われているみたいな気がする」

少しすれば頭の痛みも引くだろうと考えて、今は自分のいる場所をしっかりと確認してみることにした。

僕が捨てられたゴミ捨て場はそこまで大きくなかった。

路地も狭く、小型の馬車が何とか一台通れるかどうかぐらいの幅しかない。

まず迂回することは出来ないと思いながらも、さっきから全く人気が無いことに気付いた。

こういう場所って治安が悪いんだよね……少し怖くなってきたな。

奴隷商人が僕をここへ捨てた理由も何となく分かった気がする。

「それにしてもここは一体どこなんだろう？」

今まで家から離れたところで遊ぶことはなかったから、ここが何処なのか全く分からないよ。

僕は俯き少し途方に暮れ始めたその時……。

「おい、ここは俺達の縄張りだぞ」

そんな声が僕の耳に届き、僕は俯いていた顔を上げ、声のした方へと目を向けた。すると、僕よりも少し大きな子供達がこちらを睨んでいた。

ちょっとだけ怖かったけど、さっきまでの恐怖に比べたら……、そう思うだけで平気になった。

「あ、ごめんなさい。ここがどこだか分からなくて……大通りがどこにあるか分かりますか？」

「チッ迷子かよ……仕方ないな。シスターからガキには悪さをするなって言われているし、大通りまでは案内してやるよ」

一番体格の良い男の子がそう告げると、それに倣って他の子供達も睨むことはなくなった。

どうやらこの灰色の髪をした男の子がリーダーみたいだ。

「ありがとう。お願いします」

「ついて来な」

「うん」

こうして僕は男の子達に案内してもらいながら、大通りへ向けて歩き出した。

さっきこのリーダーの子がシスターって言っていたから、もしかして孤児院の子供達なのかな？

そんなことを考えていると、リーダーの男の子が僕のことを何度も見てから質問してきた。

「オマエの家は？」

「大通りの近く……だよ」

今朝までは、大通りから裏道に入った、治安はいいけど経済的に少し貧しい人達が住む場所で生活していた。

「本当に大通りまでで平気か？　送っていってやろうか？」

どうやら心配してくれているみたいだ。

本当に優しい子達に会えて良かった。

あ、助けてもらったんだから、自己紹介はした方がいいよね。

「ありがとうお兄さん。でも大通りまでで大丈夫。あ、僕の名前はクリストファー、五歳だよ。クリスって呼んでね」

「へぇ～伝説の騎士と同じ名前か。俺も剣聖様と同じ名前でフェルノートって名前なんだぜ」

フェルノートは剣聖フェルノートっていう人に憧れているのか……僕もその伝説の騎士に憧れた方がいいのかな……。

でも僕はその伝説の騎士が出て来る物語を知らなかったし、聞いたこともなかった。

たぶん僕の名前はたまたま同じだったんだろうな。

でも何だか伝説の騎士と同じ名前だと思うと、嬉しいと思うよりも少し照れ臭い気がするかも……。

少し頬が緩むのを感じながら、フェルノートの名前も褒めることにした。

「そうなんだ。初めて知ったよ。お兄さんの名前もカッコイイね」

「おう、だろ。あ、大通りはこっちだ」

自分の名前が褒められて嬉しかったのか、フェルノートはそれから機嫌良く大通りに着くまでの間、伝説の騎士クリストファーのことを少しだけ教えてくれた。

「伝説の騎士クリストファーは魔王を討つために数千数万の敵を一人で倒した英雄で、勇者が魔王を討伐出来たのも全てはクリストファーのおかげなんだぞ」

「へぇ～凄い人なんだね」

「ああ。そういえば容姿は濃紺の髪と黄金に輝く瞳だったらしいぞ。クリスも瞳の色が青色じゃなくて黄金だったら一緒だったのにな。ちなみに俺は剣聖フェルノートと全て一緒なんだぜ」

「それは良かったね。それで伝説の騎士と剣聖って今はどうしているの？」

「はっ？　ずっと昔の話だから二人とも死んでいるよ」

「えっそうなの？」

「クリスは天然だな……っと、着いた。ここが大通りだ」

大通りはゴミ捨て場から目と鼻の先ぐらいの短い距離だった。

それでも迷わず大通りへ出られたことに僕はとても感謝した。

「本当にありがとう」

「おう。俺達は孤児院で暮らしているからまだいいけど、スラムの奴らには気をつけろよ。あいつらは同じ人族でも平気で捕まえたり攫ったりして、売り払ってしまう奴らだからな。もう道に迷ったりするなよ」

「スラムって、とっても怖いところなんだね。これからは気をつけるよ」

「ああ。俺達は孤児院の仕事があるからもう行くな」

「うん。本当にありがとうフェルノート、それに皆も」

会話はしなかったけど、一緒に送ってくれた皆にお礼を告げると、皆、嬉しそうに笑ったり照れたりしているのが印象的だった。

フェルノート達を見送った僕はこれからのことを考えることにした。

大通りまで案内してもらったけど、一体ここは何処なんだろう。

馬車で結構走ったと思うから、全く見覚えがないのも当然かもしれないけど、これからどうすればいいのかな。

ただ生きるだけでも難しいこの状況で、今の僕に考えられる選択肢は多くないと思う。

たぶんフェルノート達がいる孤児院に身を寄せるか、スラムで生活するか……になるのかな。

孤児が多ければ、簡単に孤児院へと入ることは出来ないかもしれない。

そう考えると僕はスラムで生活することになってしまう。

きっと僕が今ここで想像しているよりも、一人で生きていくということはかなり過酷なことだと思う。

それでもどうにかして生きる為の術を身に着けなくちゃいけない。

あれこれ考えて頭がこんがらがってきた僕は、また頭が痛くなる前に少し気分転換するために歩くことにした。

今まで感じたことはなかったけど、僕が住んでいる街は中々広いみたいで、街並みがずっと先まで続いているし、少し道を入れば入り組んでいた。

これなら迷子になっても仕方ないと思う。

僕は少しだけ自分に言い訳をしながら進む。

少し歩いたところで僕は自分に向けられる周りの人からの視線が気になった。

こちらへ視線を向けている人に顔を向けると、露骨に嫌そうな顔をされたので、僕は視線を逸らして自分の姿を確認して納得した。

どうやら家が貧乏だったことに加え、ゴミ捨て場に捨てられたことで、ただでさえ質素な服が汚れただけじゃなく、少し破れていた。

きっと今の僕はスラムの孤児にしか見えない状態なのだろう。

納得はしたけど、いつまでもその視線に耐えることが出来なかったので、立ち止まることなく人の視線が途切れるまで、とにかく進むことにした。

しばらく歩いていると本格的にうちへと帰りたくなった。けれど、それはある意味自殺行為に等しいと思う。

色々考えられるようになる前であればきっとどうにかして家に戻っていたと思う。

だけど今はどうしても色々な可能性を考えてしまう。

あの商人が両親を詐欺で訴える可能性もあるし、うちが貧乏なのは変わらないから、またどこかに奉公へ出される可能性も考えられる。

今回はたまたま奴隷にされずに済んだけど、もうこんなラッキーは二度とないと思うべきだろう。

お金はなくても愛情を注いでくれた両親を恨むようなことはしたくないし、どう考えても当分の間はどうしても帰ることが出来ないよね……。

そんなことを考えると気持ちがどんどん沈んでいく。大通りから一本脇道に入ったところで僕は一息吐くことにした。


一人って怖いんだな……駄目だ、弱気になっちゃいけない。

フェルノートがさっき言っていたじゃないか、伝説の騎士と同じ名前だって。

今日は色々と不思議なことが起きる日だから、きっと何かが出来るって信じていれば、何か不思議なことが出来る……そんな気がする。

僕が僕を信じないで、誰が信じてくれるんだ。

もしかすると何か特技があるのかもしれないし、もしかしたら魔法だって使えるかもしれない。

うまくすれば今の僕でも簡単に独り立ち出来るかもしれないし、やってみる価値はある。

僕は自分の心に言い聞かせて、色々と試してみることにした。

「火よ、燃えろ」

手を前に向けて突き出し、お兄がやっていた魔法の掛け声を出してみた……けど何も起こらなかった。

少しは出来るかもしれないと期待したけど、まぁそんなに甘いものではないよね。

「でも少しは前向きになれたのかな。何となくでも僕が出来ることを本格的に探さないと……痛ッ」

また頭に鋭い痛みが走った。

でもそれは一瞬のことで、痛みは直ぐに止んでいく。

この頭に走る痛みは一体何なのだろう？

不思議に思いながらも僕は再び歩き出そうとして踏み止まった。


そこには看板が出ていて〝魔導具専門店メルル〟と書かれていた。

そこで重要な事に気付く。

どういう理由なのかは分からないけど、僕はまだ習ったことも、勉強したこともない文字がいきなり読めるようになっていた。

「どうしよう。僕って天才だったのかも……痛ッ」

調子に乗ったからか、また頭に痛みが一瞬だけ走った。

それにしても魔導具屋ってことは、便利な道具がたくさんあるのかな？　いつかこんなお店で買い物をする日が来るといいな。

そんなことを思いながら僕は再び歩き出し、出来る限り色々なところを見て回ることにした。

さっきまでは読めなかった文字が読めるようになっただけで、世界がとっても広がった気がして、ワクワクしだした。

辺りをよく眺めただけで、雑貨屋さんに武具店、鍛冶屋さんに精肉屋さんと色々なお店が近くにまとまっていることが分かった。

もしかするとここは商店街なのかもしれないな。

本当は近くに寄ってお店を眺めたいけど、またスラムの孤児だと間違われて嫌な顔をされるのが嫌だから遠目に見ながら歩く。

するとどこからかとてもいい香りが漂ってきた。

その匂いに釣られて行くと、どうやらこの美味しそうな香りは定食屋さんからだったみたいだ。

お腹空いたな……。両親のところへは帰りたいけど帰れないし、もう孤児院に行くべきなのかも知れないな……。

だけど孤児院で面倒を見てもらうと仮定した場合、基本的には助け合いながら暮らしていくことになると思う。

それが悪いことだとは思わないけど、そうなれば孤児院から独立するのは成人した後になるだろう。

もし僕に少しでも可能性があるのなら、やっぱり自分で出来ることを探したい。

それでも本当に駄目だったら、最終手段として孤児院を頼ることにしよう……入れるかどうかは分からないけど。

もちろん命の危険が伴うスラムで生活することは論外だ。

そうと決まれば、早速この定食屋さんに住み込みで働かせてもらう計画を練らなくちゃいけないよね。

きっと住み込みなら賄いの食事も出してくれると思うし、定食屋さんはとてもいい選択だと思う。

食事と適度な睡眠は資本となる身体の成長に大きく関わってくるものみたいだし、この交渉は絶対に妥協が出来ず、また失敗出来ない勝負になると思う。

まず僕に何が出来るだろう？　客寄せは……孤児みたいな格好だから駄目だろう。皿洗いは……たぶん身長が足りない。料理は……したことがない。う～ん、もしかしなくても詰んでしまっているのかな。

あ、でも掃除は出来るだろう……。

だけど掃除なんてたかが知れているか。それにわざわざその為だけに人を雇うお店なんてないだろうな……。

「それこそ生ゴミを処理してきれいにするとか、全部どこかへきれいさっぱり【回収】でも出来たりしない限り……何だろうこれ？」

ぎゅっと手を握りしめると、いきなり目の前に黒い霧が出現した。

僕は周囲を確認して誰もいないことを確かめると、近くに落ちていた石をその黒い霧に軽く投げてみる。

しかし石はそこに何もなかったみたいに黒い霧を通過した。

「一体この霧はなんだろう？　危ないものなのかな？　もう【消えて】くれないかな」

すると言葉に反応するように、その黒い霧は消えていった。

「何だろう。ちょっと面白いかも。えっと、確か【回収】って口にしたら……あ、本当にまた出た。じゃあこの石を投げて【回収】って口にしたらどうなるんだろう？」

試しに黒い霧の中へ石をそっと投げ込むと、石は黒い霧の中へ消えてしまった。

「凄い!!　あ、これならいけるかもしれない」

今まで定食屋さんで雇ってくれる可能性は絶望的だと思っていたけど、この謎の黒い霧をうまく使えばなんとかなるかもしれない。

僕はこの能力を見極めるため、色々試してみることにした。


まずは黒い霧を動かすことが出来るかどうか、念じてみることにした。

だけど一度出現させた黒い霧はどうしても動かすことが出来なかった。

次に黒い霧を遠くに出現させられるかを試してみることにした。

でも黒い霧を出現させることが出来たのは、僕を中心として一メートル以内が限界だった。

ただ一メートル以内であれば何処にでも出現させられることが分かったことで、実質的には黒い霧を動かせるのと一緒だった。

「この黒い霧をうまく使えるなら、色々と出来ることが増えるよね」

次に黒い霧は僕が【回収】したいと思った物だけを【回収】出来るのか念じてみることにした。

すると黒い霧は指定した物のみを【回収】することが出来た。

「やった〜これなら本当に定食屋さんで雇ってもらえるかもしれない」

僕は僕の危機を救ってくれそうなこの黒い霧のことを、もっと調べることにした。

するとなんとこの黒い霧は【回収】するだけじゃなく【回収】した物を【排出】と声に出したり念じたりするだけで、取り出せることが分かった。

でも何を入れていたのか分からなくなるから、覚えないといけないのは大変だよね。

そんなことを思いつつ、他にも【回収】でなく【収納】という言葉でも黒い霧を出現させられることが分かった。

こうして黒い霧の能力をだいたい理解出来たので、今度は黒い霧を制御出来るようになることを目標に決めた。

もし言葉を口にしただけでこの黒い霧が出現してしまったら、大変なことになってしまう気がしたから……。

でも直ぐに【回収】したいと念じるだけで、黒い霧を出現させて【回収】することが出来るようになり【回収】したいと思わなければ、たとえ言葉を口にしても黒い霧を出現させないように制御出来るようになった。

まぁ途中で誤って黒い霧に触れてしまった時はどうなることかと思ったけど、ただ黒い霧をすり抜けるだけで身体には何の影響もなかったので、これからは安心して黒い霧を使用すること出来るな。

この力を遣えばあの食堂でも雇ってくれる可能性が少しはあるよね。

「今までこんな便利な能力を持っている人に会ったことはないから、人前で使うのは出来るだけ避けた方がいいよね……。過ぎた力は身を滅ぼすだろうし……痛ッ」

また考え事をしたからか、急に頭が痛くなった。

毎回痛くなるのはさすがに止めてほしいな……。

そして頭の痛みが引いた時だった。

また思いがけないことが僕の身に起こる。

痛みを紛らわせるため黒い霧に触れていたら、突如黒い霧に何を保管しているのかが、頭に浮かんで分かるようになっていたのだ。

さらに【回収】と【収納】はそれぞれ別々の場所へ物を保管していることが分かり、その便利さが逆に怖くなった。

でもこれならいろんな仕事が出来るかもしれない……。

ようやく生きていく希望が持てたことで、きっと今の僕はとても安心した顔で笑っていると思う。

あとはうまく交渉出来ればいいんだけど……

僕は深呼吸してから〝ゴロリー食堂〟と看板に書いてある定食屋さんの扉を開くことにした。

〝ゴロリー食堂〟の扉は両開きのスイングドアになっていて、子供の僕の力でも簡単に中へ入ることが出来た。

店内はどこか温かみを感じる空間となっていた。

すると奥から声が聞こえてきた。

「お客さんか？　悪いがまだ仕込みの途中だから、もう少し経ってから来店してくれると……」

奥からこちらにやって来たのは、歴戦の戦士を思わせる鍛えられた体躯と全てを見透かす鋭い眼光を持つ、ドワーフみたいな顎に立派な髭を蓄えた初老の男性だった。

ただ何故か男性はこちらを見て言葉を詰まらせているように見えた。

一見スラムの子供にしか見えないはずなのに「出ていけ」とは言わないこの男性はいい人なのかも

しれない。

そう判断した僕は直ぐに交渉へ入ることにした。

「お忙しいところ申し訳ありません。僕の名前はクリストファー、クリスとお呼びください。僕はお店で出る生ゴミなどを回収する仕事をしようと考えています」

まだ何も始めていないし、この人はきっと僕の嘘を見透かす気がする。

それに僕は奴隷商人のような嘘は吐きたくなかった。

「……物乞いではないと？」

男性は邪険には扱わずに、鋭い眼光で僕を見ながらも話を聞いてくれた。

その鋭い眼光も不思議と怖くなかった。

「はい。もしお気に召していただけたら、対価として一食提供してください。もしお気に召さない場合は、残念ながら二度とお店に近寄らないことを、お約束します」

「いいだろう。小僧、約束は守れよ」

男性は僕の言葉を聞きながら、その逞しい髭を撫でて暫し考えてから口を開いた。

「ありがとう御座います」

どうやら交渉は大目に見てくれた男性のおかげで、成功したみたいだ。

「それで生ゴミって言っていたよな？」

「はい。でもゴミなら何でも回収出来ると思います」

「ほう。まぁいい。それならついて来てくれ」

そう言われて向かったのは、店の外だった。

……もしかしてこのまま帰されるってことはないよね？

少しだけ不安になりながら先を歩く男性に続いて歩いていると、直ぐに目的地へと到着した。

そこはお店の裏側にある小さな庭だった。

「この中に野菜クズや廃棄した料理が入っている」

男性は存在感のある大きな箱を叩いた。

中々手強そうだけど、僕が生きるためには絶対に負けられない戦いだ。

気合を入れて頑張ることにした。

「分かりました。それでは終わったら声を掛けさせてもらいます」

「……ああ、終わったら、そこの扉を叩いてくれ」

「分かりました」

自信満々の僕に男性は何か言いたげだったけど、裏口からお店の中へ戻っていった。

「さて、やるか……あっ……」

僕は箱を開けようとして、箱を開けられるだけの身長がないことを知った。

「あれだけ自信満々だったから、仲間がいると思われたのかもしれないな。それでも諦める訳にはいかないし……」

身長を補助してくれそうな物がないか辺りを見回すと、誰かが座るために置いたのか、大きな切り株が置いてあった。

「ちょうど良さそうだし、これを使わせてもらおう」

僕は黒い霧で切り株を【収納】と念じて一度黒い霧の中へ【収納】してから、箱の前で切り株を頭に思い描き【排出】と念じた。

すると見事に足場となる切り株がセットされた。

「これでいける」

僕は満を持して箱の蓋を開けた。

そこで僕は自分の失敗を悟る。

ムワッと生暖かい空気が僕の鼻腔を通り、そのあまりの悪臭に鼻が曲がりそうになったのだ。

「……もうイヤ……」

涙が溢れ出そうになるのを必死で我慢する。

ここで不平をもらして、泣いたとしても誰も助けてくれない。

僕はそう心に言い聞かせて、涙を汗だと思いながら生ゴミの【回収】を始めた。

作業自体はとても順調で、箱一杯に入っていた生ゴミは直ぐに全て【回収】することが出来た。

……あまりに臭かったから一心不乱に【収納】したけど、あれだけの量をよく【回収】出来たよね。

「あ、切り株は元に戻しておかなくちゃ……」

そして切り株を【収納】しようと黒い霧を出現させたところで、食堂の男性がこちらを見ていたことに気がつき、男性も何とも言えないような顔で僕を見つめていた。

今現在、僕は〝ゴロリー食堂〟で初老の男性……ゴロリーさんが作ってくれた賄い料理を食べていた。

ゴロリーさんはあの後、黒い霧について言及することなく、僕の仕事を確認してそれだけを評価してくれた。

「とても早くてきれいになっている。約束通り食事を提供しよう。さすがにその格好のままキッチンを通す訳にはいかないから、また表に回って店に入って来い」

僕はその時、見た目の怖いゴロリーさんが、街で僕を見ていた人達と違って怖く感じなかった理由に気がついた。

ゴロリーさんは僕を見下すような目で見ていなかったから、怖いと感じなかったんだ、と。

それからこうして店内に通されて、カウンター席でゴロリーさんが出してくれた料理を食べている。

何となく直感だけど、ゴロリーさんはいい人だ。あの黒い霧を見ても何も聞いてこないし、嫌な視線も感じない。

色々と考えて、僕は僕自身のことをゴロリーさんに相談してみることにした。

「あのゴロリーさん。僕が出した黒い霧は珍しいですか？」

「ん？　ああ、そうだな。とても珍しいと思うぞ。たぶん間違いなく固有スキルだろう。信用出来る者の前でも極力使わない方がいいだろう」

ゴロリーさんはちゃんと話を聞いてくれる人で、思った通り優しい人だった。

それにしてもあの黒い霧が珍しい力なのはやっぱり間違いなかったんだ……。

「あの……スキルって何ですか？」

「ああ。小僧ぐらいだとまだ知らないか。スキルは開花した才能みたいなものだな。スキルがあるのとないのとでは、色々と差が出てくるものだ」

……あまりにも抽象的過ぎて。僕にはうまく理解することが出来なかった。

「えっと、もう少しだけ分かりやすく説明をお願いしてもいいですか？」

「そうだな……俺は料理を何度も繰り返して［料理スキル」を覚えた。すると今までと同じ作り方、同じ材料で料理をしても、前よりも違いが分かるぐらい美味しく作ることが出来るようになった」

ゴロリーさんが噛み砕いて説明をしてくれたおかげで、僕にも理解することが出来た。

それにしてもスキルか……何か目安とかあるのかな？　あるだけで色々なことが出来るんだろうな。

「スキルって凄いんですね」

「ああ。それに努力を重ねればスキルレベルが上がって、さらに美味しい料理が作れるようになるんだ」

また知らない言葉が出て来た。

「……レベルって何ですか？」

「レベルか……レベルは努力の結晶みたいなものだな」

「努力の結晶？」

スキルとどう違うんだろう？

「例えば［料理スキル］を持つ俺が、料理を作る経験を重ねていくと、スキルを習得した時と同様、さらに美味しい料理が作れるようになる。それは［料理スキル］の恩恵をさらに受けられるようになったということだ」

「それがスキルレベルですか？」

「ああスキルは十段階で、Xレベルが最高になる」

十段階も美味しい料理がパワーアップしたら、頬っぺたが地面についちゃう気がするな……。

「へぇ～じゃあ、僕もこのスキルをたくさん使ったら、いつかいろいろ出来るようになりますか？」

「……いや、たぶんならないと思う。さっきも言ったが小僧のスキルは固有スキルだ。固有スキルは成長や進化することはないと言われている」

「そうなんですね。ちょっと残念……」

どうやら黒い霧はこれ以上凄くはならないらしい。

でも今のままでも十分凄い能力だし、今の僕には料理とかのスキルよりも、とても大切なスキルなのは間違いない。

これはこれとして、また新しいスキルを覚えればいいよね。

「まあ、落ち込むな。それはとても珍しいスキルで、有能なのは間違いない」

心とは裏腹に　少ししょんぼりしたポーズと雰囲気を纏うと、慌ててゴロリーさんはフォローしてくれた。


それからもゴロリーさんに色々なことを教えてもらいながら、僕はお腹一杯ご馳走になることが出来た。

本来ならここでゴロリーさんに何とか住み込みで働かせてもらえるように頼み込み、今後のことをじっくり考えたいところだけど、僕はそうしたくなかった。

たぶんその選択の方が正しいと思う……だけど僕に出来ることは、今のところ本当に生ゴミを回収することだけだ。

きっとゴロリーさんのことだから、裏庭を貸してほしいと頼み込めば、お店に住まわせてくれるかも知れない……。

でもそれは一方的に交渉をしたにもかかわらず、しっかりと対価である食事を提供してくれたゴロリーさんに対してあまりにも義に欠ける行為だと思う。

もしどうにもならない状況まで追い込まれたら……とまでは思わないけど、それでも少しぐらいは努力してからじゃないと、良くしてくれたゴロリーさんに顔向け出来なくなる、そんな気がした。

「痛ッ」

色々考えていたら、また頭に痛みが走った。

「どうした？」

ゴロリーさんはこちらを心配そうに覗き込んでくる。

「あ、何でもないです。ゴロリーさんありがとう御座いました。食事、今まで食べた食事で一番美味しかったです。もし良かったら、また仕事させてくださいね」

少し砕けた笑みを浮かべたゴロリーさんを見て、僕は席を立った。

「小僧、クリストファーだったか。良ければ二日に一度、今日よりも早い時間に来てくれ」

「えっ、それって」

「ああ。お前さんの能力は便利だから雇うことにする。それと腹が減っているなら、賄いぐらいは出してやる。だから街で悪さはするなよ」

もしかして実はまだスラムの子供だと思われているのかな……。

でもこれで本当に生きていく道標が見えた気がした。

「本当にありがとう御座います」

どうやら嬉しくても涙は出るみたいで、頭を下げた時にもう少しで零れ落ちそうになるのを、我慢するのが大変だった。

ゴロリーさんが見たらきっと慌てるんだろうな～。そんなことを考えながら何とか堪えて、しっかりとお礼を告げると〝ゴロリー食堂〟から出る時に「迷宮には潜るなよ」と、ゴロリーさんの声が後ろから聞こえた。

迷宮？　迷宮って何だろう？

僕は再度〝ゴロリー食堂〟に入り、ゴロリーさんに迷宮のことを聞くことにした。

するとゴロリーさんは迷宮について知っていることを教えてくれた。

迷宮とは、魔力溜まりという世界の魔力が渦巻く場所に、人々の欲が注がれることによって生まれるものらしい。

だから迷宮には宝と同時に、その宝を守るためのたくさんの魔物が生み出されるのだとか。

さすがにその時点で行きたくないと思った。

ただ迷宮内の魔物達は迷宮から出られないようになっているため、昔から人々は迷宮がある近くに街を作り暮らし始めたらしい。

最後にゴロリーさんは昔の人々が迷宮のことを神々の試練と呼んでいたことも教えてくれた。

理由は迷宮を踏破した者は等しく英雄に、それ以外の者達は迷宮に飲み込まれるから、そう名付けられたのだと……。

「念のために言っておくが、このファスリードの街中には迷宮が存在している。たまに小僧ぐらいの子供が間違えて迷宮に入ることがあるが、生きて戻れる者は少ない」

「無策でそんなに危なそうなところへ入る気はさすがにありません。またゴロリーさんの料理も食べたいですから」

「そうか。それならいい。だが……無理はするなよ」

「はい」

色々な知識を教えてくれたゴロリーさんに感謝して、今度こそ〃ゴロリー食堂〃を後にすると、再び街中を歩き始めた。

あれからまた大通りへと戻ってきたけど、行き交う人が多くなっていることに気がついた。

それと同時にあの嫌な視線も感じるようになってきたので、とりあえず絡まれることがないように道の端へ寄って歩く。

今の僕が優先しなくちゃいけないことは、街の中を把握することだと思う。

幸いなことに不思議と文字が読めるし、ゴロリーさんのおかげでお腹もいっぱいだから、出来るだけ歩いて観察していかなくちゃ。

それから基本的には大通りを歩き、時折人通りの多い脇道に入っては探索を進めた。

途中〃ゴロリー食堂〃のように、美味しそうな匂いを漂わせていたお店を幾つか見つけることが出来たのは幸運だった。

ただこれからお昼の時間帯なので、忙しい時間帯に無理はせずに、暇な時間帯まで待つことに決めた。

その間も僕は歩き続けて、何とか休憩が出来そうな場所や眠れそうな場所を探索してみたけど、見つけることは出来なかった。

「街の中は寝るところじゃないから仕方ないか……。ちょっと無理して歩いていたから、疲れてきちゃった……」

今までこんなに歩く機会はなかったので、疲れてしまった僕は暗くない路地に入って、座れる場所を探した。

……僕ってゴミ捨て場と縁でもあるんだろうか？

ちょうど休憩出来そうな場所を見つけたと思ったら、そこはゴミ捨て場だったのだ。

興味本位で覗いてみると、そのゴミ捨て場には錆びた鉄や釘、腐った木、空瓶などが大量に捨ててあった。

捨ててあるなら貰ってもいいんだよね？　もしかしたら使い道があるかもしれないし、なかったらまた捨てればいいもんね。

そう考えて固有スキルの黒い霧を出現させ、捨てられていた廃棄物を選んで【回収】していく。

「あれ？」

ゴロリーさんから固有スキルは成長しないと教わったばかりだったけど、黒い霧に明らかな変化があることに気付いた。

今までも黒い霧に入れた物の名称と数量は何となく理解していたけれど、今度は新たに説明文が加わった形で頭に浮かんできたのだ。

・生ゴミ×八十kg：野菜のくずや食べカス、廃棄された食材が混ざった物

・小石×十二個：そこかしこに落ちている普通の石

僕は驚きのあまり、すぐ背後で足音が聞こえるまで人の接近に全く気づくことが出来なかった。

「おい、ここは俺達の縄張りだ。余所者がここで何をしているんだ」

振り返ってみると、そこにはフェルノートと同じか少し大きなリーダー格の子供と二人の子供がこちらを睨みつけていた。

フェルノート達と比べると服はボロボロで汚れていることから、もしかするとスラムの子供達かもしれないと僕は警戒する。

それにしても今日はいろんな人に睨まれる日だな……皆とても大人気(おとなげ)ないと思う。

「ゴミを捨てに来たんですけど、駄目でしたか？」

「……もう捨てたんだろ。ならさっさと何処かに行けよ」

赤茶色の髪をしたリーダー格の子供は、僕が何も持っていないことを確認してからそう命令してきた。

どうやら黒い霧は見られていないみたいだ。

そのことにホッとしながら、リーダー格の子供がまだ警戒を解いていないことに気付く。

フェルノート達と違って警戒心が強いのは、スラムで育った子供だからなのかな？

そう考えながら何とか無事この場を離れられるようにゆっくりとゴミ捨て場から離れる。

それにしてもゴミ捨て場を縄張りにするぐらいなら、孤児院へ行けばいいと思うのは……。

その時、ゾクっとした悪寒が背筋に走った。

それはまるでこのままここに留まったら危険だと教えてくれたみたいな感覚だった。

僕は大人しくリーダー格の子供の言うことを聞いて、大通りへ向けて歩き出した。すると後ろから声を掛けられた。

「おい、まさかとは思うけど、お前は孤児院の奴か？」

「違います」

「そうか。ならいい、行け」

振り返って否定すると、ようやく三人の警戒が解かれた。

どうやら孤児院とはあまりいい関係じゃないみたいだ。

今度またゴロリーさんに聞いてみることにしよう。


それから大通りへ着くまで、スラムの子供達を見る機会があった。

遠目だったけど子供達が食事処の残飯を漁り、自分達の食い扶持を失わない為なのか、子供達が威嚇し合っていたのだ。

そして大通りへ出るまで、ずっと数人の子供から追いかけられていたこと、監視されていたことも分かった。

「本当に警戒心が強いし、弱肉強食の世界なんだな。もう来ない方がいいかもしれないな」

誰にも聞こえないぐらいの声で呟きながら、僕は深く溜息を吐き出した。

その後、街をうろついていたら、僕の知っている場所を歩いていることに気付いた。

そこは今朝まで住んでいたうちの近所だったのだ。

その時また帰れない感情が昂って泣きそうになったけど、何とか我慢して踵を返し、来た道へ引き返すのだった。


それからは何処をどう歩いたのかあまり覚えていないけど、気がついたら僕は〝冒険者ギルド〟と書かれた建物の前にいた。

「ここが冒険者ギルドかぁ～」

記憶の中でお兄が冒険者になるには年齢制限があるとか言っていたような気がした。

でも最初から諦めたらそこで終わりだし、試しに聞いてみるぐらいはしてみようかな。

そんな軽い気持ちで僕は冒険者ギルドの扉を開いた。


冒険者ギルドの中は思った以上に広くてきれいな場所だった。

受付カウンターと書かれた場所が正面にあり、幾つかのブースで仕切られていた。

たぶん複数の人が同時に受付出来るようになっているんだと思う。

他にも〝酒場〟や〝買い取りカウンター〟と書かれた場所の案内も出ていた。

かなり場違いなところへ来てしまった気もしたけど、カウンターに座っている綺麗なお姉さんと目が合ったので、何とか冒険者として登録してもらえるようお願いすることを決めた。

受付にある席にはつかず、受付カウンターから見えやすいように三歩下がった所からお姉さんに話し掛ける。

「すみません、よろしいですか？」

「どうしたの、坊や？　もしかして迷子かな？」

受付のお姉さんは笑顔で優しく声を掛けてくれた。

あ、このお姉さんもゴロリーさんと一緒で嫌な感じがしない……。

もしかしたらちゃんと冒険者になりたい理由を説明すれば、分かってくれるかもしれない。

そう考えて僕の現状を伝えることにした。

「いえ、迷子ではありません。実は両親に捨てられてしまい、生きるために冒険者登録をお願いしに来ました」

まさか奉公へ出された先が奴隷商人で、殺されかけたところで運よく逃げ出すことが出来たなんて言える訳がないもんね。

「えっ？」

するとあまりに衝撃的な内容だったからか、お姉さんは目を見開いて固まってしまった。

ただこのままだと同情はしてもらえると思うけど、冒険者登録は出来ないと思ったので、さらに自分の長所（ぶき）を示していく。

「文字は書けませんが、読むことは出来ます。一応［運搬スキル］があるので、それ限定でも構いませんので、登録していただけませんか」

「……えっと坊やは人族かな？」

「はい、先日で五歳になりました」

「……ごめんなさい。坊やがいくら過酷な状況にいるとしても、冒険者登録が出来るのは十歳からという決まりなの」

やはり駄目みたいだ。でも諦められない。だけど見習いとかならどうだろう？

僕は諦めずに自分の出来そうな仕事を斡旋してもらえるように話を切り替えてみることにした。

「登録出来るまでは見習いで構いません。僕は魔物と戦うことはせずに、街の中の仕事だけを受けたいと考えています。街中で生ゴミを処理したい人、引越しされる方、それから運搬の仕事です。どうかそれらの依頼を請け負わせていただけませんか？」

「ごめんなさい、本当に出来ないの。それと十歳からギルドに登録は出来るけど、それが冒険者見習いなの。一部を除いて成人するまでは見習い期間なのよ」

……どうやら冒険者になって依頼を受けることは出来ないみたいだ。

これ以上粘ってもこの優しいお姉さんを困らせるだけか……。

「そうなんですね。親身に聞いてくださったこと感謝します。頑張って他で仕事を探してみます」

「ごめんなさい。あ、それとさっき坊やが言っていた仕事は商人ギルドの管轄なの。それでも十歳の年齢制限があるから登録は出来ないと思うけど」

「分かりました」

申し訳なさそうにするお姉さんに頭を下げて、これからどうしようか考えながら出入り口へ向かう。

今から目星を付けた数件の食堂を回れば、ゴロリーさんの時みたいに仕事がもらえるかもしれない。

そう思ったところで、後ろからお姉さんの声が聞こえてきた。

「ねぇ君、お腹空いてない？」

振り返ると、お姉さんが優しげに微笑んでいた。

あまりお腹は空いていなかったけど、ギルドの食堂にも興味があったので、お相伴に与かることにした。

「坊や、遠慮しないで食べていいのよ」

お姉さんは色々注文してくれたみたいで、テーブルの上には数多くのご馳走が並べられていた。

そこで僕は優しくしてくれるお姉さんに対して、まだ自己紹介していないことに気がついた。

「そういえば自己紹介をしていませんでした。僕の名前はクリストファーです。クリスと呼んでください。先日五歳になりました」

そして簡単な自己紹介をしてペコリと頭を下げた。

「さっきも言っていたけどクリス君、五歳なのよね。ここまで利発なのになんで……あ、ごめんなさい。私はギルドの受付業務をしているマリアンよ。さあ食べましょうか」

何やら少し含みがあったけど、お姉さんも自己紹介してくれた。

それから僕達は一緒に食事を始めた。

周りにいる冒険者達がこちらを見ることがあるけど、嫌な感じはせず何処かほのぼのとした空気が流れていた。

子供に嫉妬する冒険者がいなくて本当に良かったと思いながら、ギルドの料理を堪能する。

すると、マリアンさんが僕の事を探るように聞いてきた。

「それにしても、クリス君はどうしてその歳で冒険者になろうと思ったの？」

「五歳で親に捨てられた僕に出来ることといえば、スラムに入って仲間を作ることだけです。……でもスラムでは盗み等の犯罪に手を染めないと生きていけないと思いました」

本来は孤児院に入るべきだろうけど、それは本当に最終手段だから、あえて話さないことにした。

「そっか。盗みとかは犯罪だからね」

「はい。人から物を盗んだことで、その人の人生が滅茶苦茶になったら責任を取れませんし、絶対に恨まれると思います。たぶん僕は臆病なので命令されてもそれは出来ないと思います。僕が盗むのは人の心ぐらいですよ」

僕はマリアンさんを笑わせようとしたけど、逆に少し引かれてしまったみたいだ。

失敗したと頭を抱えようとしたら、マリアンさんはクスクス笑いだした。

「坊や……クリス君は面白い子ね。でも少し将来が不安になるわね。これはアドバイスだけど、異性を口説くのはもう少し大人になってからになさいね」

「えっと、はい」

間の抜けた返事により、再びマリアンさんはクスクス笑い出した。

そのおかげで場が和むのを感じた僕は折角の機会なので、ゴロリーさんが危険だという迷宮についての情報を聞いてみることにした。

「そういえばこの街には迷宮があるんですよね？　冒険者になると皆が迷宮に入るんですか？」

「だいたいはそうね」

「でも凄く危険で、きっと最初からドラゴンみたいな魔物が出るんですよね？」

「フフッ、一階層からそんな危険な魔物が出る迷宮は無いのよ。一階層はスライムだし、二階層はワームなのよ」

マリアンさんは笑いながら教えてくれた。

周りにいる冒険者の人達もこちらの話を聞いていたみたいで、同じように笑っていた。

でもスライムやワームってどんな魔物なんだろう？

「そうなんですね……ところでそれってどんな魔物ですか？　剣をいっぱい持っていたり、魔法を放ってきたりしますか？」

「クリス君は想像力が豊かなのね。でももしスライムやワームがそれだけ強そうなら、冒険者の数は一気に減ってしまうと思うわ」

「それならどんな魔物なんですか、マリアン先生」

「フフッ　スライムは水溜りみたいな魔物で、核と呼ばれている部位を持っているの。その核を割ることが出来れば溶けてなくなるわ」

　ゴロリーさんから聞いた話だと、迷宮に入り込んだら戻れないようなことを言っていたけど、マリアンさんが教えてくれたスライムはあまり強そうではなかった。

「それは弱いってことですか？」

「ごめんなさい言い方が悪かったわ。そうでもないの。スライムは核を潰せば倒せるんだけど、普段は物理攻撃……叩いたりしても衝撃を吸収して核まで届かないの。その隙に溶解液……身体を溶かしてしまう攻撃をしてくるの」

　やっぱり迷宮に潜るのは危険だから止めた方がいいんだろうか……。

「弱点はないんですか？」

「スライムは掃除屋って呼ばれていて、あらゆる物を食べてしまうのだけど、その最中は攻撃をして来ないことぐらいかしら。食事する時は凄く伸びるらしいわよ」

「えっ、そうなんですか？」

　あれ？　雑食ってことは何でも食べるってことだよね？　食事中は攻撃して来ないなら、うまくすれば倒せる気がする。

　……そう思ったところで、直ぐに牽制が飛んできた。

「まぁ迷宮の入り口には見張りがいるから、冒険者登録していないと迷宮には潜れないけどね」

　結局、僕に残された道は街中の飲食店を巡って生ゴミを回収する仕事だけか。

「そうなんですか。教えて頂きありがとうございます。当面は僕に出来る仕事を探すことにします」

「そういえばさっき言っていた［運搬スキル］って何かしら？」

そうマリアンさんに聞かれたがそこははぐらかすことにした。

「そうですね……そうだ冒険者になったら教えますよ」

「そうね。あまり手の内は喋らない方がいいかもね。さぁ残さずに食べてね」

「はい」

マリアンさんは笑いながら頷き、それ以上詮索することはなかった。

いつかマリアンさんには僕の秘密を教える時がくるかもしれないな。

何となくそう思った。


それからマリアンさんに色々なこと聞き出し、冒険者ギルドに宿泊施設はないこと、ギルドでは魔法やスキルを教えることが出来ないということを知ることが出来た。

「マリアンさん、ご馳走様でした。このご恩は忘れません。あと五年……長いですが、しっかり踏ん張って再びここへ戻ってきます」

「……楽しみにしているからね」

僕はマリアンさんにペコリと頭を深く下げ、冒険者ギルドを後にした。

冒険者ギルドから出ると、人通りが少なくなっているみたいだった。

「お腹がいっぱいで眠くなってきちゃったけど、今から頑張らないと……」

それから目星を付けていた食堂や宿屋を片っ端から回り、生ゴミの回収を対価にして食事提供してもらえるようにお願いしていく。

すると最初はダメ元だったけど、直ぐに三件の食堂から仕事をもらえることになった。

まぁ〝ゴロリー食堂〟で仕事を貰えたことを伝えたのが、大きな勝因だったと思うけど……。

最後に交渉したお店を出ると、空が茜色に染まっていた。

何とか目星を付けていた全てのお店と交渉することが出来たし、目標も達成することが出来た。

そこには確かな充実感と達成感があった。

これで何とか飢えることなく生きていける……そう思えただけで、身体が軽くなるのを感じる。

あと生活する上で必要なのは、服と住む場所だよね。

ただ服を買うのも、どこかに住むのにもお金が必要になるのは間違いない。

何でも資本となるのは身体だし、食事以外にもきちんと身体を休めることが出来る場所が必要になる。

それにきれいな服を着ていれば、あんな目で見られることもないないだろうし……。

そのために必要なのはどうしてもお金だよね。

そもそもお金があれば僕が奉公へ出されることもなかったんだから……。

「どうにかしてお金を稼がないといけないよね……」

暫くその場で悩んでいたけど、ふと顔を見上げた時に鎧を着た冒険者達が目に移り込んだ。

……やっぱりそれしかないか。

僕は冒険者達が向かう冒険者ギルドではない逆方向へ向けて歩き始めた。

それから少し歩いたところにある、冒険者らしき人達が出入りしている場所までやって来た。

その場所に気がついたのはスラム街の子供達と離れた時だった。

最初は何だろうと思っていたけど、マリアンさんの説明で冒険者が集まる場所が迷宮だということが分かったのだ。

だけど残念なことに直ぐ迷宮へ入ることは叶わなかった。

見張りの兵士さんが二人入り口の前で立っていたからだ。

ゴロリーさんの話では迷宮から魔物が出ることはないという話だった。

そこから推測すると見張りがいるのは、許可のない人達を迷宮へ入れないようにするためなんだと思う。

でもたぶん見張りは居なくなると僕は考えていた。

そうでなければ僕ぐらいの子供が、間違ってとはいえ迷宮に入れる訳がないからだ。

それから暫く様子を窺っていると、徐々に辺りが暗くなってきた。

そして見張りの兵士さんが松明(たいまつ)に火を灯すと、一か所だけとても明るくなった。

するとそこで兵士さんの一人が近くの建物へ入っていった。

これであと一人だけか……。

マリアンさんは見張りがいて入れないって言っていたけど、ゴロリーさんは入るなって言っていたから、あの兵士さんもいなくなる気がする。

「それにしてもこの場所が見つけられてよかった」

屋台と屋台の間に木箱が積まれていて、その間にすっぽりと入ることが出来たので、それが丁度いい風よけになってくれている。

それにここは見張りの兵士さんと迷宮の入り口がしっかり確認出来る位置にあるから、兵士さんが離れたら直ぐに分かるからね。

ただこうして物陰に隠れて迷宮の入り口を観察するのも退屈だな……投げやすそうな石でも拾っておこう。


それから少しの時間石を集めていたら、いつの間にか見張りの兵士さんはいなくなっていた。

本当にいなくなるなんて少し管理がずさんだと思う……。

でも今はそのずさんさが僕にとっての救いだった。

まぁ魔物が迷宮から溢れる訳でもないし、これが普通なのかもしれないな。

そう思いながら迷宮の入り口へ近づいていく。

ただ松明が燃えているので、のんびり歩いていたら誰かに見つかってしまう可能性もある。

ここは辺りを見回して慎重かつ大胆に……誰もいないことを確認して一気に迷宮内へと走り込ん

だ。

「はぁ、はぁ、見つかってはいないよね？」

後ろを振り返って誰も追ってきていないことを確認して、ホッと息を吐き出した。

それから改めて迷宮の中へ目を向けると、直ぐに奥行きのある階段が十段ほど続いていることに気付いた。

もしもう少し階段の奥行きが狭かったら、頭から転がってしまうところだった。

もう少し考えてから行動しないといけないな。

駆け込んで転げ落ちて魔物に見つかっていたら、心配して色々教えてくれたゴロリーさんとマリアンさんに申し訳が立たないよ。

気を取り直して、慌てずに残りの階段を下りて行くと、そこは整備された通路だった。

「ここが迷宮？　聞いていたよりも怖くないや」

これならスラム街を歩く方がずっと怖いと思う。

それに外はもう暗かったのに、迷宮の中は壁や天井、地面に到るまで全てが薄く発光していて明るかった。

そこで僕は自分のミスに気付いた。

「あ!?　……迷宮が明るくて良かったよ」

もしこれで迷宮が暗かったら、来た意味がなかったし、最悪の場合帰ることが出来なかったかもしれない。

これからは何事も行き当たりばったりじゃなくて、事前に調べて準備してから行動することにしないとね。

今日は色々不思議なことや幸運が続いているけど、これがいつまで続くか分からないんだから。

抜けていた自分の行動に頬を掻きながら反省した僕は、こうして迷宮内部へ足を踏み出した。


それから慎重に通路を歩き始めたけど、特に変わったことはなかった。

これなら外を歩いている時とあまり変わらないと思う。

少し拍子抜けした気分だったけど、僕にとってはとても素晴らしい場所なのではないかと思い始めた。

魔物はいないし寒くもない。

これだけ明るいなら怖くもない。

もしかするとこの迷宮なら住めるかもしれない。

食事は〝ゴロリー食堂〟を始めとした定食屋さんで食べさせてもらえそうだし……本当にこれで暮らしていけるかも……。

後は服だけ用意出来ればきちんとした生活をすることが出来るかもしれない。

そんな色々なことを想像すると、楽しくなってきた。

まぁ実際迷宮では本当に魔物が出るらしいから、警戒を解くことは出来ないけど。

僕は水溜りを探しながら探索を続ける。

それから間もなくあまり距離の離れていないところに、大きな水の塊が天井から落ちてきた。

きっとこれがスライムと呼ばれる魔物なのだろう。

これがスライム……何だかプニプニしていてあまり強そうには見えないし、目とか鼻は無いみたいだ……。

「君はどうやって人を感知しているんだい？」

興味本位で話し掛けてみたけど、スライムは何も話さないし、行動を変えることなく、ゆっくりとこちらへ近づいてくる。

「まぁ口もないのに喋ることは出来ないよね……じゃあ君で試させてもらうね」

僕は少しだけ来た道を戻り、黒い霧から生ゴミを五kg【排出】した。

スライムはこちらに近寄ってくる途中、今僕が【排出】した生ゴミに触れると飲み込むためなのか、迷うことなく薄く膨らんでいき生ゴミに纏わりついた。

「上手くいったみたい。あ、ちょっとずつ生ゴミが溶けているのか……確かにスライムを甘く見るのは危険だね」

僕はマリアンさんが教えてくれたことが本当なのかゆっくり近寄ってみたけど、スライムは僕を気にすることなく生ゴミを捕食し続けている。

これなら黒い霧の中に【回収】する生ゴミの量を心配しなくていいし、誰にも迷惑を掛けずに捨てられる。

もしスライムを飼えるように飼育出来たら、世界から生ゴミは消えていくのに……。

そんなことを考えていると、マリアンさんが言った通り、スライムは餌を捕食するために薄く伸びて核と呼ばれる石を無防備に露出させていた。

最初は小石を投げようと思ったけど、正確に当てるのが難しそうなので、ゴミ置き場にあった半分に割れた木の棒を黒い霧から取り出して、さらにゆっくりと近づいて容赦なく振り下ろした。

すると何の声も上げることなく、そのままスライムはあっけなく溶けて消えていった。

「……完勝だよね？」

勝つには勝てたけど、あまりのあっけなさに、今の物体が本当に魔物のスライムだったのか疑問が残る結果となった。

残ったといえば、消化されていない生ゴミの中に、スライムの核とよく似た石が落ちていた。

「これなんだろう？　まぁ後で調べようかな。今は消化されていない生ゴミを【回収】しなきゃね」

こうして僕の初戦闘は危なげなく終わった。

「うん。これならスライムは簡単に倒せる」

そんな自信が生まれた。

ただ木の棒を持ち上げるのが以外に重くて大変だったから、もう少し黒い霧をうまく使えないか思案しながら、次のスライムを探しに歩き出した。

しかしスライムしか出ないなら、本当に暮らせるかもな。

そうと決まれば一階だけを探検して、魔物が現れない部屋がないか確かめよう。

そう思ったけどあまり何も考えず滅茶苦茶に歩いて道に迷ったら、それこそ迷宮から出られなくなってしまうことを考えて、壁伝いに歩いていくことを決めた……そんな矢先。

「スライムって、複数で行動する時もあるの？」

先程は戦闘とは呼べる戦いでなかったけど、今度はスライムが三匹固まっていたところに出くわしてしまった。

とりあえずさっきみたいに近づくのは危ないよね。

僕は再び黒い霧から生ゴミを複数か所に【排出】していく。

念のため歩いてきた通路にスライムがいないことは確認してきていたから、他のスライムと挟撃されることはない。

僕が三匹のスライムの様子を窺っていると、スライム達は生ゴミに向けてのそのそ進み出した。

そして先程のスライムと同様に生ゴミを吸収し始めるのだった。

「今度は拾った小石を投げて当ててみようかな……あ！」

僕は核に当たるように狙いを定めて小石を投げてみた。

だけど小石はスライムに当てることは出来たけど、肝心の核には当たらなかった。

すると僕から小石を当てられたスライムは生ゴミを吸収するのを止めて、先程よりもずっと速い動きでこちらへと近づいてきた。

僕はもう一度生ゴミを【排出】して後ろに下がると、スライムは生ゴミ目掛けて何か液体を飛ばした。

もしかするとマリアンさんが言っていた溶解液というものかもしれない。

液体が生ゴミに当たると、酸っぱいニオイが強くなり、生ゴミから白い煙が上がった。

するとスライムは加速して今までの倍ほどの速さで生ゴミに飛び掛かり、一気に薄く伸びて生ゴミを覆った。

「……叩いた方がずっと安全なのかもしれない」

僕は恐る恐るスライムへと近づき、再び木の棒を振りかぶって核を叩きつけた。

残りの二匹に対しても、そぉ～っと近づき同じように核に木の棒を叩きつけた。こうして本日二度目の戦闘も無事に勝利することが出来た。

「ふぅ～攻撃を受けると吸収を止めるんだな。少し焦っちゃったけど、これで慎重に戦えばスライムを安全に倒せることが分かった。後はこのスライムが落とす石だけど……あ、そうだ」

僕は黒い霧にスライムが落とした石を入れて、情報を確認する。

すると思っていた通り、スライムの落とした石が何なのか知ることが出来た。

・魔石（低級）×四：魔力を微量に含んだ石で、魔物の生命の結晶。人が食べ続けると魔人となり理性を失う。

「もしかしなくてもこれって売れるよね？　これを沢山集めれば服も買えるだろうし、宿にも泊まれるよね。よぉ～し、頑張るぞ！」

食べ続ければ魔人になるみたいだけど、あんなに美味しくなさそうな物を食べる選択肢は僕の中にはなかったので、そのことは頭の片隅へ引っ込めた。

それからはこの一階層でスライムが出ない安全な場所を求めると同時に、生ゴミの量が続く限りスライムを倒していくことに決めた。

少し相反する内容にも思えたけど、両方とも僕には必要なことだからね。

自分で自分の行動を擁護しながら、迷宮の探索を再開した。

その後の探索中スライムと遭遇することはあまりなかった。

それでも遭遇する場合は基本的に複数だったので、スライムの数に合わせて生ゴミをセットし、スライムが生ゴミを捕食するのを待ってから攻撃することを徹底した。

その甲斐もあり僕は迷宮に入ってからずっと無傷だった。

このまま寝る場所が見つからないかな~そう思った時だった。

ちょうど十四目のスライムを倒した際に、突如身体に異変が起きた。

「ウッ、熱い」

突如、身体が熱くなり、身体の内側から力が漲るような感覚が湧き上がってきたのだ。

頭が痛くなることはなかったけど、身体が突然熱くなる病気でもあるのかと思ってしまうほど不安になった。

でも身体に力は漲ったけど、それ以外の変化は何もなかった。

ここは迷宮だし、不思議なことが起きるのかもしれないな。

そう頭の中で折り合いをつけて、身体に漲った力に戸惑いながらも、安全に眠れる場所を見つけるために探索を続けていく。

そしてようやく何もない十メートル四方程の部屋を見つけることが出来た。

部屋といっても扉がある訳じゃなく、入り口も狭く三方向は壁だった。ここで現れる魔物はスライムだけだから、入り口だけ警戒すればゆっくり休むことが出来そうだ。

それに入り口さえ塞いでしまえば、スライムも入って来られないだろうし……。

「あとはこの魔石をちゃんと売ることが出来たら……でも本当にお金になるのか不安になってきた。もしかしたら足りない可能性もあるから、もう少しスライムを倒そうかな」

一度小部屋へ入ってスライムがいないことを確認してから、僕はこの小部屋周辺にいるスライムを倒していくことにした。

しかしスライムは小部屋周辺にはあまりいなかった。

少し出鼻を挫かれた感じはしたけど、ここはむやみやたらに歩き回って疲れるよりも、休憩しながらスライムが寄ってくるのを待つことにした。

結果的にそれが良かったのかは分からないけど、スライムを倒してから小部屋へ戻り、休憩してから小部屋を出るとスライムが群れていた。

それを繰り返すことで、あまり疲れることなくスライムを倒すことが出来た。

そして――。

「ハッ！　……くっ、まただ、身体が熱い」

この日二十五匹目となるスライムを、生ゴミと木の棒のコンボで気合を入れて倒したところで、身体に力が漲っていくあの現象がまた起こった。

「これって何なのかな？　もしかしてスライムの祟り？　でも祟りだったらこんなに力が漲るのはおかしいよね？」

それから少し考えたけど、結局僕には判断が出来なかった……いや、考えるのを一先ず止めることにしたのだ。

今日一日で色々なことがあったからか、どうやら精神的にだいぶ疲れてしまっていたみたいで、とても眠くなってしまったのだった。

僕は念のため安全エリアと名付けた小部屋の入り口に、ゴミ捨て場で【回収】した小瓶を並べて、もしスライムが来ても小瓶が倒れた音で起きられるようにセットして、スライム対策を万全にした。

それから迷宮の固い床に寝転がり、『明日は今日よりも幸せになれますように』と祈ってから眠気に身を委ねると直ぐに眠りに誘われるのだった。

LV.

目が覚めると地面が固いことに気づき、僕は自分がどこにいるのかを徐々に思い出してきた。

「ふぁ～あ、そっか……よいしょ」

大きく伸びをしてから身体を起こし、周りを確認してみる。

「うん。スライムはいないみたいだね……何で小瓶がなくなっているのだろう？」

するとなぜか入り口を塞ぐように置いた小瓶がひとつ残らず消えていたのだ。

小瓶が倒れた音はしなかったと思うし、人が通ったのなら声を掛けてくれているだろう。ましてやスライムが吸収したのならこの部屋にスライムがいないはずがない。

「う～ん……また同じことをして調べてみるしかないかな」

いくら考えても分からないし、また考え過ぎて頭が痛くなるのはさすがに嫌だった。

それにしてもしっかり眠れたおかげかとても身体が軽く感じる。

最初に固い地面に寝転んだ時は少しだけ痛かったけど、耐えられない程じゃなかったし、寝ているうちに気にならなくなった。

案外僕はどこでも眠れるのかもしれないな。

「さて、今日も頑張ろう」

小部屋からそっと顔を出して、まずは人やスライムがいないか確認することから始めた。

するとスライムが数匹、遠くで固まっているのを発見したので、昨日と同様にスライムが反応するあたりまで近づいて、生ゴミを【排出】して少しだけ離れる。

そしてスライムが生ゴミを吸収するのを待ってから、スライムに近づき頭の上に出現させた黒い霧へと両手をいれて木の棒【排出】と念じて掴み、そのまま振り下ろして核を叩く。

同じことを繰り返して朝一の戦闘を終えた。

「やった。あとはこれがお金になってくれることを祈るだけだ」

まず生ゴミを黒い霧で【回収】して次に魔石（低級）を【収納】する。

何となく魔石（低級）が生ゴミ臭くて売れなくなってしまうような気がしたので、生ゴミとは分けて黒い霧へと入れることに決めたのだ。

「ここまでは順調だけど冒険者がいつ来るか分からないから、見つかる前に迷宮から出ないとね」

迷宮の入口へ繋がる階段までスライムを倒しながら進み、階段を途中まで上ったところで、一度迷宮の中へと引き返すことにした。

「夜は松明を焚いていないなんて思わなかった。それにあれだけ真っ暗だと、迷宮の中よりもずっと外の方が怖い」

お腹は空いていたけど、もう少し外が明るくなるまでスライムを倒して時間を潰すことにした。

スライム一匹との戦闘で一度に五kgの生ゴミを【排出】する。戦闘が終わって再び【回収】すると四kgになって戻ってくる。

そのため既に生ゴミの残量は三十kgを切っていた。

「今まで群れていたスライムは多くても三匹だった。だけどそれは遭遇していないだけかもしれない。今戦闘するとして六匹以上のスライムと戦うことになったら、うまく立ち回らないとスライムの攻撃を受けてしまうことになる。

そう考えると生ゴミは余裕を持って今ぐらいの量は確保しておかないと不安だよね。

そういえばこの黒い霧の中にはどれぐらいの生ゴミが入るのかも分からないし、いずれは試さないといけないな……。

そうなると色々調べないといけないことが多い気がする。これから生活していく為には生ゴミを集めて食事を提供してもらい、生ゴミを処理するためにスライムを倒していく必要がある。

後はこの魔石（低級）が少しでもいいからお金になれば、誰にも迷惑をかけないでしっかりと生活出来る基盤が整えられる。

「僕に出来ることは今日も頑張って出来るだけ生ゴミを集めることだよね」

起きてから二十四匹目のスライムを倒したところで外の様子を窺うと、薄暗いながらも行動するには十分な明るさになっていた。

「これ以上ここにいたら見張りの兵士さんが来ちゃうだろうし、朝の散歩でもしてみようかな……」

僕はそう呟いて迷宮の外へ出た。

街は薄暗く人も見かけない。まるで僕一人がこの世界にいるように思えた。

ただ少し歩くと数件の家から明かりが零れていたので、何だかおかしくなって笑った。

あ〜あ、早く時間が過ぎて朝食の時間にならないかな。

そんなことを考えながら街中（まちなか）を観察して歩く。

不用意に歩いて裏路地にだけは入り込まないように、大通りと道幅のある広い通りを進む。

それから暫く歩いたところでお日様が顔を出してきた。

そろそろ人が外へ出てくるかな……そんなことを思っていると、昨日初めて文字が読めるようになった時に見掛けた〝魔導具専門店メルル〟の看板を見つけ、そのお店の前には掃除している女性がいた。

女性は楽しそうに箒を掃いていて、機嫌が良さそうだった。

「……うん。優しそうだし大丈夫かな」

僕は周りを確認してから黒い霧を出し、スライムを倒して手に入れた魔石を取り出した。

「生ゴミは……付いていないね……それにしても黒い霧ってもの凄く便利だよね」

【収納】した時に少しは付いてしまったと思っていた生ゴミが一切付いていなかった。

これなら女性も抵抗なく見てくれるだろうと、朝の挨拶から始めることにした。

「おはよう御座います」

「あら、おはよう」

女性は肩に掛かった青い髪を靡かせながらこちらを見て、直ぐに挨拶を返してくれた。

女性……お姉さんは僕の格好を見て嫌な顔をしなかったので、予定通り魔石を見せることにした。

「お姉さんはここのお店の人ですか？」

「ええ。ボクもいつか大きくなったら買いに来て欲しいわ」

そう微笑みながら言ってくれた。

「はい。優しいお姉さんのお店で将来魔導具を買うことにしますね」

「あら、ボクはもう字が読めるのね」

「はい。もう五歳ですからね……。まだしっかりと書くことは出来ないけど、読むことなら出来ますよ」

「五歳で文字が読めるのなら早い方よ」

「そうなんですか？　それなら良かった。あ、それで優しいお姉さんにお話があるんですけど……」

「……何かしら？」

少し強引だったからか、お姉さんを警戒させてしまったみたいだ。

焦ってもいいことはないのに……そう少し落ち込んだけど、お姉さんはそれでも話をちゃんと聞いてくれようとしていた。

「ありがとうございます。あのお姉さんのお店ではこれを買い取りなどしていませんか？」

僕は握りしめていた魔石を女性の前に掲げるように見せた。

「えっと、これって魔石よね？　何処かに落ちていたのかしら？」

「いえ、迷宮に入ってスライムを倒してきたんです」

「……」

お姉さんからは笑顔が消え、真剣な顔でこちらをジッと見つめきた。

僕も同じようにお姉さんをジッと見つめ返す。

「本当に迷宮から取ってきたのなら、本来は冒険者ギルドで魔石を買い取ってもらうのよ」

「えっ、それじゃあ冒険者ギルドじゃないと買い取ってくれないんですか？」

となるとどうしても冒険者登録が必要になってくる。

あと五年は冒険者になることは出来ないから、それまでは迷宮ではお金を稼ぐことが出来ないってことだよね。

ここまではうまくいっていたけど、お金を稼ぐことはそう簡単じゃないか……。

最後の最後で失敗の影がチラつき出してしまった……。

「そうね。冒険者は冒険者になる時にギルドとの約束で、魔石をギルドへ売ることになっているの。……ボクはまだ冒険者じゃないのよね？」

「……はい」

「このことをお父さんとお母さんは知っているの？」

この質問は冒険者ギルドでも使った答えを使うことにする。

「……昨日捨てられてしまったんです。だから冒険者ギルドに行って登録しようとしたら、十歳になるまでは登録することは出来ないって……それで見張りの兵士さんがいない夜に迷宮に入ったんです」

「えっと、何だかごめんなさい。ボクも色々大変なことは分かったわ……。これは冒険者ギルドが買い取る値段で私が買ってあげるから、もう迷宮には危ないから入っちゃだめだよ」

そう言って女性は僕から魔石を受け取り、魔石を上に向けて覗き込んだ。

「一階のスライムだけでも駄目ですか？」

「駄目よ。それに誰から聞いたかは知らないけど、スライムはとっても危険な魔物なのよ。魔法が使えるならまだしもラッキーで一度は倒せても、二度目はないのよ」

女性は真剣な目をして迷宮が危険だと説明してくれた。

ここで女性の言葉を聞いたフリをして、それを裏切ってまで迷宮に入ることは出来ないと思った。

「一匹じゃないです。全部で五十匹近く倒しました」

「……じゃあこれと同じものを持っているの？」

きっと女性は魔石を持っていないと、僕に言わせたいのだということが分かった。

そして嘘をつくことはいけないことなのだと、教えようとしてくれているのだろう。

そうじゃなかったら、孤児みたいな格好の僕にここまでのことは言わないだろうし……。

だけど、魔石を見せるには黒い霧を使わないといけないし……どうしよう。

「持っていますけど、ゴロリーさんが見せるなって」

……あ、スキルって言い忘れた。

そう思っていると、女性の雰囲気が少しだけ変わる。

「ゴロリーさん？　あの〝ゴロリー食堂〟のゴロリーさん？」

「はい。昨日食事をご馳走になりながら、色々教えてもらいました。お姉さんもお知り合いですか？」

「ええ、お世話になっているわ。……魔石のことは本当なのね？」

「はい」

お姉さんはもう一度確かめるように念を押してきた。

「それは直ぐに取って来られるの？」

「……ここじゃ無理です」

僕はそう言うしかなかった。

「う～ん、いいわ。魔石の件も含めて一度お店の中で話をしましょうか。一応自己紹介しておくね。私はこのお店を経営しているメルルよ」

「えっ、店主さんだったんですか？　あっ、僕も名乗っていませんでした。クリストファーです。クリスと呼んでください」

冒険者ギルドで会ったマリアンさんよりも若そうなのに、もうお店を持っているなんてやっぱり凄い人はいるんだな。

「そう。じゃあクリス君、中に入って」

僕は何とか自己紹介を終えると、メルルさんは少し笑いながら、店の扉を開いてくれた。

「はい」

こうして僕はメルルさんに導かれて〝魔導具専門店メルル〟へ足を踏み入れた。


「わぁ～⁉」

中はとても……色々な物が乱雑に置かれていて、何が何だか分からない状態になっていた。

……本当にここってお店なのかな？

「……これはあれよ。まだお店が開店するまえだから、整理されていないだけなの」

「お店が開く前にこれを片付けるのって、もの凄く大変じゃないですか？」

どうやら泥棒が入ったとかではないみたいだ。

「……今は大口の注文が入っているから、お店は開けていないのよ」

僕はさっきまで黒い霧を出そうかどうか迷っていたけど、お姉さん……メルルさんなら見せても問題ない気がした。

何というか色々残念な人みたいだけど、それでも僕の話を聞くために自分が片付けることが出来ないと宣伝した状態でも、わざわざお店の中に入れてくれたんだから。

きっとそれは本当の意味で優しさがないと出来ない行動だと思うし、何だか暖かい気持ちが伝わってきたからだ。

「……ゴロリーさんはとてもいい人です。メルルお姉さんもいい人だと思いますけど……メルルお姉さんは口が堅い人ですか？」

「……私、基本的に店の工房にいるから、あまり人と話すことはないわ。口が堅いかどうかと聞かれると、分からないけどね」

何だかとてもメルルさんの雰囲気が暗くなってしまった。

もしかすると僕はメルルさんの傷口を抉ってしまったのかもしれない。

ここで気まずくなるのは嫌だったので、メルルさんを信用して固有スキルの話をすることにした。

「何だかごめんなさい。えっと、ゴロリーさんから僕のスキルは珍しいから、出来るだけ人には見せないように教えてもらっていたんです。メルルお姉さんは言わないでくれますか？」

「スキル関係なのね……分かったわ。でもそれだと口約束だから破られてしまうこともあるから気をつけた方がいいわ。まぁ私は決して口外しないと誓うわ。クリス君のことも悪用しないと誓う。うん、ちょっと待ってて」

するとメルルさんは山積みになっている魔導具(?)を次々と退かしていき、一枚の紙を取り出すとその紙に何かを書いていく。

「この紙には契約の魔法が掛けられているの。だから契約を破ったら契約書に書かれた罰が発動するのよ」

「そんな怖い契約はしなくていいですよ」

「いいえ、私も魔導具屋を経営しているとはいえ、一応商人ギルドに登録している商人でもあるから、約束は違えたくないもの」

結局メルルさんはそう言って契約書を書き終え、僕と僕のスキルを悪用、口外しないことを約束した。

対価として僕のスキルを見て知ることが出来るようになり、罰は全ての財産の譲渡及び奴隷になると書かれていた。

あまりに重い罰に、破棄も出来るかを聞いたところ、双方の同意があれば可能であることが分かり契約を結んだ。

「それにしても本当に字が読めるなんて、クリス君は優秀なのね」

「ありがとう御座います。メルルお姉さんにそう言ってもらえると自信になります。……それでは魔石を【排出】しますね」

僕がそう告げてから黒い霧を生み出すと、メルルさんは驚きながら黒い霧に触れようとした。

でもやっぱり何も掴むことは出来なかった。

そして迷宮で手に入れた魔石をカウンター台へと【排出】していく。

その数は全部で四十八個、メルルさんに渡してあるのと併せて四十九個だった。

これが今回の探索の成果だった。

少し誇らしげにメルルさんを見ると、メルルさんは先程よりも真剣な顔でこちらを見つめていた。

「……クリス君、そのスキルは大人になるまで、誰にも見せちゃ駄目よ。千人に一人ぐらいのスキルだけど、子供のクリス君なら攫われてしまう危険があるから」

「……はい、分かりました」

僕が思っている以上にこの黒い霧は特殊なんだな……。

それでも悪用しようとはせずに助言してくれるなんて……。

ゴロリーさんやマリアンさんもそうだけど、嫌な視線を感じない人達はみんな本当に優しいし親切な人ばかりだ。

いつか恩返しが出来るように頑張っていこうと決めた。

「でも、なるほどね。ゴロリーさんが誰にも見せるなって言っていた理由は理解出来たわ」

「やっぱりそうですかね？　でも、どうしよう。今日もいくつかの食堂を回って、このスキルで生ゴミを【回収】していく予定になっているんです。何か隠せる方法はありませんか？」

「ゴロリーさんのところだけじゃなくて、もう仕事を請け負っているなんて、クリス君は結構精力的なんだね。う～ん、あ、それなら【クリーン】という魔法があるから、それを唱えているように装えば平気よ」

「はぁ～良かった。それなら大丈夫ですね」

本当に駄目でもともとだったけど、どうやらメルルさんも色々なことを知っている人みたいだ。

「そうだ、クリス君。自分の能力を知りたくない？」

「能力？　能力ってこの黒い霧のことですか？」

「そうよ。もしかしたら違うスキルも習得している可能性があるでしょ？」

「知りたいです」

もしかしたら黒い霧をもっと知ることが出来るかもしれないし、他にもスキルがあったら生活に困らなくなるかもしれないもんね。

「それならそのスキルを使って、お手伝いしてみない？」

「お手伝いですか？」

「ええ。このお店のお手伝い」

「それなら無料でもいいですよ。でも何を？　もしかして……」

「そう。お店の片づけを手伝って欲しいの……だからちゃんと報酬は払うよ」

「えっと……」

お店の中に入って直ぐに頭の中に浮かんだことは、まさに今メルルさんから頼まれたことだった。

だからメルルさんに能力を教えたら、片付けを手伝うのは一食分で手を打つつもりでいたけど……。

こちらとしては願ってもないことだし、甘えてもいいのかな……。

「本当にお願い！」

僕が黙っていると、メルルさんは拝むように手を合わせて頭を下げてきたので、一つだけ条件をつけてみることにした。

「じゃあこれからも魔石を買い取ってもらえますか？」

「それはどうやってスライムを倒しているかによるわ」

たぶんメルルさんはスライムの倒し方を説明したら許してくれそうな気がしたので、僕はお手伝いを引き受けるとともに、スライムとの戦い方も話すことにした。

「分かりました。きちんと説明させていただきます。もしそれでメルルお姉さんが了承してくれたら、お店のお手伝いもしますね」

「うん、信用してくれて嬉しい。クリス君は素直でいいね」

「メルルお姉さんもやさしいですよ」

それから僕はメルルさんに説明を始めた。

ただ口頭で説明するよりも、黒い霧の能力をメルルさんの前で披露した方がきっと分かりやすいと思って黒い霧を発動させた。

しかし店内で生ゴミを【排出】する訳にはいかないので、お店の出入り口まで移動して生ゴミを【排出】して見せる。

すると強烈な臭いを発する生ゴミを見てメルルさんが慌てだしたので、直ぐに黒い霧で生ゴミを

【回収】した。

「生ゴミを吸収している時はスライムが襲ってこないので、同じ要領でこの木の棒を取り出して振り下ろすだけでスライムは魔石に変わります」

「分かったけど、ここで生ゴミを出さなくてもいいと思うよ」

「あ、すみませんでした」

少しだけ涙目になったメルルさんに、事前に説明していなかったことを謝りながら、次にいらない布を貸して貰って黒い霧に【収納】してみせた。

そして目の前で【排出】して、生ゴミがついていないことや、悪臭がしないことを証明して見せた。

「それなら危険はなさそうだけど……それでも子供が迷宮へ入ることは容認したくないな」

「それじゃあ……」

「うん。でもクリス君は放っておくといろいろな人に自分のスキルを教えていきそうだし、きっと無理もするよね？」

「……」

否定は出来ないと思った。

「絶対に無理なことはしないって誓える？」

「はい。僕も痛い思いをするのは嫌ですから」

「う〜ん、分かった。でも無理をしていると思ったら、そこでもう取引はしないからね」

「ありがとうございます」

「いいの。たぶんスライムとの戦い方もちゃんと考えて編み出したんでしょ？　ちゃんと事前準備をするクリス君なら大丈夫だと思うし……」

「絶対に無理はしません」

「うん。ただそのスキルは少し問題だわ。それは収納系の魔導具、それも上位の物と遜色ないかもしれない能力を秘めている。絶対に隠さないといけないわ」

「その魔導具は高いんでしょうか？」

「上位冒険者でも一握りしか持っていないものよ。だからその能力を求めて攫われてしまうって話も冗談ではないからね」

「……気をつけます」

「じゃあそろそろお願いしようかしら」

「はい」

こうしてメルルさんに頼まれた仕事が始まった……のだけど、直ぐに疑問が生まれることになった。

確かお店の看板には〝魔導具専門店メルル〟と書いてあった。

だけどお店の一角にある魔導具を一気に【収納】してみてから、品物がきちんと分類されているのか確認してみると、大半が魔導具ではなく雑貨であることが分かった。

「メルルお姉さん、魔導具屋さんじゃなかったんですか？」

「い、今は間違いなく魔導具専門店よ。ただ二年前までは母が雑貨屋を経営していたから、その品がたくさん残っているのよ」

「じゃあメルルお姉さんに代替わりしてから魔導具店になったんですね」

「ええ」

メルルさんは少し寂し気な顔をして雑貨屋さんから、魔導具専門店へとお店を新しくしたことを教えてくれた。

あまり深くは聞かない方がいい気がして、僕は仕事に集中していく。

「あ、品物は雑貨と魔導具で分けた方がいいですか？」

「そうね～。一旦全部その黒い霧の中に【収納】してもらってもいい？　出来れば掃除した後で商品を陳列していきたいのよね」

確かにそっちの方が早く終わりそうだと僕も思った。

「いいですよ。でもそれは別件のお仕事を終えた後でもいいですか？」

「別件？」

「さっきも言いましたけど、これから色々な食堂を回って、生ゴミを【回収】しないといけなくて……一応対価として朝食も用意してもらっているので」

起きてからずっと散歩していたからお腹が空いているし、出来れば食事を提供してもらえる仕事を優先させてもらいたい。

せっかく昨日頑張った交渉を無駄にすることはしたくなかった。

「そっか。生ゴミを【回収】する対価として食事を用意してもらっているのね。それならしょうがないか」

「すみません。でも言い訳に聞こえるかもしれませんけど、メルルお姉さんとの約束が早ければこっちの仕事を優先していましたよ。どんな些細な約束でも守らなければ信用を失くしますし、一度信用を失うと元に戻すことは難しいですからね。だから僕は先に約束した方を優先したいんです」

僕は自分の考えをしっかり伝えれば、メルルさんは分かってくれると思って話をしてみた。

「クリス君はまるで商人みたいなことを言うのね。それに（……本当にクリス君は捨てられたのかしら？　これだけ利発な子を捨てるなんてとても信じられない。子供らしくなかったからかしら？）いえ、やっぱりいいわ」

何か最後の方にボソボソ聞こえたけど、メルルさんは分かってくれたみたいだ。

「それでは一旦回収した物を順番に出していくので、メルルお姉さんは品物を並べていってください」

「えっ〜」

「う〜ん。……陳列はいいかな。クリス君のことを信じて、回収した物は預けておくわ」

「ふふっ。クリス君は約束を破らないんでしょう？　それなら食堂の生ゴミを回収し終えたら、またお店に来てね」

メルルさんがいい人過ぎて僕は心配になってきた。

「メルルお姉さんは人を疑うことを覚えた方がいいと思います」

「あら、これでも人を見る目はあるつもりよ」

そう言われたら、僕も引き受けるしかなかった。

「分かりました。それじゃあ、朝の仕事が終わったら、また〝魔導具専門店メルル〟へお邪魔しますね」

「うん、待ってるわ。あ、そうだわ。その前に魔石だけど、低級の魔石は一つ銅貨三枚になるの。お金のことは知っているかしら？」

その瞬間、今日一回目の頭に痛みが走る。

「痛ッ」

「クリス君、どうしたの⁉」

急に頭に痛みが走ったから驚いて声を出して、メルルさんに心配を掛けてしまったか。

「あ、すみません。少し寝違えちゃったみたいで……もう大丈夫です。えっとお金は銅貨、銀貨、金貨、白銀貨ですか？」

何故か知らないお金が頭に浮かんできたので、それについて話してみることにした。

「惜しいわ。お金はその他に銅板、銀板、金板があるの。銅貨十枚が銅板一枚と同じ価値で、銅板が十枚で銀貨一枚と同じ価値になるわ。この銅で造られた丸い貨幣が銅貨で長方形の方が銅板ね」

メルルさんは僕に渡すつもりの銅板を見せてくれた。

銅貨は丸い形をしていて、銅板は長四角の形をしていた。

「へぇ～そうなんですか。あ、でも銅貨一枚でどれくらいの価値があるか分かりません」

「そうね～。クリス君の知っている〝ゴロリー食堂〟なら、一食で大体銅貨五枚～銅板一枚よ」

「えっ、じゃあ魔石を全部売ったら、〝ゴロリー食堂〟で一番高い料理を十五回も食べることが出来るんですか⁉　やった～‼」

頭の中にゴロリーさんが作った料理が十五回分浮かんだが、最後だけ量が少なかった。

それでも一日三回食事をしても五日間も食事が確保出来ることに、喜びしかなかった。

「えっと、クリス君は計算も出来るのかな？」

「う～ん、たぶん？　頭にゴロリーさんの作った料理が並んでいくのを想像したからかな？」

頭が痛くなって治まったら、今度は計算が出来るようになっていたなんて……考えすぎだよね？

「……そうなんだ。やっぱり優秀ね（何処かの貴族の後胤だったりするのかしら？）」

それにしてもメルルさんは褒めてくれるから何だか嬉しいな。

「あ、じゃあそのお金は僕が今度来るまで預けておきます。そうすれば少しはメルルお姉さんも安心出来ますよね？」

「元から安心しているわよ……でも、そうね……。じゃあ預かっておくわね」

うん。これで僕も少し肩の荷が下りそうだ。


少し早いけど、メルルさんのアルバイトもあるから、そろそろ行くことにしようかな。

「じゃあ、行ってきますね」

「あ、ちょっと待って、いくら生ゴミを回収しに行くとしても、汚れた服のままじゃ次は断られるかも知れないわ。だから新しい服を着て行きなさい」

「えっと、新しい服を持っていないので……」

「分かっているわ。さっきも言ったけどこのお店は元々雑貨屋なの。だから子供服ぐらいなら取り扱いがあるのよ。確かこの辺にクリス君に合うサイズの服が……」

メルルさんはそう言って荷物が乱雑に置かれた場所へ向かうと商品（？）を掘り返していく。

そして数着の服と小さなブーツを持ってきた。

「これに着替えちゃいなさい。クリス君の能力を教えるだけで、さすがにお店の整理を手伝ってもらうのも気が引けていたからちょうど良かったわ」

そう言って渡された服は解(ほつ)れていないし、汚れてもいない新品の服だった。

「えっと、これって新品なんじゃ？」

僕は今までお兄の御下がりしか着たことがないから、綺麗で新しい服を着ていいのかとても迷ってしまう。

「いいのよ。お店が片付けば子供の服の数着なんて、直ぐに元が取れるし、全部で銅板三枚ぐらいなんだから」

僕はその金額に驚いて落としそうになってしまった。

「ゴロリーさんのお店で三回も食事が出来ますよ？」

「う〜ん。それならスライム十匹って考えてみるとどうかな？」

「スライム十匹分ですか？」

「そう。スライム十匹分ね」

スライムか……ゴロリーさんの料理が三回食べられると思うと高い気がするのに、スライム十匹なら僕が新品を着てもおかしくないように思えてくるから不思議だ。

きっと役に立つだろし、今度から色々な物の価値を覚えていこう。

「じゃあ、これ売って下さい」

「だからこれはお手伝いの対価なの。能力を教えるだけで、お店の中を整理するのは安すぎると依頼主の私が判断したの」

「メルルお姉さん、優しくしてくれるのはうれしいです。でも、メルルお姉さんのお店が無くなると僕はとても困ります」

「あらら、クリス君心配してくれているのね。でも大丈夫。皆に優しい訳じゃないから」

メルルさんのその笑顔には妙な説得力があって、僕は今回もお言葉に甘えることになった。


それから着替えを済ませて、今まで着ていた服は黒い霧の中へと大事に【収納】した。

「えっと、どうですか?」

ちょっとだけ大きいけど、新しい服を着るだけで自然と頬が緩んでしまう。

それに新しいブーツはとても履き心地が良く、足が痛くなることもなさそうでとてもうれしい。

「うん。ちょっと大きいみたいだけど、良く似合っているわ。それならスラムの孤児に見えないから大丈夫よ」

どうやらメルルさんのお墨付きをもらえたみたいだ。

それにしてもスラムの孤児に見えていたってことなのかな?

「本当にありがとう御座います」

「いいわ。さぁ行ってらっしゃい」

「はい。行ってきます」

行ってきます――それがただの言葉だって分かっているけど、それが言えるだけで、何だかとても胸が暖かくなるのを感じた。

今日も精一杯頑張ろう。

僕はそう決心して昨日約束した食堂へ向かうために歩き出した。

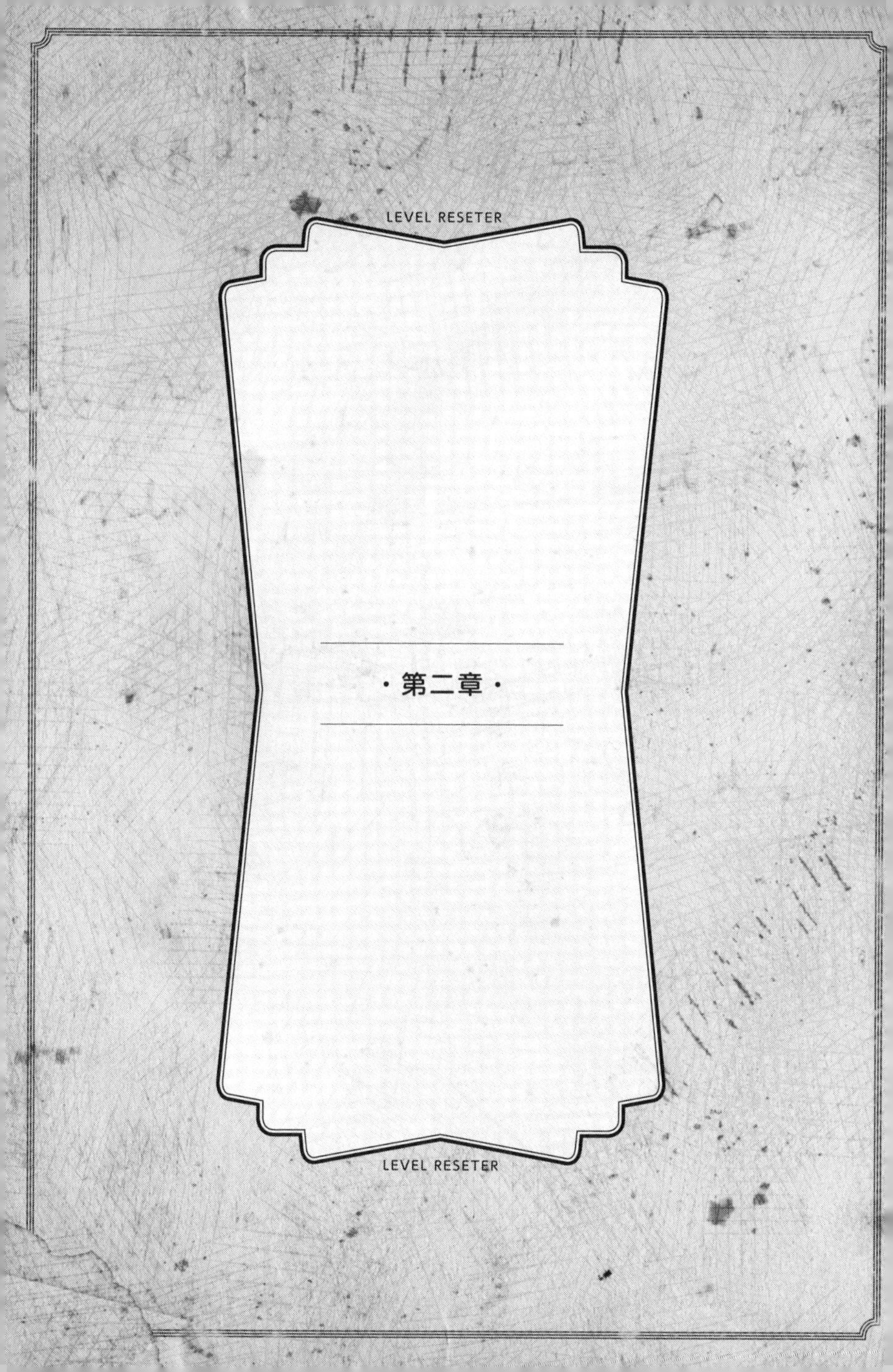

LEVEL RESETER
・第二章・
LEVEL RESETER

食堂を二軒回り、一軒目は夕方にしてほしいと言われたので、二件目の生ゴミだけ無事に【回収】することが出来た。

ただその二軒目の生ゴミを【回収】して処理したことを伝えると、あまりに処理が早くて仕事をしていないと疑われてしまった。

もちろんちゃんと生ゴミが無くなっていることを確認してもらったところで疑いは晴れて、また二日後の仕事の依頼と、対価である多めにサービスしてくれた食事をお腹一杯食べることが出来た。

「またお願いします」

「ああまた二日後に」

挨拶して二軒目のお店を出た僕はとっても機嫌が良かった。

〝ゴロリー食堂〟に続き、二軒目のお得意様が出来たからだ。

これも新しい服を用意してくれたメルルさんのおかげだよ。

それにしてもさっきの食堂で出された朝食、とっても美味しかったな。食べきれなかった焼きたてのパンもそのまま貰えたし。

今日はとてもいい日になりそうだな。

ただ少し食べ過ぎてこれ以上は食べられないから、残りのお店では生ゴミだけ【回収】して、違う時間に料理を提供してもらえるように交渉してみよう。

一応誰もいないことを確認して、僕はお店の人が持たせてくれたパンを黒い霧へ【収納】してから歩き出した。

それから残りの三軒を回っていくと、二軒は交渉通り〝その恰好なら混み合っていなければいつでもいいよ〟と言ってくれて、生ゴミだけ【回収】することになった。

ただどこへ行っても生ゴミを処理するのが早いので疑われる結果になってしまったので、メルルさんやゴロリーさんに相談してみることにした。

三軒のうちの一軒は最初のお店と同じく夕方に来てほしいと言われたので、迷宮へ潜る前に寄ればちょうどいいと判断して了承した。

こうして僕は朝食と仕事を終えて〝魔導具専門店メルル〟へ向けて歩き出した。


お日様がさっきよりも高くなっていて、人通りも多くなってきた。

そこで軽い違和感を覚えて立ち止まった。

そして周囲を見渡したことで、その違和感が何だったのか気付くことが出来た。

そっか、そうなんだ。

服装や身だしなみを整えるだけで、相手が受ける印象ってけっこう変わるんだな。

あの視線を受けなくなったこと、それと大事なことを教えてくれたメルルさんには、とても感謝しなきゃいけない。

今日の幸運はメルルさんが運んで来てくれたんだから。

早くメルルさんにお礼が言いたいな。

そう思って再び歩き出した。

そしてもう少しで〝魔導具専門店メルル〟に着こうかというところで、少し殺伐とした空気を感じて何気なく裏路地に視線を向けた。

すると昨日大通りまでの案内をしてくれた、孤児院のリーダー格だったフェルノートの姿が見えた。

さらによく見てみると、フェルノートに絡んでいるのも昨日会ったスラムの孤児達だった。

「縄張り争いなのかな……あ、小さい子供達を守っているのか」

スラムの孤児達はフェルノートとその後ろにいる二人の小さな子を囲もうとしていた。

もしかするとあの小さな子達がスラムの縄張りに入ってしまって、フェルノートは助けにきたのかも知れない。

フェルノート達には昨日お世話になったし、受けた恩は返すべきだよね。

「衛兵さ～ん。こっちです。スラムの人達が小さな子供を攫おうとしていま～す」

精一杯大きな声を上げてみた。

するとスラムの住人達はこちらを見てから、フェルノートに何かを告げてその場を離れていった。

フェルノートと二人の小さな子供は、半べそを掻きながら僕のところまでやって来た。

その途中でフェルノートは、助けたのが僕だと気付き少し驚いた顔をしたけど、直ぐに暗い表情を浮かべてしまった。

僕はフェルノートが少しでも明るくなれるように話し掛けてみることにした。

「おはよう、剣聖フェルノート」

「おおっ、伝説の騎士クリストファー。今日は助かったぜ」

よく見ればフェルノートは目が少し赤くなっていた。

それにしてもフェルノートは剣聖の名前を出すだけで笑顔になってくれて良かった。

「僕も昨日助けてもらったからね。さっきのってスラムの人達でしょ？　縄張り争いでもしてたの？」

「あ〜いや、こいつらがいいニオイがする方向に釣られたらしくて、それでな」

しょんぼりしている二人の子供は僕と大して変わらない歳に見える女の子達だった。

よく似ているから姉妹なのかもしれないね。

二人の子はフェルノートの服をギュと掴んでいるから相当怖かったんだろうけど、フェルノートのことを信頼しているのが分かる。

もう誰かを守るために戦うことが出来るんだな。凄いな。

それにしてもお腹一杯に食べていなかったら、おいしそうなニオイに釣られてしまうのはよく分かる。

僕も昨日同じ経験をしたからね。

「それは仕方ないね」

「ああ。それより昨日は無事に家に帰れたんだな。実は昨日はスラムの孤児なんじゃないかって疑っていたんだ。ごめんな」

僕が新しい服を着ているから家に帰ったと思ったんだろう。

余計な心配や警戒をされるのは嫌だから、本当のことは黙っておこうかな……。

「あ～。まぁあれだけボロボロだったからね。昨日はフェルノート達に大通りまで送ってもらって助かったよ」

「これからお礼をしたいところだけど、こいつらを孤児院に連れて帰らないといけないから、また今度お礼をさせてくれよ」

「気にしないでいいよ。昨日はこっちも助けてもらったんだから」

「そっか……じゃあまた何かに困った時は助けになるから、遠慮しないで声を掛けてくれ」

フェルノートはもう暗い表情をしていなかった。

「うん。その時はお願いするね」

「ほら、お前たちもきちんとお礼ぐらいはするんだ。いつもシスターが言っているだろ？」

「「ありがとう」」

フェルノートに促されて赤色と青色の髪をした二人の子達は、フェルノートの両サイドに立って頭を下げてお礼を口にした。

「うん、どういたしまして」

二人は暗い表情のままだったから何とか笑顔にしてあげたかったけど、僕にはそれを思いつくことが出来ず、お礼の言葉を受け取るだけだった。

それを満足そうに見たフェルノートは別れの挨拶を口にした。

「じゃあまたな、伝説の騎士クリストファー」

「クリスでいいよ。剣聖フェルノート」

「俺もフェルでいいぜ」

「うん。分かったよ」

フェル達はそう言って〝魔導具専門店メルル〟とは反対の大通りがある道へと歩き始めたけど、どうにも足取りが重そうに見えた。

何か元気になる方法はないかな……あ！

僕は周囲に人がいないことを確認して、黒い霧から朝食で食べきれなかったパンを【排出】して三人の背中へ声を掛ける。

「フェル、良かったらこれを三人で食べて」

フェル達がこちらへ顔を向けると、フェルは驚いた顔をしていたけど、二人の子達は僕が両手に持ったパンを見て大喜びで近寄ってきた。

「二人とも待て、待てって。はぁ～なぁクリス、これって……本当に貰ってもいいのか？」

「うん。僕も今朝ある人に親切にしてもらったら幸せな気持ちになれたんだ。だからこれは幸せのお裾分けだよ」

「お裾分け……ありがとう、クリス」

「「ありがとう」」

今度こそ三人とも笑顔になってくれた。

僕はそれが凄く嬉しかった。

「どういたしまして。二人はフェルの言うことをしっかりと聞くんだよ」

「「うん」」

「後で皆と一緒に食べることにするよ」

「うん」

二人の子達はフェルの言葉に対して少しだけ不満そうにしたけど、それでも直ぐにフェルの提案に頷き、三人は楽しそうに歩いていった。

僕はそれを見送りながら、心が何だかポカポカするのを感じて嬉しくなった。

そして僕もまた〝魔導具専門店メルル〟へと向けて歩き出すのだった。

フェル達と別れてからは何事もなく、無事に〝魔導具専門店メルル〟へと到着したので、扉を開いて中へと入る。

だけど店内を見た限りメルルさんの姿を見つけることが出来なかった。

「どこかに出かけたのかな？　でもお店の扉には鍵が掛かっていなかったし……」

一度大きな声でメルルさんを呼んでみることにした。

「メルルお姉さ〜ん」

……しかしメルルさんからの返事はなかった。

「やっぱり戸締りしないで店を空けたのかな？　普通はないけどメルルお姉さんだったら有り得そう

なんだよね……」

とりあえず店の中に入って直ぐの場所でメルルさんが来るのを待つことにした。

たとえお手伝いの内容がお店の中の整理だと決まっていても、雇い主であるメルルさんのいないところであれこれ勝手に作業するのは問題になりそうだもんね。

僕も僕が知らないところで僕の物を触られたら、きっと嫌な気分になると思うし。

するとそんな僕の耳にカンッ、カンッ、カンッと、硬い何かを叩いているような音が聞こえてきた。

何の音だろう？　お店の奥から聞こえてくる。

泥棒だったら商品を狙うか……もしかしてメルルさんはこの音がするところにいるのかな？　それならお店に鍵が掛かっていないことにも説明がつく。

それから何度か大きな声でメルルさんを呼んでみた。

でもやっぱりメルルさんからの返事はなかった。

どうしよう……。

僕は悩みながらも、音のするお店の奥へ進むことに決めた。

勝手にお店の奥へ入るのも問題だと思うけど、この音を出しているのが仮に泥棒だったら大変だし、もしそうなら生ゴミをぶつけて追い払えるように準備をしておこう。

きっとそれならメルルさんも許してくれる……よね？　そんな気がする。

僕は慎重に店の奥へ進んで行き奥にあった扉を開いてみると、そこには地下へと続く階段があった。

どうやらこの階段の下から音が聞こえてくるみたいだ。

ゆっくりと階段を下りていくと、大きくて重そうな扉があり、僕では開けられそうになかった。

どうしよう……中にいるのがメルルさんだと考えて大声で呼んでみようかな。

でももしも中にいるのがメルルさんじゃなくて泥棒だったら僕が危険だよね？　う～ん、どうしよう……ん？

考えながら重そうな扉を見ていたら、扉がこちらに向けて引くタイプであることに気付いた。

この扉が開かないようにつっかえをしたら、中にいるのが泥棒でも危なくないよね。

それから僕はゴミ捨て場で拾った木の棒を扉を塞ぐつっかえにして固定した。

そして中にいる人物へ大声で呼びかけた。

「メルルお姉さ～ん。いますか？」

……しかし返事はなかった。

ただまだ中で何か作業しているのか、大きな音がするので、もしかすると僕の声がかき消されてしまっているのかな？

う～ん……黒い霧でこの扉を【回収】することは出来るかな？　でもそれだと泥棒だったら対処出来なくなってしまうし……。

よし、もう一度だけ呼んでも駄目なら扉を【回収】出来るか試してみよう。

泥棒だったらこの重い扉をぶつければ大丈夫そうだし。

「メルルお姉さ～ん。中にいますか？」

すると微かに女性の声が聞こえた気がした。

それじゃあ中にいるのはメルルさんだったのか。

「あれ？　開かない」

扉が開かないようにつっかえを置いていたので、いくらメルルさんが押しても開かないようになっているので、僕は慌てて声を掛けた。

「メルルお姉さん。中にいるんですよね？」

「いるわ。何故かは分からないけど、急にこの扉が開かなくなったの」

まだ小さな声だけど、はっきりと聞こえた。

「すみません、今つっかえを取ります」

そう告げてから、つっかえに使っていた木の棒を黒い霧の中へと【回収】する。

その時、勢い良く扉が開いた。

「えッ!?　きゃぁ」

どうやら僕の声が聞こえていなかったみたいで、開かなくなっていた扉を何とか開けようと思いっきり体当たりして押してしまったようで、メルルさんはバランスを崩して転んでしまったのだった。

僕は自分がしてしまったことで、メルルさんを傷つけてしまったことを深く後悔した。

「あの、メルルお姉さん、本当にごめんなさい」

そして直ぐに謝った。

「イタタッ。クリス君？　何で泣きながら謝るの？」

転んだままメルルさんは急に謝ってきた僕が泣いているのを見て、不思議そうな顔をして立ち上がると僕の頭を撫でてくれた。

それからお店に帰ってきてから何があったのかを順番に話していくと、メルルさんは笑って許してくれた。

「私も地下の工房にいることを言わなかったし、クリス君には悪いことをしたわ。ごめんなさい」

「いいえ、僕の方こそ本当にごめんなさい」

「フフッ。怪我もなかったし、ここはお互い様ってことにして仲直りでいいかな？」

「はい」

こうしてメルルさんと無事に仲直りすることが出来た。

そこで一体地下で何をしていたのか気になった僕は、メルルさんに何をしていたのかを聞いてみることにした。

「ところで地下で何を作っていたんですか？」

「魔導コンロよ。従来の魔導コンロよりも燃費がいいし、魔力を込めれば長い間使える物なのよ」

「魔導コンロ？」

それが一体どんな魔導具なのか僕には分からなかった。

「あ〜、まだ魔導コンロは一般家庭に普及していないから知らないかぁ。えっとお料理を作る時に火を使うのは分かる？」

「はい。薪を使うんですよね」

「そう。でも魔導コンロは薪の代わりに魔力を燃料として使うものなのよ」

「へぇ～凄いんですね～……たぶん」

「フフッ　クリス君にはまだ難しいかな」

「正直あまり分かっていません。その魔力って魔法を使う時に必要なあの魔力ですか？」

「そう。その魔力よ。魔力は魔法を使う人だけじゃなくて、生物には等しくあるものなの。もちろんクリス君も魔力を持っているのよ。ただ魔力を操るのはとても難しいの。もちろん魔法もね」

「そっか～。僕にもあるんだ。でも魔力ってどこにあるんですか？」

「クリス君の魔力はクリス君の身体の中にあるの。ただ、さっきも言ったけど、魔力を見つけること、魔力を操作することはとても難しいの」

「そうか。じゃあこの魔導コンロを僕が将来買ったとしても、僕には使えないんですね……」

でも魔導具は使う人を選ぶ物なんだって勉強になったな。

だけど僕の言葉を聞いて、メルルさんは嬉しそうに笑って話を続ける。

「ふふっ。昔は確かに魔法使いしか使えなかったんだけど、今はクリス君みたいに魔力を何だか分からなくても、使えるために改良がされているのよ」

「でもそれだと魔力は？」

「魔石から魔力を供給するのよ」

「魔石ってあの魔石から？」

「そう。魔導具にも色々な種類があるのよ」

「そうなんですね。もう少し大人になったらもっと詳しく教えてください」

いつかお店の売り上げに貢献出来るかもしれない。

……ただ僕には色々ちょっと早い気がした。

「クリス君でもちょっと難しかったかな」

「はい」

さすがに誤魔化せなかったみたいだね。

「じゃあそろそろお店の片づけを手伝ってもらってもいいかしら？」

「はい、頑張ります」

こうして〝魔導具専門店メルル〟の大掃除と商品整理が始まった。


まず僕が店内にある全ての商品を黒い霧の中へと【収納】していくことが決まった。

ただ実際のところ、この黒い霧がどれぐらいの量を【収納】出来るのか分からなかったので、メルルさんにそのことは事前に伝えておいた。

それからメルルさんの指示通りに商品を片っ端から【収納】していく。

しかし僕の心配をよそに黒い霧はどれだけ商品を【収納】しても、満杯になったりはしなかった。

それどころか結局はお店の中の全ての商品を【収納】してしまったのだった。

「もう一家に一人クリス君が欲しくなるぐらいの素晴らしい能力ね」

「えっと、ありがとう御座います……でいいんですか？」

「フフッ。さて、掃除をしてしまおうか」

「僕は何をすればいいですか？」

「あ、掃除は直ぐに終わるから、少しだけ待っていて」

メルルさんはそう告げながら一本の杖を手に持つと、ホコリ汚れのある棚に目掛けて杖を構えた。

「【クリーン】」

そう口にした。

すると杖が少しだけ光って杖の先からキラキラした何かが棚へと飛んでいくのが見えた。

次の瞬間、ホコリや汚れは跡形もなく消えていた。

「凄～い！　今のが魔法なんですか？」

「そうよ。でも厳密……正確には違うの。この杖は魔力を込めることで【クリーン】の魔法が使える魔導具なのよ」

「それって今朝言っていたきれいにする魔法のことですよね？」

「ええ。汚れや臭いを綺麗にしてくれる魔法よ」

「これなら直ぐにお店が綺麗になりますね」

「本当にクリス君には感謝だわ」

メルルさんはそれから、店の全体に【クリーン】の魔法をかけていった。

「はぁ、はぁ、終わった。さてクリス君、黒い霧から何を幾つ出すか言ってから、指定した場所に商品を出してくれるかしら」

そして店の掃除が終わるとメルルさんは激しく動いた訳でもないのに、息を弾ませていた。

「分かりましたけど……。あのメルルお姉さん、何だかとても疲れているみたいですけど、大丈夫ですか？」

「大丈夫よ。少し魔力を使い過ぎて枯渇……魔力が無くなっただけだから。少ししたら魔力が回復して元気になるから心配しないで」

「……はい」

僕は出来るだけメルルさんに協力して頑張ろうと決めて、順番に商品を【排出】していく。

そして全体の八割をお店に並べ終えた頃、メルルさんから声が掛かった。

「クリス君、まだあるの？」

「あと全体の二割ぐらい残っています」

「嘘!?　まだそんなにあるの？　う〜ん、これ以上はさすがに置けないわ。溢れていたのも当然だったってことね」

でもそれはメルルさんが溢れさせたのでは？　そんな些細な疑問が頭に浮かんだけど飲み込むことにした。

「じゃあ後は何が幾つ入っているのか、紙に書いてしまうから、取り出しながら教えてくれるかしら」

「分かりました」

そこで便利な黒い霧に意外な弱点が見つかった。

例えば魔導具の名前を僕が知らないと、全て魔道具が［魔導具］と表示されて、形、重さ、大きさ、説明で判断することになり、衣類も形、大きさで判断するしかなかったのだ。

だから思っていた以上にお店の整理整頓には時間が掛かってしまうことになった。

開始直後にそのことに気がついた僕はメルルさんに事実を伝えて謝ることにした。

きっと万能だと思ってくれて、僕にお手伝いを依頼してくれたのだから。

「僕がまだ黒い霧をうまく使えないから、時間が掛かってしまいました。ごめんなさい」

「いやいやクリス君にはとても感謝しているわ。それに形状や大きさでだいたいの物は判断出来るし、その説明が頭に浮かぶ能力も破格よ」

メルルさんは気を遣ってそう言ってくれたけど、僕がもっといろいろなことを勉強していれば、【収納】する時に一つ一つ説明を聞いていたら、ここまで時間が掛かることはなかったと思う。

でもこの黒い霧はきっともっと使い勝手を良くすることが出来る、そんな気がしていた。

それから少しだけ商品の入れ替えをして、メルルさんが望んだ全ての作業が終了した。

ちなみに作業途中に今朝まで着ていた服の説明が頭に浮かび、少し落ち込むことになったけど、それはそっと心の中に閉まっておくことにした。

「それじゃあ早速クリス君の能力を調べましょうか。その前にお茶を入れるから、そこの椅子に座って」

「えっとメルルお姉さん、まだ商品が沢山黒い霧の中に【収納】されているんですけど？」

そう。結局二割の商品は、今も僕の黒い霧の中に入っている。

「クリス君はこれからもスライムの魔石をお店に持ち込むのよね？」

「はい。メルルお姉さんには申し訳ないですけど……」

さっきメルルさんからスライムのいる一階層までなら下りてもいい許可はもらった。

それでも幾つかの約束事はさせられたのだけど……。

僕はメルルさんに促されて椅子を背にして腕の力で身体を上げるようにして座った。

「今クリス君が持っている商品だけど、倉庫代わりに預かっておいてほしいの。その代わりに私が出来る範囲でだけど、クリス君のお願いを聞くわ。何なら〝ゴロリー食堂〟で毎日食事をご馳走してもいいし、泊めてあげてもいいわよ」

それはとても魅力的な話だった。

それが本当であれば怖い思いをして迷宮へ潜ることも、あの白い目で見られることも、お腹が空いて困ることもない提案だったから。

でもたぶんそれは間違いなくメルルさんの負担になることを意味していた。

僕はまだ子供で出来ることの方が少ない。

それでも自分に出来ることをしないで甘えてしまうのは何だか違う気がした。

だから僕に本当に必要なことをお願いすることにした。

「えっと、文字の書き方を教えて欲しいです。読むことは出来ても、上手く書くことが出来ないので、お願いはそれでもいいですか？」

勉強するにはまずあやふやな文字を読むだけじゃなくて、書くことも出来ないといけないと感じていたからだ。

もちろんゴロリーさんの食事にはもの凄く心動かされそうになった。

でもこれから毎日スライムを倒せば、自分でお金を稼いで食べることが出来ると考えたら、冷静に判断することが出来た。

「そうきたか～クリス君は本当に頭がいいね。うん、いいわ。今度お店にきた時に幾つか本を用意しておくから、それを見ながら文字を勉強するといいわ。一日に羊皮紙を一枚あげる。それで足りなかったら安く売ってあげる」

メルルさんは笑顔で頷くと勉強する機会をくれた。

「ありがとう御座います。これからも頑張ります」

「うん。クリス君なら大丈夫でしょう。さぁそれじゃあお持ちかねの能力鑑定をしましょうか。この水晶玉に触ってもらえるかしら？」

「はい」

僕は言われた通り、メルルさんが差し出した水晶玉に手を乗せた……けれど何も起きない。

「えっと……」

「もう少し待ってね」

「はい」

そんなやり取りをした直後のことだった。

徐々に水晶玉が光り出した。

「もういいわよ」

メルルさんの声に従い手を放すと、徐々に水晶玉の上部に光が収束していく。

すると次の瞬間、驚いたことに僕の目線の高さに文字が浮かび上がったのだ。

＝＝＝＝＝＝＝＝＝＝＝＝＝＝＝＝＝＝＝＝＝＝

名前：クリストファー

年齢：五歳

種族：人族

レベル：四

【スキル】

交渉Ｉ

【固有スキル】

シークレットスペース　エクスチェンジ

＝＝＝＝＝＝＝＝＝＝＝＝＝＝＝＝＝＝＝＝＝＝

空中に浮かび上がったこれが僕の能力なのかな？

それから間もなく水晶玉にヒビが入って割れ、空中に浮かんだ文字も消えた。

「メルルお姉さん、シークレットスペースとエクスチェンジってどんなスキルですか？」

「こっちが質問したいところね。まさか固有スキルを二つも所持しているなんて。それに［交渉］なんて私に必要な能力よ……それにしてもクリス君が本当に人族の五歳だったなんて。それにレベル四……」

「メルルお姉さん？」

軽く呼びかけたけど、どうやらメルルさんは自分の世界に入ってしまったらしい。

でもあの黒い霧と同じくらい凄い力が本当に秘められているのかな？　もしそれが本当ならますますうちに帰ることは出来なくなっちゃったよ……。

「どうしたのクリス君？　……もしかして話し掛けてくれてた？」

「えっと、はい」

「ごめんね。昔から考え出すと話し掛けられても気づかなくて……。それで能力についてだけど、もし知りたいなら頭の中で強く念じてみれば、分かるものもあるのよ」

「そうなんですか。じゃあちょっと試してみます」

僕は固有スキルの一つで【シークレットスペース】を強く念じてみることにした。

するとあの黒い霧が生まれた。

「これが【シークレットスペース】だったのか。じゃあ【エクスチェンジ】は……あれ？　メルルお姉さん、念じても何も分からないし起こらないですよ」

「あ～、そういう場合もあるかもしれないわ。それに何か条件があるのかも知れないわね」

う～ん。条件か……うん。考えても分からないし、そのうち使えるようになるのを待とう。

まずは【シークレットスペース】をもっと使いこなせるように頑張ろう。

「クリス君、そろそろお昼の時間だし、一緒に食べましょうか」

固有スキルのことを考えていたら、メルルさんから昼食に誘われた。

「いいんですか？」

「もちろんよ。じゃあ店の奥に行きましょうか」

「はい」

こうして僕は自分の固有スキルの名前を知ることが出来た。

黒い霧の【シークレットスペース】と、まだどんな能力か分からない事だらけの【エクスチェンジ】……。

どうせなら幸せになれるスキルだといいな。

そう思いながらメルルさんの後についていった。

メルルさんに通された部屋には小さなテーブルが一つと椅子が二脚あることは分かったけど、ここでもまた【シークレットスペース】が活躍することになった。
通された部屋の中は今朝入店したお店の状態と同じで、あらゆる物が散らばっていた。僕はそれら

の物を一つ一つメルルさんに聞いてから【シークレットスペース】へ【収納】していった。

メルルさんは僕に説明しながら、お昼の用意をしてくれたので【収納】だけ済ませてから、食事することになった。

そしてその昼食を終えてから、指定された場所へ物を置いていった。

そのうちにお腹が膨れたからか、とても眠くなってきてしまった。

「クリス君ごめんね、疲れちゃったかな」

「大……丈夫です」

「もう半分くらい瞼が閉じちゃっているのに？」

「すみません。本当は凄く眠いです」

「そっかぁ。それなら部屋を綺麗に片づけてくれたお礼として、そこのソファーで今日はお昼寝していてもいいわよ」

メルルさんが勧めてくれたのは今の片づけで姿を現した大きめなソファーだった。

「いいんですか？」

「寝る子は育つし、迷宮で過ごしたのなら疲れだって溜まっていると思うわ。だからしっかりと休んでいくといいわ。起きたら地下にいると思うから声を掛けてくれればいいからね」

「メルルお姉さんありがとう御座います」

「どういたしまして。それに子供が大人に甘えるのは特権だからいいのよ」

メルルさんは優しく微笑むと、扉を出てたぶん地下室へ向かったのだろう。

メルルさんの言葉に甘えてソファーに身体を預けると、それから間もなく眠気が襲ってきたので、それに逆らうことなく身を委ねることにした。

それからどれぐらい眠っていたのか正確なことは分からなかったけど、お昼寝から起きた時には今朝以上に身体が軽くなっている気がした。

「これなら昨日以上にスライムを倒すことが出来るかもしれない」

僕はワクワクしながら、地下にいるメルルさんにお礼を告げて、お店の外へ出た。

すると昨日定食屋さんを回った時のような茜色の空だった。

僕は急いで今朝の二軒へと向かって走り出すのだった。

〝魔導具専門店メルル〟を出た後、無事に生ゴミの【回収】作業を終え、今日も迷宮の入り口が見える位置へと移動して待機することにした。

「まだ見張りの兵士さんはいるか……」

でも今日の僕はメルルさんのおかげで昨日よりもずっと余裕があった。

迷宮探索中にお腹の空く心配をしなくても良くなったからだ。

そのきっかけをくれたのはメルルさんが作ってくれた昼食だった。

昼食はパンを薄く切って、そのパンとパンの間に焼いたお肉と野菜を挟んだ料理と、たくさんの野菜が入ったスープだった。

その野菜スープだけど実は〝ゴロリー食堂〟から二日に一度買っているらしく「手抜きでごめんね」と謝られてしまった。

僕はゴロリーさんの作ってくれたスープの美味しさを知っているので、慌てて否定するとそれがおかしかったのか、メルルさんは終始笑っていた。

そしてそのメルルさんが作ってくれたパン料理こそが僕にとってとても大切な料理になった。

味はもちろんだけど、手軽に食べることが出来て、何かに包めば持ち運びが出来るように計算されて作られた料理だったからだ。

僕は生ゴミを【回収】するために訪れた二軒のお店で、同じような料理が作れないかとお願いしてみると、何と二軒とも二つ返事で引き受けてもらえた。

お店側からも作り置きが出来るから楽だと言ってもらえて、お互いにとって利がある料理だとも言ってもらい、これからも生ゴミ【回収】の仕事を二日に一度頼んでもらえるようになった幸運の料理なのだ。

ただメルルさんにはもう一つ感謝することがあった。

それは出発する際のことだった。

「【シークレットスペース】を使う時は周囲を警戒することが大事よ。ただ少しでもバレたり、怪しまれたりしないように、この布で作った袋を上げる」

「いいんですか？」

「ええ。その布の袋の中で【シークレットスペース】を発動すれば外に黒い霧が漏れることがないと思うの」

それからその場で試してみると、メルルさんは満足気に笑って頷いていた。

そのおかげで僕はいつでも食べることが出来る料理を二食分確保することが出来たのだ。

メルルさんは僕にとっての幸運の女神様みたいな人だよね。

それにしても分からないのは、メルルさんが「手軽に食べることが出来るし、包めば持ち運びも出来るのよ」って、力説したことなんだよな……。

僕はそれを未だに不思議に思いながら、メルルさんには譲れない何かがあったのだろうと結論付けて、迷宮へ入る準備をして待つことにした。

そんなことを考えてうちに、日がだいぶ沈み薄暗くなってきたので、一応周囲を警戒して袋の中で【シークレットスペース】を出して、生ゴミの量を確認してみると昨日の三倍の量を所持していた。

「今日はお昼寝をして元気もあるから、スライムには悪いけどいっぱい相手をしてもらおう」

それから暫くして、今日も見張りの兵士さんは松明に火を灯して少しするとその場所を離れていった。

「何か決まりごとでもあるのかな？」

そんなことを呟きながら、僕は再び迷宮へと足を踏み入れた。

迷宮内は昨日と同じように外よりも明るくて、何一つ変わっているところはないように思えた。

「よし、今日も頑張ろう」

気合を入れて緩やかな階段を下りた僕は、まず昨日休んだ安全エリアへ行くことに決めていた。

今朝起きた時に消えていた空瓶の行方を知りたかったからだ。

そしていざ探索を進めて行くと、昨日から今朝にかけてスライムを倒し過ぎたからなのか、安全エリアまでスライムは一匹も現れなかった。

少し残念に思いながらも【シークレットスペース】から空き瓶を【排出】して、昨日と同じように入り口へ二本空き瓶を置いてみた。

「昨日と空き瓶の数は違うけど、これできっと何で空き瓶が無くなっていたのか分かるよね？」

自問自答して僕は首を傾げる。

こういう時に話す相手がいないと寂しいな。

一度だけ小さな溜息を吐いてから、僕は近くにいるスライムを生ゴミと木の棒で倒しながら、空き瓶がどうなるのかの観察を始めた。

しかし待っていても一向に何かが起きる気配はなく、時間だけが流れていく。

「う〜ん、空き瓶には何も起きないか……やっぱりスライムが吸収したのかな？　このまま待っていても意味がなさそうだし、一階層の探索でもしようかな」

空き瓶はとっても気になるけど、もしこれで空き瓶が消えた謎が解けても、空き瓶が魔石に変わる訳ではないので、まずはスライムを倒して魔石を手に入れることにした。

でも探索に切り替えた一番の理由は待っていることに疲れそうだったからだけど……。

きっと誰か一緒だったら、もっと楽しく……そう思ったけど、気持ちが暗くなりそうだったから、
それ以上考えることは止めて身体を動かすことにした。

探索を始めると直ぐにスライムが現れたので、昨日と同じように倒していく。

でも昨日とは違って、スライムを十匹倒しても身体に力が漲ってくるような感覚は起きなかった
ただ昨日よりずっと木の棒が軽く感じることに、僕は少しだけ戸惑いを覚えていた。

スライムを倒しながら、思い当たることを考えていくと、メルルさんに能力を教えてもらった時に
見たレベルの項目だった。

もしかするとあのレベルっていうのが四になっていたことと何か関係があるのかもしれない。

ゴロリーさんはスキルにはレベルがあることを教えてくれた。

もしかすると他にもレベルには色々不思議なことがあるのかもしれない。

ただ何となくそう思った。

あの身体に力が漲った回数は三回だったし……本当はゴロリーさんに聞きたいけど、迷宮へ潜って
いることは内緒だからメルルさんに聞いてみようかな。

そんな考え事をしながら順調に探索を続けていると、いつの間にか一周してしまったみたいで、迷
宮外へと続く上りの階段が見えてきた。

なるほど。壁伝いをずっと歩き続けると一周出来るのか……面白いなぁ。

でもまぁ地下二階へ行く階段は一階層へ下りて直ぐ正面に見えるし、皆がこの一階層を一周することはあまりないかもしれないね。

それにしても他に冒険者の人とかがいなくて良かった。

もし見つかっていたら、外に放り出されてしまうこともあるって思っていたからな……。

それから僕はそろそろお腹が空いて来たので、安全エリアへと警戒しながら向かうことにした。

すると本日三十三匹目のスライムを倒したところで、また身体に力が漲る感覚があった。

「あ、力が漲ってくる。レベルが上がったのかな？　それとも……」

何か条件みたいなものがあるのかな？　とにかく今は少し落ち着きたいな。

それから安全エリアまでスライムは現れなかったので、あまり時間を掛けずに戻って来ることが出来た。でもこの後、僕は少し混乱することになる。

僕が置いたはずの空き瓶がなくなっていたからだ。

周囲にスライムはいないし、もし冒険者なら僕のことを捕まえていると思う。

ただ……。

やっぱり誰かが拾って片付けたのかな？　もう空き瓶はないし、今度は違うものを置いてみようかな。

周囲を見渡して誰もいないことを確認した僕は、錆びた釘と腐った木を置いてみることにした。

「これならもし拾う人がいても時間が掛かるだろうし、お腹が空いているけどもう一周だけしてみよう」

本当は休んでいたいけど、身体に力が漲っているからまだ頑張れる。

僕は自分にそう言い聞かせて二周目の一階層探索へ突入した。


まぁ別にそんなに急ぐ必要はないよね。

さっきはずっとあそこで戦っていたのに結局は消えなかったし。

僕は自分にそう言い聞かせながら迷宮を進んでいると、あることに気がついた。

「迷宮でも光っていない天井や壁、地面があるんだな。これは何でなんだろう？」

ただこのことも結局は分からずじまいで、世の中は分からないことだらけという結論に至る。

そして今日だけで五十四のスライムを倒した。昨日よりもたくさんのスライムを倒したところで、安全エリアの入り口が見えた。

「あ、まだあるか……えっ!?」

安全エリアへ置いていた腐った木と錆びた釘はまだ残っていたことを確認することが出来た。

やっぱり誰かが片付けたのかも。と、そう思った瞬間、突然迷宮の床が揺らめき出すと、腐った木と錆びた釘が迷宮の床へ沈んでいった。

「……」

そんな恐ろしい光景を目の前にして、僕は声を出すことが出来なかった。

確かに腐った木と錆びた釘があったのに……そう思いながら、腐った木があった床を恐る恐る触ってみた。

けれど床はもう何ともなく、ただの床でしかなかった。

……このことは誰かに確認しないと駄目だよね？　メルルさんは……迷宮へ入ったことがなさそうだし、ゴロリーさんなら分かるかな……。

でもゴロリーさんには迷宮へ入る事を禁止されているからな～。

いつか迷宮で寝ている時に、さっきと同じく床が揺らいで飲み込まれたくないし……。

う～ん……運が良くて僕だけ食べられなかったのか、それとも何か別の要因があったのか……やっぱり相談相手が欲しいな……。

色々と不安になってきた僕は、眠くなるまでに出来るだけたくさんのスライムを倒し続けて、出来るだけ宿に泊まれるように頑張ることにした。

「でもその前に……」

僕は【シークレットスペース】から夕食用の食事を取り出して食べ始めた。

「うん。ちょっとパンが硬いけど美味しい」

パンに挟んだ野菜とお肉の汁が染み込んでスープなしでも食べられる。

……でも喉が渇くから、やっぱりスープか、水が欲しいな。

明日メルルさんのお店で水筒を購入しようかな……。

そう考えながらパンにかぶりついていた僕はあることに気がついた。

「何でまだ温かいんだろう？　もうとっくに冷めていてもおかしくないはずなのに……」

もしかするとこれも【シークレットスペース】の能力なのかな？　本当に不思議がいっぱいな能力

だな。


夕食を終えた僕はさっきまで迷宮に抱いていた怖さがいつの間にか収まっていることに気づく。

もし迷宮が人を食べるんだったら、迷宮に入っていく冒険者なんていない。

そう何度も頭の中で復唱しながら、一階層をぐるぐる回って、スライムを倒し続けた。

途中で身体は元気なのに少しだけスライムを倒すことに疲れてきてしまう。

でもこれは僕が生きるためには必要なことで、もし【シークレットスペース】を使えなかったら、スライムを倒すことは出来ず、逆にスライムに倒されていると自分に言い聞かせて、足を止めることなく戦い続けた。

それに恩人であるメルルさんとスライムを倒す方法を変えてはいけないことと、手を絶対に抜かないことを約束したのでそれを破る訳にもいかなかった。

人は慣れてくると視野が広くなるけど、その分注意力が散漫になってしまって、小さな変化に気付けなくなるらしい。

それと今までの経験から予測を立てて動くようになるので、今までに起こっていないことに対しての反応も悪くなると教えてくれた。

例えばスライムが背後から飛び掛ってくる可能性に気付けないらしい。

メルルさんからそう指摘を受け、確かに昨日は必ずやっていた後方確認を今朝は全くしていなかったことを思い出した。そのことをメルルさんに伝えると、新たな約束が交わされた。

それは一週間怪我をしなかったら〝ゴロリー食堂〟で、昼食に好きな料理を好きなだけ奢ってもらえるという約束だった。

「本当にメルルお姉さんっていい人だよな。何で友達がいないのかとっても不思議なんだよね～」

そんなメルルさんに対しての素朴な疑問を持ちながら、魔石が八十六個貯まった時に再び身体に力が漲った。結局迷宮に吸い込まれるのが怖くて、安全エリアで眠りに就いたのは魔石を百二十個まで貯めた後だった。

「神様、迷宮に僕を取り込まないでください」

ちゃんとお願い事をしてから、重くなった瞼を閉じていった。

目が覚めて最初に感じたのは身体が重くなった？　そんな違和感だった。

昨日は眠気に負けて寝てしまったけど、僕は結局迷宮に吸い込まれてしまうということはなかった。

ただ目が覚めて起き上がると、身体は予想以上に疲れているのか、自分の身体が自分のものじゃないように感じたのだ。

ちゃんと食事もしたし、寝たのになんでこんなに今日は身体がこんなに重く感じるんだろう？　これは聞けたらゴロリーさんに聞くことにしようかな。

別にどこかが痛いわけでもないし、気分が悪い訳でもないのに身体が重く感じるのはスライムを倒したからなのかなぁ～？　やっぱりスライムの呪いだったらどうしよう……。

はぁ～……迷宮で眠ったからなのかは判断することか出来ないし、もし一日中身体が重かったら、今日は探索をお休みしようかな……。

そう思って安全エリアから顔を出して、迷宮に食べられなかったことと、スライムに襲われなかったことを感謝して、迷宮の外へ向かって歩き出した。

すると昨日とあまり変わらない時間に迷宮を出たつもりだったけど、それは気のせいだったようだ。どうやら空がどんよりと曇っていたからそう感じただけだったみたいだ。

そのことに気がついたのは、見張りの人はまだ居なかったけど、昨日はいなかった外を歩く人が今日はいたからだった。

僕は階段の一番上段に身を屈めて、誰にも見られていないことを確認すると迷宮から飛び出した……。

「待て、小僧」

誰にも見られていないつもりだったけど、どうやら見つかってしまったらしく呼び止められてしまった。

その言葉を無視して逃げることも考えたけど、今は身体が重くてとても逃げ切れないと判断して、恐る恐る声を掛けられた方へ目を向けた。

するとそこには険しい顔をしたゴロリーさんと申し訳なさそうな顔をしているメルルさんの姿があった。

迷宮から出てきた僕に、ゴロリーさんは険しい表情を変えないまま口を開いた。

「小僧……言いたいことは色々とあるが、まずはついて来い」

別に怒鳴られた訳でもないのに、僕は金縛りにあったみたいに身体を動かすことが出来なかった。

二日前に色々なお話してくれた時とは違って、ゴロリーさんのことがとても怖いと感じてしまったからだ。

きっとゴロリーさんが怒っているのは僕が約束を破って迷宮へ入ったからだとそう思っていた。

でもそれは直ぐに間違いだって気付いた。

ゴロリーさんは怒っているというよりも、とても心配してくれたのだと思えたからだ。

それを教えてくれたのはゴロリーさんの哀しそうな目だった。

その目を見ていたら、僕が怖いと思ったのはゴロリーさんではなく、約束を破ったことでゴロリーさんやメルルさんから拒絶されることなのだと気がついた。

ゴロリーさんは僕が頷くのを待ってからどこかへ向けて歩き出した。

「あ……」

僕はゴロリーさんへ言葉を掛けようとしたけど、言葉をうまく紡ぐことが出来なかった。

そんな僕にメルルさんが寄り添って、ゴロリーさんの後を二人で追った。

そしてゴロリーさんが向かった行き先は〝ゴロリー食堂〟だった。

「こっちに来るといい」

お店の中に入った僕達はゴロリーさんに促されてカウンター席へ移動して座る。

カウンター越しに手を置いたゴロリーさんがそこでゆっくりと口を開いた。

「小僧……クリストファーよ、まずは無事で良かった。さて、俺に何か言うことはあるか？」

やっぱりゴロリーさんは僕のことを本当に心配してくれていたんだ。

すると一昨日ゴロリーさんが固有スキルを他人に見せない方がいいと教えてくれた事や迷宮に入らないと約束したことが次々と頭の中に浮かんできた。

そのことが思い出されていくと、僕の目から涙がどんどん溢れてくる。

そんな僕の背中をメルルさんが優しく撫でてくれた。

「や……くぞぐを破ってでじまいまじた」

「……どうして約束を破ったんだ？　あの日、初めてクリストファーと話をして、約束を破ることはしない子だと思ったんだが？」

何とかひねり出した僕の言葉に対して、ゴロリーさんは怒鳴ったりはせずに諭すように訊ねてくれた。

「お、お金、がひづようだど……もう……うだでだぐないがら……ぞれで」

僕は思い切って一昨日に起きたことを全て告白することにした。

ゴロリーさんとメルルさんはお互いの顔を見合ってから、僕が落ち着いて話せるようになるまで待ってくれることになった。

ゴロリーさんが暖かい飲み物を出してくれて、メルルさんは僕の背中をずっと優しく撫でてくれていた。

そしてようやく落ち着いた僕は、二日前に起きた詳しい話をし始めた。

まずは僕が両親に商人の奉公へ出されたこと。

商人が実は悪徳商人で、奴隷商人だったこと。

おしっこを漏らしてしまったせいで奴隷商人に馬車の床へ叩きつけられて、それで死んだと勘違いされて捨てられたこと。

頭に痛みが走る度に色々なことが分かるようになったことなど、本当に全てを話した。

「……その話が本当なら、商業ギルドに話をしに行かなければなるまい……が、まぁそれは後でも大丈夫だろう。それよりもクリストファーのことだな」

「クリス君、改めて聞くけどお家に帰りたくないの？」

メルルさんの言葉で、寂しさがこみ上げてくる。

「帰りたいです……。帰りたいけど、僕は両親の負担になりたくないし、また何処かへ奉公に出されたり、能力が露見して売られたり……そういうことを想像してしまうと怖くて帰れません」

自分の考えを言葉にすると、また目に涙が浮かんできてしまった。

「あっ……えっと、ごめんなさい」

メルルさんは謝りながら、僕の背中をまた撫で続けてくれる。

「……確かにクリストファーの能力なら、大人の助力が少しあれば一人でも生活出来るだろう。たぶんクリストファーの両親も苦渋の決断だったとは思うが……」

「ゴロリーさん、クリス君の将来を真剣に考えると、私は今の生活を続ける方がいいと思います。確かに迷宮は危ないですが話を聞く限り一階層だけなら大丈夫でしょう」

「では五歳の少年を親元へ帰さなくていいと？　それに迷宮はメルルが考えている程甘くはないんだぞ」

「でもクリス君は家に帰れませんよね？　それだとスラムで生活することになりますよ？　それこそ攫われて奴隷商人に売られますから論外ですよ。もし孤児院へ入れたとしてもクリス君の能力が知られたら危険なことには変わりありません」

メルルさんの言ったことは、全て僕の考えていることと同じだった。

お父さん達には会いたいけど、それでも今は会うことは出来ないと思う。

でもそう考えるとまた涙が溢れてくる。

「……それで責任を持てるのか？」

「それは……でも、そこはクリス君が決めるべきことだと思います。ただの子供ならこんなことは言わないですけど。もしクリス君が望むならサポートはしたいと思っています」

「会ってからたった一日だろ？」

「時間は関係ありませんよ。クリス君は礼儀正しいし、信頼には信頼で応えてくれますから」

「確かにな……はぁ～クリストファー、まず先に言っておこう。俺達はクリストファーの保護者ではない。だから全てを決める権利はクリストファー自身にある。それは分かるか？」

「はい」

ゴロリーさんやメルルさんはとても優しい。

優しいけど、僕の家族ではない。

「だから本来はこうやって口を出すべきことではない……が、それでもまだ小さな子供のクリストファーには助言をしたいと思う」

「助言ですか？」

「……クリストファー、その能力があったとしても、それでも迷宮は何が起こるか分からない危険なところなんだ。下手をしたら直ぐに死ぬこともあるだろう。それでも迷宮に潜るつもりか？」

一昨日ゴロリーさんが迷宮について話をしてくれた時も、迷宮がどれほど危険な場所なのかを説明してくれていた。

だけど僕はその時にした約束を破って迷宮に入ってしまった。

どうしても入る必要があったからだ。

迷宮は分からないことだらけだし、危険もあると思う。

それでもやっぱり僕には必要な場所だと思うから、僕は僕の気持ちをゴロリーさんへ伝えることにする。

「……僕はゴロリーさんとの約束を破ってしまいました。本当にごめんなさい。でも僕はゴロリーさんやメルルお姉さんのように人に優しくなりたいです。だから迷宮に潜りたいです」

「……それはどういうことだ？」

ゴロリーさんは僕の下手な説明でもちゃんと聞いてくれるみたいだ。

「えっと、僕はゴロリーさんやメルルお姉さんと出会ってから、幸運が続いています。美味しい料理に新しい服、魔石を買い取ってもらったり、仕事をもらったりと僕は今幸運の中にいます」

そう。もう奴隷になるのを待つだけの不幸の中にはいない。

辛いし寂しいけど、今までよりいい暮らしが出来ていると思う。

「迷宮に潜ればお金を稼げます。そしてある程度稼いだら、それからは勉強をして、身体を鍛えて強くなりたいんです。お二人のように将来僕みたいな困っている子供に手を差し伸べられる大人になるために……」

誰にでも手を差し伸べることは出来なくても、せめて子供だけには二人のように手を差し伸べられるような大人になりたいと本当に思っていた。

「……そうか。しかし迷宮の中で寝るなんて発想がおかしいぞ。それならまずは俺を頼ってくるだろう。よく迷宮の安全エリアに気付いたな。その場所以外で寝ていたらとっくに魔物の餌だったぞ」

「……ゴロリーさん、それは私が認めちゃったの。だからそれについて怒るのは止めてあげて」

……どうしたんだろう？　二人共顔を真っ赤にしている……でも、嬉しそうに笑っているからいいのかな?

「分かっている。はぁ〜それにしてもスライムを生ゴミで釣って、無防備の核を叩くなんて聞いたことがないぞ……。それで今回はどれぐらいスライムを倒してきたんだ?」

僕は黒い霧を発動させると、頭に魔石の数が浮かんだ。

「低級の魔石が百二十個あるから、百二十四です」

「それって昨日の倍以上の数じゃない!」

メルルさんが驚く程大きな声を上げたので、吃驚(びっくり)してしまった。

「なッ!? 五歳なのにそれだけの量を狩ったのか……じゃあレベルも既に幾つか上がっているのか?」

「昨日調べた時点では四でしたよ。あ、能力の説明は私からは出来ない契約を結んでいるので、それはクリス君から聞いてくださいね」

あ、レベルのことも聞きたかったんだ。

「契約って……まぁいい。クリスがそれだけ魔石を持って帰って来られたのなら、そのスライムを倒すのは問題ないのだろう。まずはその固有スキルを教えてくれるか?」

「はい。黒い霧が【シークレットスペース】で、まだどんなスキルなのか分からないのが【エクスチェンジ】になります」

「二つもあるのか……しかもさすがに固有スキルなだけあって聞かない名前だな。それにしてもその【シークレットスペース】かなり便利であることは間違いないな」

ゴロリーさんは髭に手を添えて撫で始めた。

「はい。ただもう一つの【エクスチェンジ】はまだどんな能力なのか分からなくて……」

結局のところ昨日も何度か試してみたけど分からなかった。

「スキルの中には【シークレットスペース】のように目に見えないものもあるし、まぁクリストファーが成長すればそのうち分かるだろう。しかしこれだけの量を集めてくるとなると危険ではないんだな？」

「はい。スライムに生ゴミを食べさせている間に、木の棒でスライムの核を叩くだけだから大丈夫です」

ちゃんと後ろの確認もしているから問題ないはずだ。

「確かにそれなら問題なく生活は出来るな。しかし生ゴミとは、よく考えついたな」

「前にゴロリーさんから色々教えてもらったあとに冒険者ギルドへ行ったんです。そしたら年齢制限があって冒険者になることが出来なかったんですけど、受付をしていたマリアンさんがスライムの特性を教えてくれたんです」

「……受付が子供に迷宮のことを話したのか？」

「はい。ゴロリーさんが迷宮に入ると絶対に死ぬって言っていたから、ドラゴンが出るのかと聞いたら笑われて、一階層にはスライムしか出ないって教えてくれたんです。ただ見張りもいるから迷宮に入ることは出来ないとも……」

「なるほど……そういうことか。それで生ゴミを使って倒す方法を考えたのか。確かに生ゴミなら無料で手に入るし、もし木の棒が壊れても逃げるだけでいいからな。何か代えの武器は持っているのか？」

「……ないです」

木の棒が壊れるなんて全く考えていなかった。

良かった。

もしこのことに気付かないで壊れたら、とっても危険だったかもしれない。

「う〜ん、もしものためにうちでいらなくなったフライパンをやろう。面で叩けば木の棒よりも確実に倒せるだろう」

「えっと、いいんですか？　それに……迷宮に入るのを認めてくれるんですか？」

僕の心臓は緊張してドクドクしている。

「ああ。だが一階層よりも下に行ったら、二度と店には入れてやらん。それだけは覚えておけ」

「はい。今度こそ約束します。メルルお姉さんとも約束していますけど、ゴロリーさんの料理が食べられないのは絶対に嫌です」

そんなもったいないことが出来る訳がない。

「そうか。じゃあ朝食にするか。食べ終わったら、ゴミの回収を頼んだぞ」

「はい」

こうして僕はゴロリーさんとメルルさんから、正式に迷宮の一階層へ下りる許可をもらうことが出来た。

それからメルルさんと裏庭へ移動して、見張ってもらっている間に生ゴミの【回収】をして、再びお店に戻ってゴロリーさんが作ってくれた朝食を食べ始めた。

もうゴロリーさんとメルルさんは迷宮前で会った時とは違い、穏やかな雰囲気だったので、安心した僕は迷宮で疑問に思ったことを聞いてみることにした。

「迷宮でスライムを倒していたら、身体から力が漲ってきたんですけど、あれはどうしてですか？」

「人の身体にもスキルと一緒でレベルがあるんだが、それは分かるか？」

「ちゃんとは知らないです」

何でレベルが四だったのかも分からなかった。

「とても簡単に説明すると、人は生まれた時にレベルが一になる。生涯レベルが一って奴も少なからずいるんだ」

早速分からないことが分かった。

始まりがレベル一なら、あの身体に力が漲ってくることが、レベルの上がったという合図なんだろう。

「レベルが上がるといいことがあるんですか？」

「もちろんある。力が強くなったり、魔力が強くなったり、頭の回転が速くなったりな」

「それなら何でレベル一のまま何ですか？」

いいことだらけなら、レベルを上げないと勿体ないと思うけど。

「それは魔物を倒さないといけないからだ。魔物を倒すと経験値になるんだが、倒した者とそのパーティーを組んでいる者の身体にいつの間にか吸収されているんだ。それが一定量を超えるとレベルが上がるんだ」

「えっ!? 吸収……倒し過ぎたら魔物になっちゃうんですか? 困ります。だから皆レベルを上げないの? どうしよう」

僕が慌てだすとゴロリーさんとメルルさんは呆けた後で笑い出した。

「はっはっは。それはないから安心しろ。レベルとは身体の器だと考えてみるんだ。その器に経験値という水を入れる。それがいっぱいになったら、神様が器を大きくしてくれるそれがレベルアップということだな」

「良かった～」

魔物にならないのか……それなら良かった。

それにスライムを倒しても身体に力が漲らなくなったのは、それだけ器が大きくなったってことだよね?

「ゴロリーさん、少し大雑把過ぎませんか?」

「むぅ……分からなかったか?」

「ううん、大丈夫です。あ、でも寝る前まではずっと力が漲っていたんですけど、今朝起きてみたら、身体が凄く重たく感じたんです」

ゴロリーさんは物知りだから、きっと知っているだろうな。

「ああ。それはレベルが上がったことで、力が漲ったと錯覚して、動き回ったんじゃないのか?」

「はい、迷宮が空き瓶や腐った木を置いておいていたら、迷宮の中に飲み込んでいくのを見て、僕も飲み込まれるんじゃないかって不安になったから……」

「はっはっは。安心しろ。迷宮は生きているものは飲み込むことはない。それでも色々な物を捨てると罰があたるらしいがな」

その言葉を聞いて僕はゾッとした。

「僕は大丈夫かな？」

急に不安になってきた。

「ああ、まぁ大丈夫だろう。それぐらいで罰が当たった奴を俺は知らないからな」

ゴロリーさんは笑ってそう言ってくれた。

それなら身体が動けば今日は安心して迷宮でも眠ることが出来るな。

「それでクリス、今日は何をするんだ？」

「メルルお姉さんのところで、魔石を買い取ってもらってから、文字を書く練習をします。それ以外は生ゴミ回収の仕事はないから、やっぱりお勉強かな」

「ほぅ～それはいいな。じゃあしっかり食べて、しっかり勉強して、強い子に育っていくんだぞ」

「はい。これからもたくさんのことを教えてください」

「ああ。それと迷宮から出たら、今度からは毎日メルルのところと、この店に顔を見せに来るんだぞ」

「毎日ですか？」

「ああ」

「分かりました」

僕はちゃっかり毎日朝食を用意してもらえるかもしれないと思うのだった。

こうして僕とメルルさんは〝ゴロリー食堂〟で食事をした後、ゴロリーさんが作ったスープをメルルさんが鍋に貰い、それを僕が黒い霧の中へ【収納】して、メルルさんと一緒に〝魔導具専門店メルル〟へ向かった。

見送るゴロリーさんに手を振りながら、いつか僕も優しくて頼りになるゴロリーさんのような大人になろうと心に誓った。


メルルさんと一緒に〝魔導具専門店メルル〟へやってきた僕は、魔石のことでメルルさんに確認したいことがあった。

「メルルお姉さん、もしかして昨日は魔石を無理に買い取ってくれたんじゃないですか?」

「えっと、突然どうしたの?」

メルルさんは驚いた顔をして首を傾げてみせる。

「魔石を買い取ってもらうのは凄く嬉しいし、助かります。でも本当はそんなに魔石が必要ないんじゃないか、負担になるんじゃないのかな〜って、ずっと考えていたんです」

昨日は五十個近く買い取ってもらったし、今日はその倍以上の数を僕は持っている。

確かに魔導コンロの燃料として魔石を使うことが出来るって教えてくれたけど、メルルさんが大量の魔石を必要としているようには思えなかったのだ。

もし無理に買い取ってくれているなら、メルルさんにとって負担を掛けていることになる。

それだけは嫌だった。

「ふふっ、心配してくれていたのね。でも大丈夫。魔石は合成錬成といって、たくさんの魔石を合体させて良質の魔石に作り変えることが出来るのよ。もちろんそのままでも使えるから、魔導具を作る工房では大量に必要なのよ」

「えっと、じゃあ無理はしていないですか？」

そんなことが出来るんだ。それなら本当に大丈夫なのかな？

「ええ。魔石を合成錬成することが出来れば質の良い魔石が作れて、それで良質な魔導具も作れるの。それが高く売れるから、逆にクリス君が魔石を持ってきてくれると凄く助かるのよ」

「はぁ～良かった」

「ふふっ、じゃあ今日の魔石を出してもらえるかな」

「はい」

僕は百二十個の魔石を出して、銀貨三枚と銅板六枚を得ることが出来た。

僕の所持金は一気に銀貨五枚を超えて、お金持ちになった。

これで当分はお腹が空いても困ることがない……とても幸せだ。

もしもっと早く……そんな考えが頭を過ぎったけど、頭を振って振り払う。

「じゃあクリス君は今から文字のお勉強ね」

メルルさんはそう言いながら、昨日食事をご馳走してくれた奥の部屋へと通してくれた。

そしてテーブルの上には本がいくつも置いてあった。

「これは私が小さい時に読んでいた本なのよ」

「これで文字の勉強が出来るんですね」

「クリス君はもう文字が読めるんだから、書くのを覚えるのはとても早いと思うわよ」

「ありがとう御座います。頑張ります」

「ええ。分からないことがあったら地下にいるから聞きにきてね」

「はい」

「それと羊皮紙とインク瓶と羽ペンは置いていくけど、インクを零さないようにね」

「ありがとう御座います」

「じゃあ頑張ってね」

メルルさんは紙とペンとインクが入った瓶も置いて部屋を出て行った。

「これが羽ペンか～、それでインクをつけてこの紙に書くのか……」

ペンを持つことは出来たけど、この先にインクをうまく付けることを考えると、少し難しいように思えた。

もし汚してしまうとメルルさんに迷惑をかけてしまう。

そう考えて文字を書くのは迷宮ですることにして、今は指でなぞって覚えることにした。

でもまずはメルルさんの用意してくれた本を読むことにした。

まずは一冊目の『世界の成り立ち』と書かれた本だった。


そこには僕達のいる世界がどうやって生まれたのかが書かれていた。

この世界はパラスティアと呼ばれていて、創造を司る神様が創ったと云われている。

水と大地の世界にやがて緑が育ち、豊かな恵みが出来上がった頃に、別の神様達が自分達を模した種族を生み出した。

それが今の人族、獣人族、エルフ族、ドワーフ族、竜人族、魚人族、鳥人族、魔人族になる。

他にも創造を司る神様の言葉を人々に伝えることが出来る神子様が現れて、歳を重ねる長さが誰でも分かるようにと一年を三百六十日に統一したこと。その後も一日の長さが分かるように時間という概念が生まれて、今では一日を二十四時間としていることも書かれていた。

「この曜日で休む日を決めているっていうのが少し分からないから、あとでメルルお姉さんに聞いてみよう」

それからもずっと集中して読んでいたからか、途中で飽きることなく一冊を読み終えることが出来た。

ただ内容が難しかったから半分も分からなかったけど、もう少し大人になったら分かるようになるのかな？　なるといいな。

そう思いながら二冊目の本を手に取ると、そこには『偉人伝、伝説となった騎士』と書かれていた。

「あ、これってフェルが言っていた、僕の名前の騎士が出てくる本だよね？」

きっとメルルさんが気を利かせてくれたのだろうと、感謝してワクワクして読み始めた。


伝説の騎士となったクリストファーは戦争孤児だった。

ただクリストファーは魔法の才能に恵まれていて、小さい頃からずっと魔物を倒していたこともあり、成人を迎える頃には周りにいる同年代よりも遥かに強い力を持っていた。

「僕もそうなれるかな？」

だから彼の周囲は彼が冒険者になって、トップランカーを目指すと思っていた。

「トップランカーって何だろう？　後で聞いてみよう」

しかしクリストファーはある国に仕えることを決めた。

たとえ生まれが孤児であったとしても、努力次第で国軍のトップに上り詰めることが出来るのだと証明するために……。

そして軍に入ったクリストファーを待っていたのは、扱きという名のいじめだった。

しかしクリストファーはいじめられても弱音を口にせず、次第に頭角を現すと戦地で次々と戦果を上げていく。

そして国軍で最強になっていくお話が本の前半に書かれていた。

「凄いな……僕だったらお兄に意地悪されただけで泣いちゃうのに」

それからはクリストファーが聖女と出会った話や、戦争孤児でも入れる孤児院を作った話が書かれていた。

クリストファーもゴロリーさんみたいに優しかったのかな？　そんなことを思いながら読み進めていた時だった。

〝クリストファーが伝説になったのは、クリストファーがその命と引き換えに一人で万を超える魔物を壊滅させたからだと伝えられている〟

その文章を読んだ時、僕の胸が大きく高鳴るのを感じた。

「何でだろう？　凄いことをしているのに……」

僕は分からないまま、続きを読み始めた。


ある時、魔王と呼ばれる魔物を統べる者が現れた。

その魔王と呼ばれる存在は自らが統べていた魔物達に人類を統べさせる世界を作ると宣言し、人類を襲わせ始めた。

そこへ神に力を与えられた存在……勇者が現れ、勇者は種族関係なくパラスティアから魔王を討伐するための人材を募る。

そして厳しい選抜が厳正に行われ、勇者と魔王のいる大陸へと向かう者達が決められた。

その中に国へ仕えていた最強の騎士であるクリストファーも選ばれていた。

……この時にはもう最強の騎士だったんだね。パラスティア中から集められた人の中から選ばれるだけでも凄いことだよね。

しかしパラスティアから選抜された者達でも、瘴気が溢れる大陸で力の増した魔物の軍勢の前では無力だった。

次から次へ仲間が倒れていく中、勇者は一度戦意を喪失してしまう。

それを見たクリストファーは勇者達を一番近い大陸まで固有スキルを使って転移させ、魔王と魔王が率いた魔物が溢れる大陸を自らの固有スキルを使って封印した。

勇者とその仲間達は魔王が率いる軍勢との戦いでかろうじて生き残ることが出来ていたものの、既に戦える状態ではなかった。そんな時、魔王のいる大陸が封印されたことで、人類の勝利が確定したと喜ぶ者達が続出した。

そんな中、それでも全てを引き受けたクリストファーを見殺しに出来ないと聖女が立ち上がり、勇者、賢者がそれに続く。

そして体力と魔力を回復させた三人は、魔王を倒すことは出来なくてもクリストファーだけは救おうと、制止をした者達を振り切り、再び封印された魔王がいる大陸へと向かった。

ただクリストファーの固有スキルで作られた封印が強固で、それを崩すのに半日も掛かったという。

そしてようやく大陸へと戻った時には　血だらけで倒れたクリストファーと魔王しか動いている存在はなかった。

勇者はそれから激闘の末、魔王を討伐することが出来たが、それはクリストファーの力によるところが大きい。

クリストファーはその戦いで受けた傷が元となり、数日後に息を引き取ることになる。

勇者達やパラスティアに住む人々を、その命を燃やし守り救ったクリストファーに人々は哀悼の意を表した。

その後、クリストファーは世界を救った英雄と評価され、彼の夢が騎士の頂点だったことから、世界を救った伝説の騎士と呼ばれるようになった。

そう本には書かれていた。


「……」

僕はクリストファーが可哀想で泣いてしまった。

たぶんクリストファーは伝説の騎士にならなくても、自分の夢を叶えることの方が大切だったように思えたからだ。

それから暫らくの間、三冊目の『パラスティア大陸旅行日記Ⅰ』を読む気にはなれなかった。

そこへメルルさんがやって来て、泣いていた僕に慌てることになった。

昼食を取りながらクリストファーのことを告げた僕にメルルさんは苦笑いを浮かべて、ただ僕の話を聞いてくれていた。

すると昼食後に少し悩むように考えてから、ついて来るように告げて向かったのは、あの大きな扉がある地下の工房だった。

「入ってもいいんですか？」

「ええ。私と一緒だから大丈夫。それにクリス君が読みたい本を読んだ方がいいと思うわ」

そう言って工房の脇にある扉を開くと、その部屋には本棚があり、そこには余すことなく本が収められていた。

「昔、ここは私の勉強部屋だったの」

「これを全部読んだんですか？」

「ええ……読む時間はたくさんあったから」

あ、また余計なことを言ってしまった。

暗い表情をするメルルさんに心の中で謝りながら、もう一度本棚へと目を向ける。

たぶん百冊以上はあるよね。

その本のあまりの多さに吃驚（びっくり）していると、メルルさんは本棚から一冊の本を取り出した。

「クリス君は文字が読めるから何か物語があればいいと思ったけど、最初はこっちの方が良かったわね」

「えっとこれは？」

「これは文字の形と文字の組み合わせが載っている本よ。形を覚えるにはこれを読めばいいわ。後は出来るだけ書いて頭に入れることね」

「頑張ります」

ついでに『パラスティア大陸旅行日記』はⅤまであったので、明日から一日一冊を読み切るつもりで挑むことにして、用意してもらえるように頼んだ。

それから『パラスティア大陸旅行日記Ⅰ』を読もうとしたけど、眠くなってしまったので、また今日もお昼寝をさせてもらうことにした。

昼寝を終えると身体がとても軽くなっていたので、今日も迷宮へ行けると思いながら、外が暗くなるまで本を読み続けた。

それからお昼と同じ夕食をご馳走になり、メルルさんに見送られて迷宮へやってきた。

するともう見張りをしている兵士さんはいなかったので、そのまま迷宮へと入った。

「伝説の騎士になるつもりはないけど、僕もゴロリーさんみたいになるって目標が出来たから、その目標に向かって頑張るぞ」

気合を入れた僕は一階層を歩き回って、スライムを次々に倒していく。

それでも一戦一戦怪我だけはしないように戦っていき、この日は一度だけレベルアップして、スライムを百匹倒したところで安全エリアへと向かって眠りに就いた。

明日も幸せが続きますようにと願いを込めて……。

僕？　は走っていた。

軽く走っているつもりだけど、景色は凄い勢いで流れていく。

前方には高い壁があったけど、そんなことはお構いなしに壁の凹凸を利用して駆け上っていく。

かなり急いでいるみたいだ。

一体何処を目指しているんだろう？

すると急に視界が真っ暗になってから少しして明るくなると、今度は目の前に色んな種類の武器が置いてあるとても広い部屋の中にいた。

剣や槍に斧。

他にも本当に色々な種類の武器が地面に刺さったり、立て掛けてあったりする。

僕はそれを一つ一つ振っていく。

そして納得がいけば、次の武器に替えてまた違う武器を振る。

どの武器を手に取っても凄く力強くきれいに振ることが出来ていた。

そして最後の武器を振り終わると、また視界が暗くなってから少しして明るくなるとまた場面が変わっていた。

今度は夥（おびただ）しい数の魔物の群れに単身で向かっていく。

怖くて目を瞑ろうとしたけど、それは出来なかった。

僕は魔物達に囲まれていたけど、慌てることなくまずは短剣を投げつけ先制した後、双剣を持って狼や小型魔物を驚異的な早さで切り刻み、槍で大きな魔物の心臓を突き刺した。

きっと【シークレットスペース】を使っているから、このお兄さんはやっぱり僕だよね。

そう考えた次の瞬間、僕に向かって飛来してくる大量の矢と魔法が見えた。

盾を使いながら全ての攻撃を捌くと、今度はこちらも負けじと弓を取り出し、攻撃をしてきた空中に浮かぶ骸骨達へ向けて矢を放った。

するとその放った矢は光り輝きながら骸骨の魔物達へと吸い込まれ、魔物達の姿は一気に消えていく。


僕は圧倒的に強かった。

そして視線を変えた先には中型の魔物が沸いていた。

僕は大斧を取り出すと鋭く回転しながら、緑色のデップリとしたお腹が特徴の魔物や鬼を切り裂き殲滅していく。

そこへ突然騎兵が現れたけど、その騎兵達には首から上が無かった。

それも構わずに僕は片手剣と盾を取り出すと、相手の凄まじい突きを盾で捌き、隙が出来たところを見逃さず剣で十字に切り裂き殲滅する。

ただ魔物たちはどんどん強くなってきていて、敵の攻撃が掠り始めた。

でも痛みはなく、僕が動きを止めることはなかった。

どんどん魔物が守っている中へ中へと切り込んでいき、そこで赤い竜を発見した僕は、大斧を捨て直ぐに大きな剣を取り出した。

そして足を輝かせて空へ飛翔すると、赤い竜の顔に斬りかかった。……だけど、赤い竜もそう簡単にはやられない。

硬い鱗を少し裂いただけで攻撃を止められてしまい、逆に尻尾で叩かれたところに灼熱の炎を吐かれてやけどを負った。

それでも僕は次に身体を光らせ、大きな剣を出して肩に担ぐと、それから何度も何度も赤い竜へと叩きつけるように斬りつけていく。

するといつしか赤い竜が徐々に弱っていくのを感じた……しかし、赤い竜も最後の力を振り絞って炎を吐いた。

その瞬間、竜の喉元に逆さまについた鱗が見えた。

僕は力を振り絞って、その逆さまについた鱗に大きな剣を突き刺すと、ようやく赤い竜は倒れた。

そこでまた視界が暗くなってから明るくなると、今度は戦いからだいぶ経ったのか、僕の身体は思うように動かなくなっていた。

そんな僕にたくさんの人達が訪ねて来てくれたけど、僕はそれが何だか嫌だった。

そんな想いが通じたのか、直ぐに視界が暗くなっていき、明るくなると今度は……見慣れた迷宮の天井が目に入った。

「なんだ、夢か～。きっとさっき見た夢は伝説の騎士の本を読んだからだよね。でも本当にとっても強かったな～」
剣の素振りも見ていたし、あれを真似していれば、僕も強くなれるのかな？
僕はそれから木の棒をさっきの夢みたいに振ってみたけど、中々上手く振る事が出来ず、ただ振り回しているだけになってしまっていた。
それからスライムを少しだけ狩ってから迷宮を出て〝ゴロリー食堂〟へ向けて歩き出すのだった。

それから間もなく〝ゴロリー食堂〟にやってきた僕はスイングドアを開く手前で、いつもよりも美味しそうな匂いが漂ってきていることに気がついた。
起きて身体を動かしてきたから、お腹がぺこぺこだったので、僕はその匂いに惹かれて店内へと入った。
「ゴロリーさん、クリスです。おはよう御座います」
すると厨房から声が掛かった。

「クリス、来たか。ちょうどいいカウンター席に座って待っていてくれ」

「とても美味しそうな香りがします」

鼻をヒクヒクさせながら、僕専用となりつつあるカウンターにある椅子の脚が長い子供席へと座った。

「それで迷宮はどうだった？」

「いつもと同じです。スライムを見つけて生ゴミへ誘導して倒す。怪我もないですし無理はしていません。今回は百二個ですね」

「ほぅ。やっぱりそれだけ狩ってくるんだな。それならレベルも上がったか？」

ゴロリーさんは僕が無茶をしていないことが分かると、笑顔になって迷宮での出来事を積極的に聞いてくれる。

そこで僕はレベルで気になったことを聞いてみることにした。

「一度だけ上がったと思います。でもあまり上がらなくなってきた気がします」

「それは器が大きくなった証拠だ。これからそう簡単には上がらなくなっていくが、焦る必要はないぞ。ちゃんと目標に向かって継続することが大事だ。俺の料理のようにな」

レベルが上がらないのが普通なら、無理する必要はないかな。

それからゴロリーさんがカウンターの上に出来たての料理を置いた……といってもそれは、高温に暖められた鉄板の上で焼かれているお肉が乗せられているだけのものだった。

ただジュッゥウウっと、いい音を立てながら、とても美味しそうでお腹の空く匂いがする。

「本当ならこれは自分で掛けてもらうんだが……」

そう言いながら、お肉に何か黒っぽい液体を掛けると、液体は鉄板まで流れたのか、さらにジュウと美味しい匂いが倍増していく。

少しだけ液体が跳ねていたけど、その液体がこの料理は美味しいって歌いながら踊っているように見えて、僕の口には涎が溜まっていく。

「えっと、これって？」

もしかしてタダで食べていいのかな？

「それはうちの店で今度出す新作料理だ。家族にはまぁまぁ好評だったが、子供であるクリスの意見も聞いておこうと思ってな」

「食べてもいいんですか？」

「ああ」

僕は念のために確認すると、ゴロリーさんは笑顔で頷いてくれた。

直ぐに出来たてのお肉にフォークを刺して食べようとした……でも、熱過ぎて直ぐには食べることが出来なかった。

美味しい罠に引っかかって、少しだけ舌が熱くなったけど、直ぐに匂いの誘惑に負けて今度は息を吹きかけてから料理を口に運んだ。

すると口に入れた瞬間に美味しいと分かる味、鼻から溢れ出る優しい甘みと液体の香ばしさ、噛めば噛むほど旨味が押し寄せてくる。

……ただ残念なことに中々お肉を噛み切ることが出来なかった。

「味は凄く美味しいです。匂いもとても美味しい匂いがして、早く食べたい気持ちになります。だけど……僕には噛み切れないので、薄いお肉ならもっと良かったです」

食べるには少しだけ顎を鍛えないと駄目なんだろう。

「そうか……さすがに子供には噛み切れないか。参考にさせてもらうぞ」

僕が大人だったら噛み切れて美味しいんだろうな。

それを残念に思いながら、味は美味しいから食べ進めていく。

「これを薄く切ってパンに挟んでもらうと高いですか?」

「パンにか?　いや、他の料理とたいして変わらないが……」

「迷宮でお腹が空いた時に【シークレットスペース】から取り出すと、料理がまだ温かいままなんです。だからこの料理を迷宮でもいつか食べたいと思って」

他のお店の料理より、やっぱり僕はゴロリーさんの料理が一番美味しい。

もし迷宮で疲れたとしても、ゴロリーさんの料理があれば僕は立ち上がって頑張れる気がする。

「……そのスキルは【収納】することが出来るだけじゃなくて、時間も停止しているのか?」

「えっと、確かめたことがないから分からないです」

確かめたこともないし、確かめる方法も僕には分からない。

「……まぁそうか。それが分かったら、また教えてくれ。それと今言った料理は後で作ってみよう」

「ありがとうございます」

「それでこの後はメルルのところか？」

「はい。でも少しだけ顔を出したら、二件の食堂で生ゴミ回収のお仕事をして、またメルルお姉さんのところで本を読みますよ」

「そうか。でも本ばかり読んでいないで、身体もちゃんと動かしておくんだぞ？」

「分かりました」

「あ、クリス、一つ頼みたい仕事があるんだが……」

僕はゴロリーさんが作ってくれた食事を最後まで食べ切り〝魔道具専門店メルル〟へ向かおうとして呼び止められた。

そしていつの間にかクリストファーじゃなく、クリスと呼んでもらえていることに気付いて、自分の頬が綻んでいるのを感じる。

「生ゴミですか？」

新作料理を作っていたから、もう生ゴミがいっぱいになったのかな？　でもゴロリーさんは首を横に振ったから違うみたいだ。

「クリスのその黒い霧は、大きな物でも収納することは可能なのか？」

「たぶん大丈夫だと思います。メルルお姉さんのお店の商品を全て入れることが出来ましたから」

どれぐらいの大きさかは分からないけど、たぶん大丈夫だと思う。

「それは凄まじいな……でも、そうか。実はうちで今使っている魔導コンロを、オーブンがついている新しい魔導コンロと交換しようと思っているんだ」

「それってメルルお姉さんのところで買うんですか？」

「ああ。ただ魔導コンロは魔導具だから、そこらに捨てる訳にはいかないのだ。業者に引き取ってもらうにしてもこの大きさだから時間と費用が掛かる」

「そこで【シークレットスペース】ですか」

確かに【シークレットスペース】なら持ち運べるし、邪魔になったら迷宮に引き取ってもらえばいいよね。

「ああ。それにもしかしたらクリスにも必要になる時が来るかもしれないと思ったんだがどうだ？」

僕が料理……考えてもみなかった。

今は必要ないけど、いつか必要になる時が来るかもしれないか……。

腕を組みながら顎鬚を撫でるゴロリーさんを見ながら漠然とそう感じた。

「はい。でも念のため【収納】出来るか試してみてもいいですか？」

「ああ。じゃあちょっと中に入ってくれるか」

そう言われて僕は初めてカウンター奥に入ることになった。

「クリス、これだ」

そう言って見せてくれたのは、メルルさんのお店で見た魔導コンロと同じ大きさのものだった。

「じゃあ今メルルお姉さんが作っていた魔導コンロって、ゴロリーさんのところで使うものだったんですね」

「ああ」

それから魔導コンロを【回収】出来るか【シークレットスペース】を発動させる。

するとと黒い霧がゆっくりと魔導コンロを包んでいく。

そして黒い霧が魔導コンロを完全に包むと霧が更に濃くなっていき、魔導コンロを完全に隠した。

「……本当に凄いな。じゃあ取り出せるのか？」

「やってみます」

元にあった場所へ魔導コンロをイメージして【排出】すると、魔導コンロは本当に元通りの場所へと姿を現した。

「……三日後が定休日だから、まずはメルルのところで新しい魔導コンロを回収して、これと交換してもらいたい。報酬はそうだな……クリスが十歳になるまでの朝食代でどうだ？」

僕にとってはとても破格な報酬だった。

「やります。やらせてください。そのお仕事任されました」

「ああ、それじゃあ頼んだぞ」

「はい」

ゴロリーさんは笑って依頼してくれた。

その後、魔道コンロをどうやって使っているのかを教えてもらってから僕は〝魔道具専門店メルル

ル〟へとやってきた。

そしてメルルさんにもゴロリーさんから依頼された仕事内容を伝えた。

「それなら私も助かるわ。工房にはあまり人を入れたくないし、工房から出す時には一度分解しないと出すことが出来なかったのよ。設置するのに時間も掛かるし、本当にいいこと尽くめだわ」

どうやらメルルさんは喜んでくれたみたいだ。

「それなら良かったです。じゃあ今日のスライムの魔石です」

「今回も順調だったみたいね」

「はい」

「じゃあクリス君、私もお礼を上げる」

そう言って渡されたのは杖だった。

「これってあの時の?」

「そう。【クリーン】の魔法が使える魔導具の杖だよ。ただ魔力がないと使えないから、迷宮で寝る前にでも試してみるといいよ。何かきっかけがあれば使えるようになるだろうし」

「メルルお姉さん、ありがとう御座います。僕も魔法が使えるように頑張ります」

「頑張ってね」

メルルさんは笑顔で僕の頭を撫でてくれた。

ゴロリーさんやメルルさんがくれた仕事は、きっととても大きな仕事なのだと思う。

僕は二人に感謝しながら、絶対に仕事を成功させようと心に誓った。

それから、生ゴミを回収する仕事に行くのはちょっと早そうだったので、少しの間昨日読むことが出来なかった『パラスティア大陸旅行日記Ⅰ』を読むことにした。

この世界パラスティアには三つ大陸があって、それぞれアルスタ大陸、ペリノッツ大陸、グランバル大陸と呼ばれている。

そして本来もう一つ大陸があったらしく、それが魔王の支配していた魔大陸ロコンギアという大陸だったらしい。

でも今は封印されているみたいで、行き来することは出来ないのだとか。

三大陸はいずれも海を挟んでいて、別の大陸に渡るには飛行生物か、船での航海が必要になるらしい。

国は全部で四つあってアルスタ大陸の覇者とも呼ばれている、小国を一つに統一した帝国ヤーザン。

アルスタの一部とベルリッツの三分の一を占めるクロスフォード王国。

ベルリッツ大陸の半分を有する勇者を召喚したメルリア王国。

グランバル大陸とベルリッツ大陸をまたにかける迷宮が最も多いとされているプレッシモ連邦国。

他にもパラスティアにはどこの国にもない街もあるらしい。

『パラスティア大陸旅行日記Ⅰ』には大陸や大きな街の紹介がしてあって、そこにはアルスタ大陸の街や村、魔物や特産について書かれていた。

でも僕にはまだこの本に書いてある内容が面白いとは思えなくて、結局またあの偉人伝を読むことにした。

それから少し読み進めたところで、生ゴミの回収へと向かうことにした。

メルルさんがいる地下の工房へ下りて、扉越しに仕事へ出掛けることを伝えると、間もなく扉が開いた。

「クリス君、さすがにそろそろ同じ服ばかり着ているのは衛生的に良くないから、新しい服に着替えましょうか」

「まだ綺麗ですよ?」

「でも洗っていないし、飲食店に出入りするなら必要なことよ」

「う〜ん、分かりました」

折角雇ってくれたお店に迷惑を掛けないようにしないとね。

「じゃあ今度は服を売ってください」

「任せておいて」

それから店内へ移動して何着か新品の服を当ててがってもらい、僕が今後買う予定の服も決まった。

ただいきなりこんなに買うことは出来ないので、ちゃんと考えを声に出して伝えてみる。

「お金はないですよ?」

「大丈夫。さっきの【クリーン】が使える杖だと報酬としては少ないから、少しだけ追加しただけよ。

それにクリス君には商品を預かってもらっているもの」

「さすがに頂けませんよ。買わせてください」

「分かったわ。それじゃあ一着銅貨一枚で販売するわ。買ってくれるんでしょう?」

「……はい」

「ふふっ。それとクリス君が私の負担になっているかもしれないって思ってくれているみたいだけど、心配しなくていいからね。だってこのお店はもう魔導具専門店なんだから」

「ありがとうございます」

間違いなくメルルさんの負担になっていることは分かったけど、ここは素直に甘えることにした。

それから僕はメルルさんが選んでくれた服に着替えて、今度こそ生ゴミ回収へと向かった。

「じゃあ、また二日後に伺います」

「おう。またな」

「はい。いきなり料理を変更してもらってごめんなさい」

「いいよ。これからはそれでいいんだろ?」

「はい」

午前中生ゴミ回収を終えた二軒のお店から朝食を勧められたけど、今度からメルルさんが作ってくれた持ち運べる料理をお願いしてみた。

するとニ軒目は直ぐにそれを了承してくれたけど、一軒目の〝イルムの宿〟は今日もしっかりと料理を用意してくれていて、パンのサービスまでついていた。

もちろん他のお店と同じように持ち運べる料理をお願いしてみたけど、子供が食べる量はたかが知れているから、笑いながら用意してくれることになった。

この〝イルムの宿〟は、ゴロリーさんよりもお爺ちゃんとお婆ちゃんが経営している宿屋で、新米の冒険者を優先的に泊めている珍しい宿屋さんらしい。

イルムさんは「いずれ冒険者になったら、冒険の話を聞かせて欲しい」と、笑ってサービスしてくれるので、ついつい食べ過ぎてしまって、お店からお店への移動はお腹がパンパンで移動するのが大変だった。

昼前に差しかかり、街の中を行き交う人が増えていた。

「これから帰って本の続きを読みながら、あやふやな文字を直ぐに書けるようにならないと……」

その時、数名の冒険者が僕の横を通り過ぎて行った。

きっと今から迷宮へ潜るのかもしれない。

僕もいつかあれぐらい大きな剣と大きな盾を持って迷宮を攻略してみたいな……。

そしてその時僕は閃いた。

「……まだ冒険者ギルドで冒険者にはなれないんだよね？　でも冒険者ギルドで戦うための基礎を教わるだけなら出来るかもしれないよね？」

そんなことを思い立った僕は、雑踏に紛れながら冒険者ギルドへ行き先を変更することに決めた。

冒険者ギルドの中へと入り、キョロキョロ見渡してみるが、お目当ての人であるマリアンさんはいないようだった。

少し残念に思いながら、マリアンさんが座っていたところにいる女性に話し掛けてみることにした。

「お姉さん、おはよう御座います」

「子供？　何か用かしら？」

お化粧が少し派手な印象の人だった。

少しだけ怖いと感じたけど、マリアンさんが優しかっただけなのかもしれないと思い直し、先程考えたことを伝える。

「僕はまだ年齢的に冒険者になることが出来ません。でも剣の握り方や武術の基礎を教えてもらうことは出来るのではないかと思って伺いました」

「はぁ～。あのね、教えを請うには悲しいけど、それにはお金が発生するのよ。もし習いたいなら親御さんを連れて来なさい」

「親を連れて来ないといけないんですか？」

「あのね、依頼するにもお金が必要なのよ。君みたいな子供が依頼料を払えるぐらいのお金は持っていないでしょ？　子供は子供らしく近所の子供達と一緒にそこら辺を走るだけで十分でしょう」

「えっとお金ってどれぐらい必要なんですか？」

「だから……どうしても習いたいなら、一時間で銅板五枚は掛かるわよ？」

とても高かった。スライム十七匹分。メルルさんが売ってくれた服が五十着も買えちゃう。

「えっと、剣と体術と魔法の基礎をちゃんと教えてくれそうな人はいませんか？」

「へぇ～お金は持っているってことね？　ちょっと待っていて」

お姉さんはこちらを覗き込むように何度も見てから席から離れていった。

「はぁ～何だかあのお姉さん怖いや。マリアンさんがいる時に来れば良かったかな……あっ」

僕は慌てて口を両手で押さえた。

周りを見渡して僕に注目している冒険者がいないことを確認して、ホッと小さくため息を吐こう
……としたら、隣で受付をしていた耳が特徴的な凄く綺麗な女性がこちらを見ていた。

僕は笑顔で自己紹介することにした。

「……あの僕はクリストファーって言います。美人のお姉さんは僕に何か御用ですか？」

「クリストファー……うむ。クリス君でいいだろうか？　私はエルフ族のクジャリータだよ」

「えっ？あ、はい。それでエルフ族のクジャリータさんは僕に御用ですか？」

エルフって何だろう？　と、思いながら僕は再度聞いてみることにした。

「クリス君が強くなりたいのは何故だ？」

質問したのに質問が帰ってきた。

「えっと僕には尊敬する人達がいます。その人達は僕のような子供でも優しく接してくれます。だからいつかその人達を守れるように強くなりたい。それに沢山勉強して、人に頼られるような大人になりたいんです」

「立派だな。君みたいな子供は騎士に憧れると思っていたのだがな……」

優しげな目をされて笑われてしまった。

「僕は騎士になれたとしても、きっと騎士にはならないと思いますよ」

「おや、何故だい？」

「僕は伝説の騎士みたいに死んでから世界中の知らない人達から認められるよりも、生きているうちに知っている人達に認めてもらいたいからです。……まだ何が出来るか分からないけれど、その分いっぱい努力しようと思っています」

「フフッ、いいな。もしクリス君が大きくなった時にもう一度会うことがあったら、その時は君の話を聞かせてもらおう」

「えっと、はい」

するとフロアに女性の声が響く。

「お待たせいたしましたクジャリータ様、ギルドマスター室へご案内致します」

「どうやら呼ばれたみたいだ。それじゃクリス君、君に精霊の加護があらんことを」

クジャリータさんは僕の頭を撫でながらそう告げると、名前を呼んだ女性の後についていった。

「不思議な人だったな。ところでエルフ族って何だろう？　あとでメルルお姉さんに聞いてみようかな」

　それからちょっとして、僕が話しをした女性が戻ってきた。

「君、銀貨一枚で一時間、Cランク冒険者のナルサス様が教えてもいいと言ってくれたんだけどどうする？」

「さっき聞いた値段の二倍の金額だった。

　依頼金って依頼する人が決めるんじゃないのか……。

「さっき言っていたよりも高いです……」

「でも強くなりたいんでしょ？　Cランクは中堅冒険者よ。こんな機会は滅多にないのよ」

　マリアンさんがそう言ってくれたのなら分かるけど……。

　でも冒険者ギルドで働いている人の提案だし、受けた方がいいのかな？

「……分かりました。僕は今ぐらいの時間で習いたいのですけど？」

「昼休みの時間を使って教えるって言っていたから、もう少し遅くじゃない？」

　こっちに合わせてくれるわけじゃないんだ……。

　他にも仕事をしているのかもしれないし、それはしょうがないのかな……。

「じゃあ今日じゃなくて明日からお願いしてもいいですか？」

「いいわ。じゃあ先に銀貨一枚を払ってもらえるかしら？」

　僕はその言葉に戸惑ってしまう。

　そしてあまりいい感じがしなかったので、お金を出すことは断ることにした。

「えっと、それって後で払ってもいいんですよね？　今は持ってきていないので、もしどうしても前払いなら、明日の訓練前でもいいですよね？」

人のいないところでしか【シークレットスペース】は使わないって決めているし、やっぱりマリアンさんに色々相談したい。

そんな思いが僕の中にあった。

「いいだろう。それで明日から鍛えてやろう」

すると突然後ろから声がして振り返ると、そこには傷だらけの鎧を着ている男の人が立っていた。

「ナルサスさん、もう良かったんですか？」

「ああ。それでこの小僧だろ？」

「えっと、クリストファーと言います。明日から宜しくお願いします」

僕は頭を下げた。

「小さいのに挨拶が出来るのは良い事だ。俺の名はナルサスだ。厳しくても泣くなよ」

「はい。それでは明日からお願いします」

「ああ。でもちゃんと金は持って来いよ。俺は金払いが悪い奴は嫌いなんだ」

「……はい」

僕はお姉さんやナルサスさんが少し苦手だけど、これから色々な人と出会うだろうし、教えてくれる人を探せばいいと思い、再度挨拶をしてギルドを後にした。

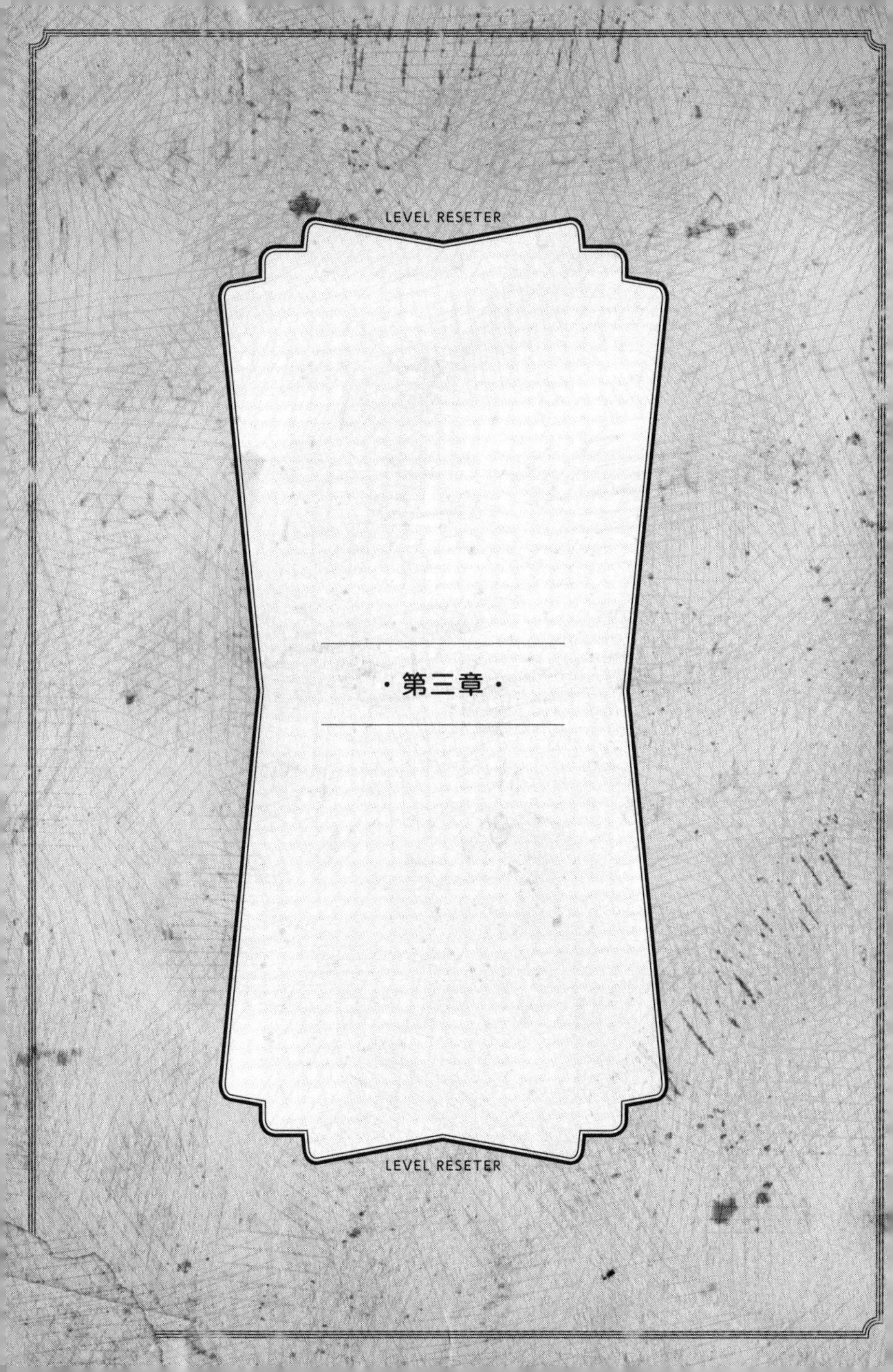
LEVEL RESETER
・第三章・
LEVEL RESETER

ギルドを後にした僕は〝魔道具専門店メルル〟へと戻ってお昼まで本を読み、昼食は〝イルムの宿〟で貰ったパンをメルルさんと一緒に食べて過ごした。

その時メルルさんが今作っている魔導コンロの話になり、バラバラに分解しなくて良くなったことで、工房で魔導コンロを組み立てていることを教えてもらった。

もう最終調整の段階まで来ていて、明日には完成してしまうかもしれないと、凄く機嫌が良くて、何だか僕も嬉しくなった。

ただ前回はフェル達にあげた〝イルムの宿〟のパンを食べてみると、正直あまり美味しくはなかった。

それでもそこまで硬いパンではなかったので噛んでいると、ほのかに甘みを感じるようになる不思議なパンだった。

「このパン……面白いですね」

「ええ。口に入れた時は苦く感じるのに、最後には甘くなるものね」

「ゴロリーさんもだけど、料理が出来るってどんな気分なんですかね」

「マイナスになることはないわよ……きっと」

「そうですね」

こうして昼食を終えた僕は昼寝と偉人伝を読んで過ごし、夕方になる頃二軒の生ゴミ回収をしてから、迷宮の側でいつものように待機を始めた。

それから暫くすると、何やら路地裏で騒ぎ声が聞こえてきた。

僕は物陰に隠れながら、声がした方の様子を探ろうかと思ったけど、迷宮の入口に人がいなくなったことや、周りに人がいないことが分かったので、少し早めだったけど迷宮の中へと進むことにした。


迷宮に一歩足を踏み入れたら、気持ちを切り替えないといけない。

僕はそう自分に言い聞かせて、今日もスライム退治に全力を注ぐことにした。

スライムを倒し続けてもレベルアップすることはなかった。

それでもゴロリーさんの言葉を信じて、焦らないで戦うことにした。それから一度夕食を挟んでから九十四前後のスライムを倒した時に身体に力が漲った。

「やった。でもレベルは上がったけど、無理はしないって約束しているし……やっぱり百匹倒したら今日も終わりにしよう」

そして昨日と同じく迷宮に潜ってから百匹のスライムを倒した僕は、安全エリアに移動してから初めての魔法に挑戦してみることにした。

メルルさんから貰った【クリーン】の魔法が使える杖の魔導具を握り締め、きれいになることをイメージして何度も杖を振るった。

そもそも魔力って一体何なんだろう？　メルルさんが【クリーン】を使っている時にもただ杖の先端が光っていたぐらいしか分からなかった。

「力を入れても駄目だし、この力が張っている今なら分かると思ったんだけどなぁ～」

結局この日は【クリーン】が使えるようにはならなかった。

「まずは魔力が分かる魔導具がないのかメルルお姉さんに聞こう。そうすれば僕にも使えるかも。あ、そうだ。明日は冒険者ギルドで訓練してもらえるんだから、その時に聞いてみようかな。そうと決まれば早めに寝よう」

こうして僕は明日の冒険者ギルドでの訓練を楽しみにしながら眠りに就いた。

この時には既に僕の頭の中からは、すっかり路地裏のことなんて頭の中から消えていた。

だけどこの路地裏の騒動に僕が少しだけ関わっていたなんて、知る由もなかったんだ。

迷宮で寝るのにも慣れてきたかなぁ。

そう考えながら安全エリアから顔を出すと、至近距離に珍しくスライムがいた。

「ここまで接近すると少し不安になるけど、ゴロリーさんも安全エリアに魔物は入って来られないって言っていたしな。まぁいいか」

生ゴミを【排出】して、スライムに吸収させ始め、僕は両手を上に構えて【シークレットスペース】から【排出】した木の棒を握り、一気にスライムの核に叩きつけた。

「スライムって迷宮の宝物を守るために迷宮から生まれるのかな?」

そんな疑問が頭に浮かんだけど、迷宮のことなら冒険者ギルドへ行って聞いたら分かるかなと思って迷宮の外へ出ると、いつも通りの日常が……という訳にはいかなかった。

まだ薄暗い街の中を同じ格好をした三人の兵士さんが見回っているようだった。

「何かあったのかな？」

そう呟きながら見ていると、その兵士さん達は僕の姿を見ると近づいて来た。

「坊や、こんなに朝早くにどうしたんだね？」

年配の兵士さんが話し掛けてきたけど、笑顔で言葉は穏やかなのに、こちらを見てくる目には良く分からない怖さを感じた。

僕は精一杯の笑顔を作りながら元気な挨拶をして、兵隊さんが何をしているのか聞いていてみることにした。

「おはようございます。今からメルルお姉さんのお使いで〝ゴロリー食堂〟へ行くんです。兵隊さん達は何をしているんですか？」

「……スラムの子供ではないのか？」

するとと兵士さん達は顔を見合ってから、僕の質問には答えずに質問してきた。

「はい。〝ゴロリー食堂〟まで一緒に付いて来ていただければ分かると思いますけど……。でも服が新品なので、スラムの子供に間違われるとは思わなかったです」

少し落ち込んだように見せて目的地を告げると、兵士さん達は僕を下から上まで見て頷いた。

すると先程まで感じていた怖さが急に無くなった。

「済まなかったね。それならばいいんだ。昨日からスラムにいる連中が縄張り争いをしていてね。一般人を襲う者まで現れたのだよ」

「えっ!? 知らなかった。じゃああまり外に出ない方が良かったですか?」

スラムの人達も路地裏から出てくるの? 僕は辺りを見回す。

「いや、今はもうだいぶ落ち着いたから、路地裏にさえ行かなければ大丈夫だとは思う。……念のため、その〝ゴロリー食堂〟とやらに同行してもいいかね?」

どうしよう……。

僕は別に悪いことはしていないからいいけど、ゴロリーさんは迷惑じゃないかな? でもさすがにスラムの人が動き回っているなら、一人で歩くのは怖いし同行してもらおうかな。

「えっと、はい。僕一人では不安なので、お願いします」

「うむ。おい、私はこの子を送っていくから、周辺の見回りを頼む」

「「はっ」」

こうして僕は代表して話し掛けてくれた兵士のおじさんと一緒に〝ゴロリー食堂〟を目指すことになった。


「坊やはまだ小さいみたいだけど、幾つなんだい?」

「五歳です」

「ほぅ～。五歳なのにしっかり受け答えが出来るのだな。私にも娘がいるが、娘の五歳だった頃よりもしっかりしている」

おじさんはさっきまでと違って、優しい口調で話しかけてくれた。

「そうかなぁ〜。娘さんは幾つなんですか？」

「坊やよりも年上だよ。八歳になる」

「そうなんですね。あ、このお店ですよ」

「うむ。案外近いのだな……」

「うん」

僕は躊躇わずに〝ゴロリー食堂〟のスイングドアを押し開いた。

「ゴロリーさん、おはよう御座います」

「おう、クリス無事に来られた……騎士？　騎士が一体この店に何の用だ？」

いつも通りお店に入って僕が挨拶をしたら、ゴロリーさんが奥の部屋から顔を出してきた。

ただいつもと違い兵士さんがいたので、ゴロリーさんは兵士さんを警戒しているのが分かった。

それより騎士って、あの騎士だよね？『偉人伝、伝説となった騎士』に出てくる国を守護する仕事をしている職業の……。

あの物語にはもっと平民の人を見下しているように書かれていたけど、この騎士さんを見る限りではそんな感じはしなかった。

あ、いけない。

色々と考える前に騎士さんと会った経緯を説明しないといけない。

僕はゴロリーさんに声を掛けた。

「昨日から何だかスラムの人達が縄張り争いをしていたみたいです。それを騎士さんは見回りしていたんですよ。外で会った時に子供一人だと危ないから送ってもらったんです」

ゴロリーさんは僕の説明を聞いて警戒を解きながら騎士さんに対して声を掛けた。

「……クリスが世話になった」

「い、いえ、これも騎士の務めでもありますから……ところで、もしや貴方は〝双竜の愕〟のゴロリー殿ではないですか?」

〝双竜の愕〟? ゴロリーさんは有名人だったのかな? やっぱり色々なことに詳しいし元冒険者なのかな?

「……俺は〝ゴロリー食堂〟のゴロリーだ。それ以外のことは知らない」

でもゴロリーさんは否定した。

「そうですか……それは失礼しました。念の為ですが、昨日からスラムに住んでいる者達の動きがおかしくなっていますので、路地裏を通られる場合は気をつけてください」

「ああ、分かった」

「坊やも路地裏には当分近づかないようにな」

「はい。送ってくれてありがとうございました」

最初に会った時の怖い印象はなく、優しい騎士さんになっていた。

「それでは失礼します」

騎士のおじさんはそう言って〝ゴロリー食堂〟から出ていった。

ゴロリーさんは騎士のおじさんが出て行ってからも、暫くの間、騎士のおじさんが出て行った扉を見つめていた。

「えっとゴロリーさん、騎士の人に送ってもらったのは、駄目でしたか？」

「いや、問題ない。さてクリス、今日は生ゴミの回収だったな」

「はい」

「俺も行こう」

「えっと汚れ……あ、ゴロリーさんはこれ使えますか？」

僕はメルルさんから貰った【クリーン】が使用出来る杖の魔導具を黒い霧から【排出】させた。

「これは？」

「メルルお姉さんが作った魔導具で、魔力を込めると【クリーン】の魔法が使えるものです」

「ほぅ～中々いい物を貰ったな。どれ」

ゴロリーさんは杖を受け取ると【クリーン】を発動させた。

元々店内は綺麗だったので効果はなかったけど、ゴロリーさんは満足そうに頷いた。

「ほぅ～これは便利だな。魔法が使えない俺でも使えるんだから。これはかなり売れるだろうな」

「あまりこういう魔導具は売っていない物なんですか？」

「ああ。売っていないこともないが【クリーン】は混合属性を使った魔法だから、調整も難しく普通は魔法に長けている者が補助として使うのが一般的だ。さすがメルルだな」

貰っちゃったけど、そうなるとこの魔導具ってかなり高価な物だよね？　本当に貰って良かったのかな？

「……これって返した方がいいですよね？」

「いや、貰っておいていいだろう。どうせまた直ぐに新しい物を作るだろうし。さて、裏庭に行くか」

「……はい」

もっと特別な物に感じたけど、そうではなかったのかもしれないな。

そして裏庭にやってきたところで僕は固まった。

ゴロリーさんの裏庭がかなり大変なことになっていたからだ。

生ゴミがそこかしこに散らばっていて、とても酷い臭いになっていたのだ。

「これをやったのはスラムの奴らだな。まさかまたこんな嫌がらせをしてくるとはな」

「嫌がらせですか？」

「ああ。スラムの連中は残飯を漁りに来るんだよ」

僕は思わず顔を顰める。

生ゴミが入った大きな箱は開けると物凄く臭く、それをスラムの人達が食べていることを想像したからだ。

絶対にお腹を壊してしまう。

身体にブルブルっと悪寒が走ったので、まずは片づけを優先させることにした。

「ゴロリーさん、まず地面に散らかっているカスを【回収】してしまうので、周りを見てもらってもいいですか？」

「そんなことも出来るのか？　それは助かる」

それから僕がまず地面に散らかった生ゴミを【回収】し、その後まだ臭いの残る裏庭へゴロリーさんが【クリーン】を発動して、あっという間に綺麗になった。

やっぱり僕も【クリーン】の魔法を早く使えるようになりたいな。


「本当に今回はクリスの能力とメルルが作った魔導具のおかげで助かった。そろそろメルルもスープを取りに来るだろうから、今回は二人に何でも好きな物を朝食として奢らせてもらおう」

「本当ですか？　やった！」

「それにしてもスラムの奴らが、これだけの悪さをしていくのは珍しいな」

「そうなんですか？」

「ああ……いや、待てよ。クリスは生ゴミの回収をしているんだったな？　どこの店に行っているんだ？」

僕は〝イルムの宿〟を始めとした四軒のお店の名前を伝えると、ゴロリーさんは何処か納得したような顔になった。

「まずスラムの奴らは一つのグループにまとまっている訳じゃないんだ。だから当然縄張りも違う。クリスが最近生ゴミとして回収した残飯を食べていた奴らもいた筈だ。その食料が無くなって、困った者達が別のグループの縄張りを荒らしたんだろう」

「えっ!?　じゃあ僕が争わせたんですか？」

それじゃあ昨日の騒動のきっかけを作ったのは僕なのか……。

僕が生ゴミを【回収】したせいで引き起こしてしまったものだったのか……。

「いや、クリスのことはただのきっかけに過ぎない。今までも同じようなことは何度も起こっているんだ」

「でも……」

「スラムに住む子供が争いに巻き込まれるのは忍びない。だがスラムにいる大半は成人を超えた者だ。そんな奴らが冒険者になって、クリスみたいに一階層のスライムや二階層のワームを倒していたら十分暮らせるはずだ」

「でも、戦えない人もいるんじゃないですか？」

「クリス、別に戦いだけが金を稼ぐ手段じゃない。たとえ怪我をしても働けるんだぞ」

確かに僕のお父さんも怪我をしたけど一生懸命働いていた。

「……」

「大人は出来ることも多い。だから一日働けば、その日暮らせるだけの食事にはありつけるはずだ。それをせずに人から奪うことしか考えられない奴らのことを、クリスが気に掛ける必要はない」

「……はい」

「俺はクリスが生ゴミを回収してくれて嬉しい。きっと他の食堂も同じ気持ちだ。今回のことで一時的に治安が悪くなる可能性はあるが、悪さをした者は先程の騎士が捕まえるから、結果的には治安が良くなるんだ」

「……僕は生ゴミの回収を続けてもいいんですか？」

「ああ、そうでないと困る。だがスラムの奴らがどこで見ているか分からないから、十分に警戒するんだぞ」

「はい」

ゴロリーさんの言葉に僕は救われた気がした。

でもそれと同時にスラムにいる子供達がどうして孤児院に入らないのかが気になった。

「ゴロリーさん、何でスラムの子供達は孤児院に入ることが出来ないんですか？」

「難しい質問だな……だけど別にスラムの子供達が孤児院に入ることが出来ないなんてことはないぞ。孤児院は教会が運営しているから、十歳までの子供なら受け入れることになっている。ただスラム街に住んでいる子供達はそういうことを知らないのかもしれないな。それにスラム街の大人達が孤児院の悪口を言って聞かせて育つから、偏見の目を持っているのかもしれない。あとは孤児院がグループを作って教会の仕事を手伝うことになっているが、それを嫌う者達も少なからずいる。だからだな」

「子供達だけでも助けてあげたいですね」

少しでも何かが違っていたら、僕もスラム街で生活をすることになっていたのだと思うと、とっさにそんな言葉を口にしていた。

ゴロリーさんは笑いながら僕の頭を撫でてくれたけど、それ以上スラムや孤児院のことは口にしなかった。ゴロリーさんは自分と僕に【クリーン】を掛けてくれた。そしてお店の中に入り、メルルさんが来るのを待つことになった。

その後、メルルさんがやって来て、ゴロリーさんがメルルさんに【クリーン】が使える魔導具を注文すると、メルルさんの機嫌が良くなって僕も嬉しくなった。

そしてゴロリーさんからのお礼として、朝食以外にも、お昼に食べることが出来るパンでお肉を挟んだサンドイッチを作ってくれた。

僕とメルルさんは笑顔で〝ゴロリー食堂〟を出ると〝魔導具専門店メルル〟へ向けて歩き出した。

メルルさんと手を繋いで〝魔導具専門店メルル〟へとやって来た僕は、そのままメルルさんの手に引かれたまま、地下の工房へ通されることになった。

「どうしたんですか？」

「実はクリス君にお願いがあって……まぁ工房へ入ってもらえる？」

「はい」

すると目の前には完成された魔導コンロがその存在を示すように真ん中に置かれていた。

「わぁ～、完成したんですね。魔導コンロ」

「そうなの。今朝までずっと作業していたの。それでお願いなんだけど」

「僕が出来ることなら何でも協力しますよ」

「ありがとう。そのお願いなんだけど、この魔導コンロを【収納】しておいてほしいの」

「分かりました」

どんなお願い事をされるのかドキドキしたけど、全く問題ないお願いだった。

今でもお店の商品の二割は【シークレットスペース】に保存しているんだから、魔導コンロが一つ増えても変わらない。

「本当！　ありがとう～。一番作業しやすいところで組み立てて完成したまでは良かったんだけど、重くて動かせなくてこのままだと凄く邪魔だし、工房で何も出来なくなるって思ってたのよ」

メルルさんは片づけることが苦手そうだし、慌てん坊さんだからな～。

僕は笑いながらもう一度了承して作業へ入ることにした。

「分かりました。直ぐに【収納】しますね」

「じゃあクリス君、お願い」

「はい」

【シークレットスペース】を発動して黒い霧が魔導コンロを包み込むとそのまま消えるように【収納】された。

「やっぱり凄い能力よね～。クリス君みたいな子がその能力を授かって良かったわ」

「どうしてですか？」

「う～ん、心が綺麗だから」

「そうですか？」

「ええ」

微笑むメルルさんに首を傾げながら魔導コンロがなくなった工房を見ると、工具は散らばっているけど結構広い部屋だということが分かる。

それこそお店の在庫商品を置くことが出来るぐらいには……あれ？　もしかすると……。

「メルルお姉さん、もしかして魔導コンロの仕事を受けたから、お店の中があんなに荒れていたんですか？」

それでも少し荒れ過ぎていた気もするけど……。

「……そうなの。魔導コンロはとても場所を取るから、仕事を引き受けると作業場所も必要だったのよ。だから商品は乱雑に置かれていたけど汚れていなかったでしょ？」

「そうですね。少し気になっていたんです」

実は【クリーン】を使えば綺麗になるって思ったことは内緒にしておこうかな。

「それで悪いんだけど……」

「あ、お店に置くところがなかった商品なら、直ぐに【排出】出来ますよ」

「違うの。出来ればそのままお店の在庫商品を預かっていて欲しいの」

「えっと、何でですか？」

僕がこれ以上商品を預かっている理由はないと思うんだけどな。

「大きな魔導具を作るにはやっぱりこれぐらいのスペースが必要だし、今回とても作業しやすかったの」

「次も大型の魔導具を作るんですか？」

「いえ、でもお店の雑貨が減らないと新しい魔導具を作っても並べる場所がないのよ。それに私としてはクリス君が預かってくれている方が安心なの」

「う～ん、お世話になっているから僕は構いません。でもそれだったら雑貨を先に全部売ってしまうことはしないんですか？」

たぶんそっちの方が早いし、問題もないと思うんだよね。

全部売れたら凄いお金になるだろうし、すべての問題が解決されると思う。

するとメルルさんは暗い顔をして話し始めた。

「……実はね、私がお店の商品の価値を知っているのは魔導具だけなの。雑貨や衣類の商品は母さんが値を付けていたノートがあるから分かるんだけど……」

「何か問題があるんですか？」

「私はそのノートに載っている商品が分からないのよ。それにそれを一から覚えようとしたら魔導具を作っている時間がないし……」

「う～ん、誰か人を雇うとかはどうですか？」

「無理無理。私は知らない人とは緊張して喋ることが出来ないし。クリス君が早く大きくなって、店番が出来るようになればいいのに……。そうだわ。いっそ店番とかしてもらえたらいいかも……」

僕やゴロリーさんとは普通に話せるのになぁ～。

メルルさんに友達がいないことが未だに信じられない。

「そこはメルルお姉さんが頑張るところですよ。ところで僕と話した時は平気でしたよね？」

「えっ、ああ。さすがにクリス君ぐらい小さな子には緊張しないわよ。それに笑顔で挨拶をする少年に悪い子はあまりいないもの」

「ははっ。あ、それなら子供の時からの知り合いとかは？」

「皆それぞれ別々の仕事をしているからいないわね」

あ、また暗い顔をさせてしまった。

中々うまく力になってあげられないや。それにしても人を雇うって大変なんだな～。

「そうですか……。それじゃあメルルお姉さんが人見知りを直すのが先か、僕が大きくなるのが先かの競争ですね」

「……何だかあまり競争する内容ではないわね」

右手を頬に当てたメルルさんは首を小さく振った。

「そうですね」

そして僕達は笑い合った。

それからメルルさんの工房を片づける手伝いをしてから、メルルさんがお昼まで眠るとソファーに横になったので、僕は偉人伝の他に『魔王を倒した勇者達の軌跡』という本を読むことにした。

勇者は魔王を倒した後、騎士が死ぬまでずっとその傍らにいた。

世界を救った勇者は神から授かった力を神に返すと、一人の少女として暮らすことを決めたらしい。

それでも勇者として戦った経験までが消えるわけではなかったので、一人でも十分に生きていける力は残っていた。

しかし騎士が死んでから間もなく、勇者はその姿を消し、永遠に表舞台へ出てくることはなかった。

聖女はメルリア王国で孤児や恵まれない子供を救う教会を立ち上げ、その後も各国で孤児院を設立した。

今日孤児院がこれだけ多く存在するのは、聖女と聖女の教えを引き継いだ子供達の成果である。

聖女が孤児院にこだわったのは、伝説の騎士が孤児だったからとも謂われているが真相は分かっておらず、この点については論争が今尚続いている。

聖女は各方面から縁談を申し込まれても、それらを断り続け生涯独身を貫いたとされる。

賢者はその類稀なる才を活かし、バラバラだった各傭兵ギルド、魔導士ギルド、治癒士ギルド、盗賊ギルドを冒険者ギルドへと統合し、初代冒険者ギルド長へと就任した。

数多くの優秀なギルドマスター達を育てながら、その傍らプレッシモ連邦国に魔導学園を設立し、ここでも数多くの魔導士を輩出し続け、今でも魔導学園では賢者の教えが残っている。

また酒豪であった彼が酒を年に一度だけしか飲まなくなったのは、騎士クリストファーと酒を酌み交わす約束が叶わなかったからだと伝えられている。

賢者は老衰するその前日まで多方面で精力的に活動していたと記録に残っている。

『魔王を倒した勇者達の軌跡』を読み終えた僕は伝説の騎士クリストファーが、決して孤独ではなかったことにホッとした。

それにしても勇者が女の人だったなんて驚いたな～。

それに神様へ力を返した後に何処へ行ったのかが気になった。

それからまた偉人伝を読み始めたところで、今日はお昼から予定があることを思い出した。

メルルさんはまだ寝ていたけど、お店の戸締りがあるから起こすことにした。

「メルルお姉さん、僕これからちょっと用事があるので出掛けてもいいですか？」

さすがに冒険者ギルドへ行くなんて言ったら心配させる気がして秘密にする。

「ん？　昼食もお昼寝もしなくて大丈夫なの？」

「はい。もしお腹が空いて駄目そうだったら〝ゴロリー食堂〟に今日はお客さんとして行ってみようと思いますから大丈夫ですよ。〝ゴロリー食堂〟で食事をするぐらいのお金はメルルお姉さんに貰っていますから」

少し胸を張ると頭を撫でられた。

「そっか。ただ昼間だから危なくないとは思うけど、外出するなら絶対に路地裏には行かないでね。もし何かあれば騎士の人に助けを求めるのよ。他にも何か言われたら私の身内だって話していいから。そうすればここまで保護してもらえるからね」

「えっと、いいんですか？」

凄く助かるけど、保護者ではないってゴロリーさんも言っていたのに……。

メルルさんが本当に心配してくれていることが伝わってきて、泣きそうになってしまう。

「いいのよ。クリス君にはお世話になっているからね」

メルルさんは笑顔だった。その笑顔でいればきっとお店にはたくさんお客さんが来そうなのに……。

そう思ってしまうと同時に僕はどうしたらメルルさんに受けた恩を返すことが出来るのかを考える。

たぶんメルルさんがいなければ寂しさに震え続けていたと思う。

それに迷宮へ入った僕を擁護してくれなければ、ゴロリーさんからも迷宮へ入る了承を取ることは叶わなかった。

いつか誰かを守れるようになりたいと思うけど、その前に僕なりにお世話になっている人達へ何が出来るか考えて行こう。

「ありがとう御座います。僕はメルルお姉さんと会えて幸せです。それじゃあ行ってきます」

「あ、うん……行ってらっしゃい」

メルルさんはそう言って見送ってくれた。

お店を出た僕は真っ直ぐ冒険者ギルドへ向かう。
すると今日はやけに人から見られている気がする。
でも周りを見回しても誰に見られているか分からなかった。
新しい服に着替えなかったけど、今朝ゴロリーさんから【クリーン】の魔法を使ってもらったから綺麗なはずなんだけどなぁ～？

僕は首を傾げながらも、変な視線を受けているうちに冒険者ギルドへと到着した。

冒険者ギルドへ入ると、外にいた時に感じていた視線を感じなくなった。

でも今度はギルド内にいる冒険者とギルドの職員さん達が一斉にこちらへと視線を向けた。

見回すと確かに見られている。

そんな視線が怖くて正面の受付に顔を向けると、そこにはマリアンさんがいた。

「マリアンさ～ん」

僕が大きな声で呼ぶと、マリアンさんの視線がこちらへと向いた。

僕は直ぐに駆け寄ろうとしたけど、いきなり背中を引っ張られて、身体が空中に浮かぶ。

「おい、小僧遅かったじゃないか」

そこにはナルサスさんがいた。

「くるし……」

服をぎゅっと掴まれた僕は息が出来なくなってしまう。

「さぁ訓練だ。その前に銀貨は持ってきたか？」

僕が手足をばたつかせると、そこへ昨日のお姉さんがやって来た。

「ナルサス……様、目立っています」

「ちぃ面倒だな」

「それでお金は持ってきたの？」

僕は二人が怖くなって、泣くことにした。

「マリアンさ〜ん。苦しいよ〜怖いよ〜ウウェ〜ン」

苦しくてあまり声が出なかったけど、それでも注目されていた僕が泣いたことで声が掛かった。

「ナルサスさん、さすがに子供をそんな持ち方するのはどうかと思うぜ」

「ああ、それにいつまで子供をそんな持ち方しているつもりなんだ？　泣いているじゃないか」

他の冒険者さん達に注意されたナルサスさんは、僕を地面に下ろして僕の頭を撫でてくれたけど、それがとても痛くてまた涙が溢れていく。

「この小僧の依頼を受けてやろうと思ってな。少し気が焦っただけだ」

「その通りです。今回は依頼を受けることになっていますから。さぁ坊やは向こうで受付をするわよ」

そして職員の女性とナルサスさんが僕を端の方に連れて行こうとした。

僕は怖くてただ震えることしか出来なかった。

「ハーミル先輩？　その子の依頼って何かしら？」

そんな時、そこへマリアンさんの声が聞こえた。

「武術訓練の依頼よ。Cランクのナルサス様が受けてくださるらしくてね」

「おう。小さい時から基本を教えてやろうと思ってな」

「そうでしたか。ところでクリス君だったわよね？　どうして私の名前を呼んだの？」

「マリア、ンさんが、優しい、から、マリ、アンさんに、相談した、くて……」

説明しようとしたところで、今度は口と鼻を塞がれて話せなくなってしまった。

「相談があるなら訓練が終わった後でもいいだろ？」

ナルサスさんがそう言ったけど、マリアンさんは僕のことしか見ていなかった。

「僕は、強くなりたいんです。このお姉さんが、銀貨一枚で、ナルサスさんが、一時間、見てくれるって、でも、本当はマリアンさんに、相談したくて……」

僕は途切れ途切れになったものの、伝えたいことは全て伝えた。

「そう……一日銀貨一枚ではなく、一時間で……それでクリス君はどうしたいの？」

「ちょっとマリアン、依頼は既に決まっているのよ。今さら変えるっていうの？」

慌ててマリアンさんの言葉を止めようとした職員女性だったけど、マリアンさんの言葉は止まらなかった。

「ええ、先輩。冒険者ギルドが新人育成のために、一日銀貨一枚で指導していることはさすがに知っていますよね？」

僕はやっぱり銀貨一枚が高かったことを知った。

それともう冒険者さん達は僕のことを見ていなかった。

「だけどあれが受けられるのは冒険者だけでしょ」

「それで一時間で銀貨一枚なんですか？」

「ちっ、だったら小僧の依頼はもう受けてやらねえからな。クソガキ、外で会ったら容赦しねぇからな」

ナルサスさんは僕を睨んで脅すと、そのまま冒険者ギルドから出ていった。

僕は怖くて座り込んでしまう。

マリアンさんが声を掛けてくれようとすると、女性職員がマリアンさんの服を掴んだ。

「なんてことしてくれたのよ、マリアン」

「先輩はもう少し自分が取った行動の意味を考えてみるといいですよ」

「どういう……」

そこで女性職員が周りを見回すと、冒険者さん達が冷ややかな目を向けていた。

「ここが冒険者ギルドの中で、注目を集めてしまった意味を、です」

「フンッ」

女性職員は冒険者ギルドの奥へと向かっていき、姿が見えなくなった。

するとマリアンさんが僕の前に座り込んで頭を優しく撫でてくれた。

「クリス君、立てる？」

「はい。マリアンさん迷惑を掛けてごめんなさい」

昨日マリアンさんがいないと分かった時に帰っていたら、マリアンさんを巻き込むことはなかったのに……。

謝ることしか出来ないのが悔しい。

俯いていた僕の頬を両手で包むと、少し上に持ち上げられてマリアンさんの顔が見えた。

「前にも言ったけど、冒険者ギルドはまだまだクリス君には早いの」

「ごめんなさい。少しでも早く強くなって、困っている人を助けられる人になりたくて……」

出来ればゴロリーさんのように。

「それは優しくてとてもいいことよ。でも身体がちゃんと出来ていない今の時期は、たくさん食べて、たくさん寝て、身体を大きくすることの方が重要なの」

マリアンさんが言っていることは分かる。

だけどそれはメルルさんやゴロリーさん達のおかげでもう整っているから、後は技術が欲しかった。

「それだと強くなれないですよね？」

「人から少し教わっただけで、一気に強くなれる人なんていないわ。身体も武術も魔法も少しずつ成長していくものだから、今はまだ焦る時期ではないでしょ？」

「少しずつ……ですか」

少しずつでも成長することが出来たら、いつかは夢で見たような動きが出来るようになるのかな？

「クリス君、話は変わるけどさっきの話に出て来た銀貨一枚だけど持っているの？」

「はい」

急にひそひそ声を小さくしての質問に、僕は懐から銀貨を取り出して見せる。

「ちゃんと稼いだのだとは思うけど、孤児となった君にそれは大金よ。お金は生きていくためには大切なの。だからせめて十歳になるまではたくさん食べて、たくさん寝て、身体を作りなさい」

「……何でお金を持っているのか聞かないんですか？」

「それじゃあ聞いてもいい?」

微笑みながら聞いてくれたマリアンさんだけど、これじゃあまるで僕が言いたいみたいだなぁ〜。

「お金は〝魔導具専門店メルル〟のメルルお姉さんと〝ゴロリー食堂〟のゴロリーさんのお手伝いをして貰いました」

盗んだりしていないことを伝える。でもやっぱり黒い霧は約束だから伝えられない。

「……そう。クリス君、やっぱり十歳になるまでは冒険者ギルドに近寄らない方がいいわ。それでも訓練がしたいのなら、ゴロリーさんにお願いしてみるといいわ」

「ゴロリーさんに?」

どうしてゴロリーさんなんだろう? でも冒険者じゃないって言っていたし……。

「ええ。きっと力になってくれるはずだから」

「分かりました。マリアンさん、優しくしてくれて本当にありがとう御座います」

それでもマリアンさんが言うなら信じてみよう。

「いつかクリス君が冒険者になるのを待っているわ」

「……将来は分からないけど、頑張ります」

冒険者ギルドの職員がみんなマリアンさんみたいに優しい人だったらいいのに……。

ナルサスさんとあの職員の女性は怖いし苦手だし、もう奴隷商人の次に会いたくない人達だよ。

冒険者ギルドの入り口へ向かう時に冒険者さん達にも頭を下げてから移動すると、マリアンさんから声を掛けられた。

「またね、クリス君」

「はい。またいつか、です」

やっぱり冒険者ギルドへ来ることがあれば、今後はマリアンさんに受付をしてもらおう。

そう思いながらマリアンさんに見送られて冒険者ギルドから出た。

当分の間はたくさん食べて、たくさん寝て、身体を大きくすることを目標にすることを決めた。

そしてこれからのことはとりあえずマリアンさんの助言通り、ゴロリーさんに頼ることにして、僕は〝ゴロリー食堂〟へ向かうことにした。

そしてこの時、僕の身に悪意が迫り始めたことには、全く気がつくことは出来なかった。

冒険者ギルドを出てから〝ゴロリー食堂〟へ行くことを考えていたら、ぐぅ～っとお腹が鳴った。

「お腹が空いたな～。お昼も食べてなかったから、お客さんとして行こうかな」

お昼は何が食べられるのか楽しみにしながら、大通りを歩き出した。

行き交う人は僕の服装を見ると直ぐに僕を見なくなった。だけど何故か今度は僕の後ろを、あの目で見ているようだった。

徐々に後ろが気になり出した僕は、振り返ろうとしたところで声を掛けられた。

「そこにいるのは伝説の騎士クリストファーじゃないか」

声がした路地を見てみると、そこにはフェルが立っていた。

僕は後ろを振り返らないで、フェルに近づいていく。

「やぁ剣聖フェルノート、今日は一人なんだね」

「ああ、それより歩きながら話そうか。これから行く先は決まっているのか？」

何だかいつもと違うフェルに僕は戸惑ってしまう。

「えっ、うん〝ゴロリー食堂〟だよ」

「……あのでっかいおっちゃんのところか？　よく怖くないな」

どうやらゴロリーさんのことを知っているみたいだ。

何だか意外だった。

「ゴロリーさん、見た目は怖そうだけど凄く優しいんだよ」

「へぇ〜、じゃあ行くか」

「うん」

そしてフェルが先へ少し慌ただしく歩き出したので、直ぐにフェルと並んで歩くとフェルは僕だけにしか聞こえないような声で呟いた。

「クリス、前を向いたまま聞いてくれ。スラムの奴らがつけて来ているけど、クリス何かしたのか？」

「えっ!?　えっと、していないよ」

生ゴミ回収はまだ誰にも見られていないと思うし、スラムの人に狙われることはしていないと思うんだけどな。

「それにしては人数が多い……クリスを狙ったって金にならないだろうし、これだけ警戒されているのに動くのは普通じゃない」

お金と言われて、胸がドキッと跳ねた。

「あのフェルノート、僕が銀貨一枚持っていると知っていたらどうかな？」

「それは狙われるだろうな。でもスラムの奴らがそんな情報は持っていないだろうし、クリスぐらいの子供がそんな大金を……今、持っているのか？」

「うん」

僕が正直に頷くと、フェルは頭を掻いて溜息を吐いた。

「はぁ〜クリスはお坊ちゃまなのか？　まぁいいや。それなら少し急ごう」

「うん。巻き込んでごめんね」

僕は巻き込んでしまったフェルに謝りたかった。

「〝恩には恩で返せ〟剣聖フェルノートが言っていたらしい。だから前に助けてもらった借りは返す。それに俺はクリスよりもお兄さんだからな」

するとフェルは笑ってそう言ってくれた。

僕は一瞬だけ呆けてしまったけど、何でフェルが孤児院の子達から慕われているのが分かった。

「ありがとう」

「おう」

僕達はそれからも大通りを歩く。

人が多いからか、スラムの人達が襲ってくることはなかったけど、あの路地を曲がれば、そこまで人がいる訳じゃない。

「ねぇフェル、相手は何人いた？」

「たぶん大人二人に子供が四人だな」

「良く分かったね」

「服がボロボロだから、クリスだって見たら分かるさ」

「そうなんだ。フェルあの通りを曲がったら走った方がいいかな？」

「ああ。こっちが子供だからだろうけど、尾行に気付いていないと思っているみたいだからな」

フェルはそんなことまで分かるのか……。

もしかすると孤児院ってそういう能力がある子だけが集められているのかな？　そんなことを考えたところで、ゴロリーさんのお店のある路地へと入った。

その瞬間、フェルが僕の手を掴んで走り出した。

「クリス走るぞ」

僕は頷いて言われた通り〝ゴロリー食堂〟へと走った。

一生懸命走ると、フェルとそんなに変わらない速さで走ることが出来たみたいで、フェルの驚いた顔が見える。

きっとレベルアップしていたからだと思うけど、それでも僕よりも身体が大きなフェルと同じ速度で走れて嬉しくなった。

そしてそのまま〝ゴロリー食堂〟へ駆け込もうとしたところで……僕はフェルを引っ張って急減速させた。

「クリス、何するんだ。このままだと追いつかれるぞ」

「フェル、走り込んで入るのは危ないよ。それに大丈夫だから信じて」

〝ゴロリー食堂〟はスイングドアだから下手に飛び込んだ時に中から人が出て来たら危ないし、中からドアが開いても危ない。

「あ～もう、クリスは応援を頼む」

フェルノートは焦った声を上げて振り返ろうとした。

でもそんな必要はなかった。

路地を曲がったところで僕達は走ったけど、曲がらないで真っすぐの場所に騎士さん達が見えた。

きっと昨日の騒動の件もあり、スラムの大人達は走って追って来られないと判断が出来たからだ。

もしスラムの子供達に追いつかれたとしても、人が少なからずいる場所だったら、大声を上げれば問題はないと思えた。

ただ回り込まれていたら危なかったけど……。

でもこれ以上僕達は逃げる必要はなかった。

何故ならもう〝ゴロリー食堂〟前にいたのだから。

「フェル、無理はしなくて大丈夫だよ。だってもう着いたから」

「……ああそっか、ここか」

「うん」

僕達はゆっくりとスイングドアを開いて、店内へ入った。

スラムの子供達は急に走った僕達の近くまで追って来ていた。

でもきっと急減速したから逃げるのを諦めたとでも思ったのかもしれない。

追いつかれなかったのはそのせいかもしれない。

ただ目的地についたことを悟ると、呆然とした顔をして僕達を見送るしかなかったみたいだけど……。


店内へ入ると、お客さんがいるみたいだった。

「いらっしゃいませ……でいいのかしら？　坊や達」

声を掛けてくれたのは、少し困った顔をしたメルルさんを少しお姉さんにしたぐらいの、紫色の髪をした女性だった。

僕はゴロリーさんのところで働いている人ならきっと優しい人だと思い、ゴロリーさんに取り次いでもらえるようにお姉さんにお願いしてみることにした。

「はい、二人です。ちゃんとお金もありますよ。でもその前にゴロリーさんはいますか？　少し相談したい事があるんです」

「ふぅ～ん、あの人にねぇ～……いいわ。そうしたらカウンターの椅子に座っていて。席は隣同士でもいいんでしょ？」

「はい。あれ、どうしたのフェル？」

「いや、大丈夫なのか？」

フェルノートは落ち着かないように店内をキョロキョロと見渡す。

もしかするとお金の心配かな？　周りにいる人達は皆大人だし、相手が僕だからしょうがないか。

「うん、大丈夫だよ。それよりお腹は空いている？」

「……少し」

少しと言いながら、フェルの鼻はずっとヒクヒク動いている。

それを見て僕は笑ってしまいそうになったけど、フェルにカウンター席を勧めて一緒に座る。

「僕はペコペコだよ～。あの綺麗なお姉さん、ゴロリーさんに『クリスがお客さんとして来た』と、伝えてもらってもいいですか？」

「ふふっ　いいわよ。クリス君ね」

女性はそう言って、カウンターの中へと入りさらに奥の部屋へと入っていった。


「おい、クリス。お金は大丈夫なのか？」

やっぱりお金の心配をしていたんだね。

「うん。僕は仕事をしているから、食事をするぐらいのお金なら何とか出せるよ」

今までお金を払ったことはなかったけど、身体を作るためには食事が重要らしい。

「はぁ～助けたのに飯を奢られるって、クリスより年上としてはどうなんだ？　それより仕事って何をしているんだ？」

「ゴミ掃除や片づけだよ」

「本当に大丈夫なのかよ？」

今度は頭を抱え、落ち着きがないフェル。

「う〜ん、僕は剣聖フェルノートを友達だと思っているから関係ないよ」

「そういう事じゃないんだけどな……でも友達か〜うん、そうだな。それもおかしくないか。いつか俺がクリスに奢ってやるからな」

「うん。楽しみにしているよ」

フェルはさっきまで落ち着かなかったけど、緊張が解けたのか笑顔になった。

「それにしても八歳の俺が全力で走ったのに、よくついて来られたな？　かなり驚いたぞ」

やっぱりレベルアップしたからそのおかげだよね。

でも迷宮へ入っていることは友達のフェルにも秘密だ。

僕が一緒に迷宮へ入ることが出来ればいいけど、きっと夜中に孤児院を抜け出してくることは出来ないだろうし。

「もう五歳だからね。出来る事は少しずつでも多くしていかないと」

「孤児院(うち)にいるチビ達とは違って、クリスは全然五歳らしくないな。たぶん今から奢られるし……剣聖フェルノートの自伝にはそんなこと載っていなかったぞ」

「剣聖フェルノートにも自伝があるんだ」

「勿論あるぜ……」

フェルが剣聖の話をしようとしたところで、店の奥からゴロリーさんとお姉さんがやってきた。

「クリス、昼に来るなんてどうしたんだ？　それにこの小僧は何だ？」

第一声がそれだったこともあり、フェルはゴロリーさんの顔を見て震え出してしまった。

僕は直ぐにフェルのこと紹介することにした。

「今日はお客さんとしてお昼を食べに来たんですよ。それと困ったことというか相談があったんです。それと彼は友達のフェルです。さっきスラムの人に追いかけられていることを教えてくれて、一緒に逃げて助けてくれたんですよ」

「何、追われたのか？　ふむ……そうかクリスを助けてくれて感謝するぞ」

「あ、いえ、逃げることで精一杯だったから……」

「いや、逃げるのもまた戦略。今回は逃げて勝ったんだ。誇っていいぞ」

「へへっ」

ゴロリーさんが褒めるとフェルはさっきまで震えていたのが嘘のように、笑顔になって喜んでいた。

フェルのいいところは切り替えが早いところなのかもしれないな。

するとゴロリーさんの目は既に僕を捉えていた。

「……何でスラムの奴らに追いかけられたんだ？」

「冒険者ギルドに行って、人を守れるぐらい強くなるなら、武術の基礎を教えてもらおうと思って
……」

「……それで依頼の件でお金の話になったのか？」

「はい。昨日受付の女性が勧めてくる冒険者がいたんです。最初は銅板五枚だったんだけど、急に一時間で銀貨一枚が相場だって言われて、でもCランク冒険者だから勿体ないって……」

「その受付はその冒険者とグルね」

するとと会話を聞いていたのか、さっきの女性が訊ねてきた。

「あの？　どういうことですか」

「クリス、それで訓練はしたのか？」

「いいえ。冒険者ギルドへ行ったら後ろからいきなりその冒険者が僕の身体を持ち上げて……でも前に話した優しい受付のマリアンさんが止めてくれたんです。それで結局依頼は無くなってお金も無事だったけど、たぶんそのせいだと思います」

「はぁ～なるほどな。クリス、何かあれば相談に乗ってやる。メルルの奴もそう思っているだろう……だから大人に遠慮するな」

ちょっと迫られた顔が怖かったけど、僕を心配してくれたのが良く分かった。

「ごめんなさい」

「そこは〝ありがとう〟だろ？　……まぁ今、店に来たのはちょうど良いか……。エリザ、こいつがクリストファーだ。クリス、彼女はエリザ。俺の妻だ」

「えっ!?　ゴロリーさんの娘さんじゃないんですか？」

本当に驚いた。

「あら、思っていることを素直に口に出せるなんて、ずいぶん正直な子ね。クリストファー君」

「あ、クリスって呼んでください」

エリザさんはどこか嬉しそうに微笑み、ゴロリーさんはそんなエリザさんを見て溜息を吐いた。

「いつゴロリーとクリス君が知り合ったのかは後で聞くとして、まずは食事をするんでしょ？」

「はい、もうペコペコです」

フェルノートも小さく頷いた。

「よし、待っていろ。料理を持ってくる」

ゴロリーさんはそう言って出て来た奥の部屋に戻っていった。

「まだクリス君達を追ってきていた子達がいるみたいだし、悪さをする子達に少しお仕置きでもして来ようかしら」

「危ないですよ」

「大丈夫。これでもお姉さんは少しだけ強いのよ」

エリザさんはそう告げて外へ出て行く。

「おいクリス、このまま一人で行かせていいのか？」

「ゴロリーさんが何も言わないってことは大丈夫なんだろうけど……僕がつけられたのが原因だし、やっぱり僕も行くよ」

「付き合うぜ」

そして二人で席を立った直後、ズダァアアンという雷が落ちたような音が鳴った。

僕はフェルと顔を見合わせ入口へ移動しようとすると、スイングドアが開いてエリザさんが戻ってきた。

「エリザさん、大丈夫だったんですか？」

「心配してくれたの？　でも大丈夫よ。これでスラムの子達は暫く寄って来ないと思うわ」

僕はエリザさんの微笑みを見て、きっと逆らったらダメな人なのだと直感的に分かった。

その後ゴロリーさんが作ってくれた料理は、昨日食べたお肉料理だった。

「ゴロリーさんこれって……」

「ああ。クリスの感想を参考にして、肉を薄くしたて一度煮て柔らかくなった野菜を追加した」

「うわ～。食べてもいいですか？」

「もちろんだ。そっちの小僧も食べて感想を聞かせてくれ」

「はい」

そして僕とフェルは同時にゴロリーさんのお肉料理を口に入れて「「おいし～」」と同時に声を上げた。

「ゴロリーさん凄く美味しいです。これは贅沢過ぎます」

「ああ。これなら野菜が駄目な孤児院(うち)のチビ達でもきっと取り合いになるぐらいうま……おいしいです」

「くっくっく。そうか」

ゴロリーさんが嬉しそうに笑った気がしたけど、僕とフェルはそれからゴロリーさんの料理に舌鼓を打ち、お腹が膨れるまで食べ続けるのだった。

そして食事を終えた後、ゴロリーさんに相談を持ち掛けた。

「ゴロリーさん、お願い事というか、相談事があります」

「あ〜、待ってくれ。エリザ、悪いがこの小僧を孤児院まで送ってやってくれ。クリスを助けてくれたお礼も兼ねてな」

「ええ。坊やの家は孤児院でいいのかしら？」

「うん、じゃなくてはい」

「ふふっ、どちらでも構わないわよ」

「でも、いいんですか？　それにクリスは？」

「僕は大丈夫だよ。これから少し大人の力を借りないといけないから、今度は一緒に遊ぼうね、剣聖フェルノート」

「ああ。それにまた困ったことがあったら俺に任せろ。伝説の騎士クリストファーよ、友とは助け合うものだ」

そう言って笑ったフェルは、エリザさんに連れられて孤児院へと帰っていった。

それから間もなくお店にいたお客さんが全員帰っていき、僕とゴロリーさんしかいなくなった店内で、相談を持ち掛けた。

「ゴロリーさん、まずは代金です」

僕は銀貨を出して手渡した。

「はぁ～クリス……銅版二枚だが、子供分だから銅板一枚でいいぞ」

「ありがとうございます。それで相談したいことなんですけど、僕を強くなれるように鍛えていただけませんか？」

「今はそれよりも、しっかり食べて、しっかりと寝て、身体を大きくしないとな。それに鍛えるならスライムを倒してレベルが上がれば自動的に少しずつは強くなる。今は焦っても仕方がない」

「冒険者ギルドで受付のマリアンさんにも同じことを言われました」

「そうだろ？　クリス、明日の自分を想像することは出来るか？」

「……」

僕は首を振った。

迷宮に潜ったあの日から、少し先も分からなくなってしまっている。

「まあそうだろうな。だからまずは十日後になりたい自分を想像するんだ。それが出来るようになったら次は一ヶ月後、三ヶ月後、一年後となりたい自分を想像していくといい」

「なりたい自分……」

「それが想像出来るようになったら、色々なことに興味を持って一生懸命取り組むといい。きっとクリスの為になるはずだ。勿論応援や相談にも乗ろう。そして時が来たら武術を教えてもいい」

「本当ですか？」

「ああ。約束しよう」

「はい、分かりました。約束します。あ、それともう一つ冒険者ギルドのマリアンさんのことなんですが、迷惑を掛けてしまってどうしたらいいですか？」

「能力は知っているのか？」

「教えていないし知らないですよ」

「そうか。それなら悪いことにはならないように手を回しておこう」

「ゴロリーさんありがとう御座います」

ホッとしたら少し眠くなってきちゃったな。

いつもメルルさんのところで……あ。

「ゴロリーさん。そういえばメルルお姉さんから新しい魔導コンロを預かったんですけど、交換は二日後でいいんですよね？」

「ああ、その予定で……クリス、まだあの【クリーン】が使える魔導具は持っているか？」

「ありますよ」

「それなら今から新しい魔導コンロと交換してしまうか」

「えっと、はい。僕は大丈夫ですよ」

「じゃあ中に入ってきてくれ」

それからまずお店にあった魔導コンロを僕が【回収】して、次に僕から杖を受け取ったゴロリーさんが【クリーン】を何度も掛けていた。

「そんなに汚れていたんですか？」

「いや、そうでもないが、こんな時でもなければ奥まで綺麗にする機会がないからな」

あれだけ【クリーン】を発動したらメルルさんのように魔力が無くなってしまうと思ったけど、ゴロリーさんは全く平気そうにしていた。

人によって魔力の多さは変わるのかもしれないな。

そして綺麗になった同じ場所へ新しい魔導コンロを【排出】して無事に設置することが出来た。

それからゴロリーさんが新しい魔導コンロを調整している姿を見ていたら、瞼が重くなってきてしまった。

「クリスはそろそろお眠だな。クリスの大きさなら店の端にある小さいソファーでもベッド代わりになるだろうから、昼寝していていいぞ」

「ふぁ～ありがとうございます。ちょっと寝させてもらいますね」

「ああ」

それから僕は言われた通り、店内の端にある少し小さいソファーで横になり、眠気に抵抗しないでゆっくりと瞼を閉じていった。

誰かが僕の頭を優しく撫でてくれている……とても気持ちがいい。
いつまでもこのままでいたいけど、僕にはやらなくちゃいけないことがあるから……。

閉じていた瞼を開いていくと、そこにはエリザさんがいた。

「あら、起こしちゃったかしら？」

「いえ、もうすぐ起きる頃だったと思います。エリザさんが頭を撫でてくれていたんですか？」

エリザさんは少し困ったように微笑んだ。

「ええ、さっきあの人……ゴロリーからクリス君のことを全部聞いたわ」

困った顔が少しずつ悲しんでいるように見えて、僕も少しだけ悲しくなってきた。

それにしてもゴロリーさんが奥さんのエリザさんに、まだ僕のことを話していなかったことに少しだけ驚いていた。

「撫でてくれてありがとう御座いました。とても気持ち良かったです。それと暗い顔はしないでください。僕はこれでも幸せなんですよ？　スキルもそうだけど、優しく親身になってくれるゴロリーさんやメルルお姉さん、今回はエリザさんとも出会うことが出来たんですから」

「さっきも思っていたけど、なんていい子なのかしら。クリス君が良かったら、うちの子にしてもいいわよ」

エリザさんは僕を抱きしめてくれた。

「えっと、ごめんなさい。とても嬉しいですけど、もう少し頑張ってみたいんです」

「……どうしてか、聞いてもいいかしら？」

「はい。ゴロリーさんやエリザさんは優しくて好きです。きっと今よりももっと幸せになれると思います。でも僕はスラムの子供と同じ孤児です。だからこそ孤児でも立派な大人になれることを証明し

たいんです」

「その台詞はまるで伝説の騎士クリストファーだな」

その声はいつの間にか側に立っていたゴロリーさんの声だった。

「はい。でも僕はまだ小さくて力もないから、今日みたいにゴロリーさんや誰かを頼ることが多々あると思います。頼っていいですか？」

少しだけ不安になりながらも、二人を交互に見て聞いてみる。

「当たりまえよ。それと迷宮に入るのだって私が聞いていたら絶対に止めたわ。でも今クリス君が迷宮へ入るのを止めたら、きっともうここには来ないつもりでしょ？　だからこの人の約束した毎日顔を出すって約束だけは絶対守るのよ。風邪を引いた時はうちで看病してあげるからね」

エリザさんは僕をもう一度抱きしめてくれながらそう言ってくれた。

「……えっと、エリザお姉さんありがとう御座います。僕、頑張りますから」

「……お姉さんって、エリザはウグッ!?」

僕の言葉を聞いてチラッとゴロリーさんの顔が引き攣ったように見えた。

そして何かを話そうとしたところでゴロリーさんはお腹を押さえて、一歩後ろへ下がった。

一体どうしたんだろう？　僕はエリザさんに抱きしめてもらっていて、よく見えなかった。

すると直ぐにエリザさんが僕の頬を両手で包んで教えてくれる。

「あの人のお腹がおかしくなるのはいつもだから気にしないでね。そんなことよりスラムの住人達がクリス君のことを探していたけど、クリス君の正確な顔は分かっていないと思うわ。だから着替えがあるなら着替えて外に出れば分からないわ」

「でも髪の色でバレませんか？」

「外が薄暗くなれば、ハッキリと髪の色は分からないから大丈夫」

エリザさんは自信満々に頷いたので、僕はその言葉を信じることにした。

「そうなんですか？　分かりました。でも着替えをしてもいい場所はありますか？」

「厨房に入らなければ何処で着替えてくれてもいいわよ」

「じゃあここで」

僕は着替えとなる昨日着ていた服を黒い霧から【排出】させた。

「それがクリス君の固有スキルなのね……確かに隠した方が良さそうね。色々なところから狙われてしまうわ……ねぇあなた、クリス君を鍛えてあげるのは駄目なの？」

「ああ。体質にもよるが、まだ子供のうちから無理に身体を鍛えるのは逆効果だ。それなら飛んだり跳ねたり、走り回るぐらいの方がいい」

エリザさんの言葉に少し期待したけど、どうやらゴロリーさんには僕を鍛えない理由がちゃんとあったみたい。

ただ断られたのではないことに、僕はホッとした……けど、少し不安になったことがあった。

「じゃあレベルを上げるのも止めた方がいいですか？」

「レベルは器を広げるようなもので、別に身体自体が強くなるだけだから問題ない。後はそうだな……簡単には出来ないことだが感覚を鍛えることだな。誰かに見られているとか感覚を磨いていけば分かるようになる。ただその鍛え方も特殊で難しいけどな」

「う～ん、とりあえず今まで通りに頑張るってことですよね？」

言っていることの半分も分からなかったけど、どうやら今は迷宮でスライムを倒していれば問題ないみたいだ。

「……それでいい。今日も迷宮に行くんだろ？　夕飯用の料理を作っておいたから、その黒い霧の中へ【収納】して、後で食べてくれ」

「ありがとう御座います、ゴロリーさん」

「おう。新しい魔導コンロの調子も確認しておきたかったからな。気にするな」

「あのいくらですか？」

「昼食代はちゃんともらっていただろ。これは早めに魔導コンロを設置してもらった礼だ。ただクリスには悪いが、あんまり色々な友達を連れて来るのは止めてくれると助かる」

「この人は小さい子供に弱いのよ。だから強くは追い返せないの」

エリザさんは僕の頭を撫でながら、笑っていた。

「えっとごめんなさい。分かりました。でもお世話になった人や、今日みたいに助けてくれたお礼の時には、ゴロリーさんの美味しい料理を食べさせてあげることをお礼にしたいんです。その時はお客さんとして来てもいいですよね」

「……おう」

「はぁ～クリス君は既にこの人を篭絡していたのね」

「篭絡？」

エリザさんは「気にしないで」と笑い、ゴロリーさんは呆れた顔でエリザさんを見ていた。

ただゴロリーさんとエリザさんはいつの間にか楽しそうに笑い出して、僕もつられて一緒になって笑った。

それから僕は着替えを終えて、料理を【収納】すると、今日は〃ゴロリー食堂〃の裏口から迷宮へ向かうことになった。

僕はゴロリーさんに教えてもらった道を歩いて行くと、いつもの迷宮がある道へ出ることが出来た。

僕って今まで遠回りをしてたんだね。

少し反省しながら、スラムの人に会わなかったことに安心して、いつも通り迷宮の入り口の前で見張りの騎士さんが居なくなるのを隠れて待ってから、迷宮の中に入った。

今日もスライムを順調に倒すことが出来た僕は、ゴロリーさんが言っていた感覚を鍛えるということに挑戦してみることにした……。
スライムに生ゴミを食べさせて、ずっとスライムの感覚が掴めるように観察してみたけど、全く分からなかった。
スライムが生ゴミを食べに来て、伸びきったところで核に木の棒を落とす。

いつも通りそれだけだった。

「やっぱり直ぐには無理だよね」

あ、今度は冒険者が迷宮に入って来るかどうかも調べてみようかな。

だけどこの日、百匹のスライムを倒しても、僕は感覚について分かることは一つもなかった。

それどころか今日はレベルが上がらなかったな。

まぁ明日はきっとレベルも上がるだろうし、焦らなくてもいいよね。

ただ何だか今日はスライムの数も多くて、直ぐに百匹倒してしまった。

絶対に無理をしないという約束をゴロリーさんとメルルさん、それに今日エリザさんともしたので、僕は少し早いけど今日の戦闘を終えて安全エリアへ向かった。

だけど今日に限っていえば、安全エリアが安全ではなくなっていた……。

正確には安全エリアの前が、だけど。

もう少しで安全エリアに到着するその間際、安全エリアの出入り口付近に迷宮の光が集まったと思ったら、黒紫色に光った柱が立ち昇った。

異常であることは間違いないので、僕はその場で立ち止まって光が収まるのを待った。

すると光が収まって出て来たのはとても巨大なスライムだった。

「おっきいし、色がおかしいよ」

突如現れた巨大なスライムは半透明な水色ではなく、半透明な黄色だった。

大きさも通常は僕の半分ぐらいの大きさなのに、このスライムは僕よりも大きくて、たぶん簡単に大人でも飲み込んでしまいそうなぐらい巨大なスライムだった。

「あんなに大きなスライム、僕の攻撃じゃあ絶対に倒せないよ～」

きっと同じように伸びたとしても、核がある場所まで木の棒が届くことはないし、たとえ届いても倒すことはとても難しく感じる。

「ここは逃げようかな……。ゴロリーさんは逃げるのも戦略だって言っていたし……」

そう呟いたところで、僕はゆっくりと後退する。

するとスライムが少しだけ動いた気がした。

僕はとても嫌な感じがしたので、直ぐに逃げることにした。

もし逃げ切れなかったら死んでしまう。

それだけは絶対に避けたかった。

でも僕が反転して走り出したことに気付いたのか、普通のスライムが追いかけてくる時の三倍以上の速さでこちらに迫って来るのが見えた。

これが迷宮の天罰なのかな？　僕があそこで瓶を迷宮に吸い込ませてしまったから……色々な思いがこみ上げてくる。

「嫌だ、嫌だ、嫌だ、まだ死にたくない」

僕は必死に逃げながら、迫ってくるスライムの動きを少しでも足止めするために、一か八か生ゴミを【排出】し続けて迷宮の入り口を目指して走る。

しかし黄色のスライムは、ここでまさかの行動に出た。

あの巨体が飛んだのだ。

それはまるで重さを感じさせない跳躍だった。

そしてそれは、僕と開いた数十歩の距離を一気にゼロにしてしまうぐらい、理不尽なものだった。

ただ幸いだったのは着地点が僕ではなく、生ゴミを【排出】した場所だったことだ。

僕は巨大スライムに目を向けないで生ゴミを【排出】していく。でも巨大スライムが迫ってくるのが、ジュウっという吸収し始めた音で分かる。

震えて足が止まりそうだったけど、捕まったら死んでしまうと思って走った。

徐々に【シークレットスペース】内にある生ゴミの残量が減っていく。

もう駄目かもしれない、それでも助かりたい。

僕は涙が溢れてきたけど、最後まで足掻こうと走り続ける。

だけど黄色の巨大スライムが凄い勢いで伸びてきて、ついに僕のところまで迫ってきた。

そこで全ての生ゴミを【排出】してしまった僕は、最後に僕が最初に着ていたお兄のお下がりの服を【排出】した。

すると奇跡が起きた。

巨大スライムが、その服を最後に飲み込んで止まったのだ。

「はぁはぁはぁ、止まった……のか」

巨大スライムに目を向けると、いつもの三倍ぐらいの速度で生ゴミを吸収している。

そしてその伸びきった巨大スライムは、僕の膝の高さ程に薄くなっていた。

いつもスライムを倒すときはもっと薄いけど、それでも止まったこの機会を逃したら、もう迷宮に来ることが出来なくなるかもしれない。

そんな思いが頭に浮かんだ。

巨大スライムの吸収する力は凄いし、あまり考えている時間はなかった。

そして僕は決断した……倒すことを。

来た道を巨大スライムの横を走りながら、核を探していく。

すると直ぐに核を見つけることが出来た。

ただしいつものスライムと違って、巨大スライムは核を守るように身体の厚みを残していた。

「そんな」

これでは【シークレットスペース】から木の棒を出して核を叩いても、傷をつけることは出来ないかもしれない。

たぶん攻撃した時点で敵と認定されて、この巨大スライムは僕を飲み込んでくるだろう。

そうなったら、やっぱり死んじゃうよね。

せめて僕の攻撃よりも強い攻撃が与えられるなら……そう考えずにはいられなかった。

その時、スライムがいきなりこちらへ向けて、何かを飛ばしてきたけど、届くことはなかった。

それでも……地面に当たって跳ねた液体が跳ねて服やブーツに当たってしまったらしく、せっかくメルルさんから貰った服とブーツに穴が開いてしまった。

それを見た時に僕の頭に久しぶりの痛みがあった。

「よくもやったな〜！！」

その瞬間僕の頭に閃きが生まれた。

僕は巨大スライムへと近づき、厚みがある核が見える場所の真上に【シークレットスペース】を展開した。

そして〝ゴロリー食堂〟で【回収】したばかりの魔導コンロを、限界の高さまで上げた状態で【排出】する。

直後、ドォォォオン！っと、重い音が響くと、伸びていた巨大スライムの姿が消えた。

そして僕の身体に力が漲ってきた。

その時ようやく勝った事を自覚することが出来た。

「やったぁ、勝てた。この勝利はメルルお姉さんとゴロリーさんのおかげだよ」

もしメルルさんがあの時、魔導コンロがとても重いって言っていなかったら思いつかなかった。

でも本当に上手くいって良かった。もし駄目なら死んでいたよね。

こんな運に頼ってばかりだと、きっといつか僕は後悔してしまう日が来る気がする。

もう一度、ゴロリーさんに鍛えてくれるようにお願いしてみよう。

そんなことを思いながら、僕はまず【シークレットスペース】へ生ゴミを全て【回収】した後、魔導コンロを【回収】した。

そして後は魔石だけが残ると思っていたら、そこには大きな魔石と何故か首飾りが落ちていた。

「何だろうこの首飾り？　でも今はそれを調べるよりも先にゆっくりと休みたいよ」

そんなことを呟きつつ、安全エリアへと移動した。

それにしてもあの巨大スライムの液体攻撃は脅威だった。

服やブーツに少し掛かっただけで溶けてしまって穴だらけになってしまっていた。

「これじゃあ、スラムの子供よりも酷いよ……」

はぁ～まぁ助かっただけでも十分だと思った方がいいかも。

僕は気を取り直して【シークレットスペース】から、最初にメルルさんから貰った服へ着替える。

ブーツは穴が開いているけど、上の部分だけだから今は我慢することに決めた。

まだ興奮状態が続いているけど、ゴロリーさんの作ってくれた料理を食べれば落ち着く気がして、少し遅めだと思われる夕食を始めた。


ゴロリーさんが持たせてくれた料理は布に包んであり、直ぐに【シークレットスペース】にしまってしまったから分からなかったけど、しっかりと蓋のついた容器とパンが二つにスプーンもついていた。

蓋を開けて中を見てみると、野菜とお肉のたっぷり入ったスープがあり、とてもいいニオイをさせている。

「わぁ～美味しそうだ。いい匂いでもスライムがやって来ないから不思議だな～」

スープをスプーンで掬って口に入れた瞬間に広がった甘味と暖かさにホッと息を吐き出した。

すると自分の身体がまだ硬くなっていたことに気づき、その硬さが解れていくのを感じた。

レベルが上がったことで、身体に力が漲っていたからか、僕はそのことに気が付いていなかった。

本当に怖かったからなぁ……。不安になったり、こわくなったりすると、独り言が出ちゃう。まだ力が入ってる……。それにしても今日はあまり良くない日だったな……。

それからゆっくりと優しい味のスープにパンを浸しながら食事を続けた。

そして穴が開いてしまったブーツを見ながら、前に僕が履いていた靴を【シークレットスペース】から出した。

もうこれ以外、家に関わる物は無くなってしまったんだよね……。

それにしてもこの靴は汚いな……。

よし。今日はこれをきれいに出来るよう頑張ってみよう。

僕は【クリーン】の杖を黒い霧から取り出して、疲れて眠くなるまで必死に振り続けた。

でも何度試しても、結局この日も【クリーン】を使うことは叶わなかった。

早く僕にも使えればいいのに……あ、そういえば。

僕は魔導具の杖を【シークレットスペース】へ【収納】して、黒い霧に触ったまま、あの巨大スライムが落とした物が何なのかを確認してみることにした。

「あれ、また黒い霧が進化しているのかな？」

・魔石（最上級）×一個：スライムの変異種でスライムの最高位でもあるグランドスライムの魔石。グランドスライムはとても臆病で強い者は出会うことが出来ない為、魔石価値は希少。莫大な魔力が秘められている石。

・祝福の首飾り×一本：大気中の魔力を吸い込み、装着している者に祝福として還元する首飾り。一度装着するとそれを装着した者の固有装備となる。グランドスライムが極稀に落とすと云われている。

「……これって凄い物なのかな？　お世話になっているし、メルルお姉さんには魔石をあげて、ゴロリーさんには首飾りをあげたら喜ぶかな？」

念の為に魔石と首飾りを出してみると、魔石は透き通って綺麗だったけど、首飾りは……黒い紐に黒い珠がついているものだった。

首飾りを拾った時は気にならなかったけど、思っている以上に紐が短い。

僕でギリギリ入るぐらいだ。

これではゴロリーさんだと頭で止まって首まで下げられないか……。

う〜ん、これは僕が使って、また今度何か別の物を手に入れたらゴロリーさんにあげることにしようかな。

僕は先ず魔石を黒い霧で【収納】してから、首飾りを頭に通してみた。

すると身体から何かが首飾りに流れていくのを感じる。

それは一瞬のことだったけど、黒珠が光った気がした。

触ってみても何も変化はないし、気のせいかな？

「う～ん、祝福って幸せってことだよね？　それなら今日みたいな危険なことが起こらないで欲しいなぁ」

それから少しして巨大スライムと戦ったことで疲れていたのか、横になるとすぐに瞼が重くなってきて僕は眠りについた。


もう何日も同じ迷宮の床で寝ているから、僕は迷宮で眠るのに慣れて来ていた。

目が覚めてから、一度伸びをして身体を起こす。

「今日もお腹が空いたなぁ」

いつも通りお腹も空いている。

「今日は昨日みたいに巨大なスライムとは会いたくないな」

そんなことを呟きながら、地上への階段を目指すとそこにはスライムが一匹ゆらゆら揺れていた。

「まだ生ゴミはあったよね」

僕はスライムに近づきながら生ゴミを【排出】すると、スライムが近寄って来て生ゴミを吸収した。

僕は木の棒を取り出して、真っ直ぐ核に向けて木の棒を落とすとスライムは魔石を残して消えた。

「えっ⁉」

すると突然僕に力が漲った。

昨日も巨大スライムを倒したあとにレベルが上がったけど、どういう訳なのかスライムを一匹倒しただけでレベルアップしたみたいだ。

身体に力が漲っているから、それは間違いない。

「えっと、どういうこと?」

何でレベルが上がったのか分からなかった。

試しに僕はもう一匹スライムを探して倒したけど、今度はレベルが上がらなかった。

「う～ん。これについてもゴロリーさんに聞いてみようかな」

こうして僕は夜が明けるのを待ってから迷宮を出て〝ゴロリー食堂〟へとやってきた。

「おはようございます」

「いらっしゃい、クリス君」

出迎えてくれたのはゴロリーさんじゃなく、エリザさんだった。

「エリザさん、おはようございます」

「おはよう……ねぇクリス君、何で昨日と服装が変わっているのかしら?」

エリザさんは真剣な顔で、少し怒っているようにも感じた。

「えっと、とても大きなスライムがいて、必死に逃げたんです。そしたら凄い勢いで追ってきて、戦うことになったんですよ」

「怪我はないの？」

「はい。ただ生ゴミを全部【排出】したら、通常のスライムと同じように生ゴミを食べていたんですけど、そのスライムが水みたいなのをこちらに飛ばしてきたんです。直接は当たらなかったけど、床から跳ねたその水が服や靴に当たったら溶けちゃって」

僕は何とかちゃんと伝えようとしたけど、自分で何を話しているか、分からないぐらい緊張していた。

「あ、ごめん。怒っているわけじゃないのよ。ただ気になってね……。それにしてもそんなスライムが一階層にいるなんて聞いたこと無かったわ」

困ったように微笑んだエリザさんは、また直ぐ真剣な顔になったけど、怖くなくなった。

「何だか急に光が集まったところで、そのスライムが現れたんです。安全エリアの前だったから戦えないと思って逃げようしたら追って来たんですよ」

「そう。それってどれぐらい大きかったの？」

「えっとグランドスライムっていう魔物で、これを落としました」

僕は魔石を【排出】して見せると、エリザさんが固まったように動かなくなってしまった。

「エリザさん？」

「……直ぐに【収納】しなさい」

ハッとした表情で僕の顔を見たエリザさんから指示を受けて【シークレットスペース】へ魔石を【収納】した。

「……クリス君、その魔石は誰にも見せない方がいいわ」

どうしてだろう？　魔石だから喜んでもらえると思ったんだけど……。

「えっとお世話になっているからメルルお姉さんにあげようと思っているんですけど……。もしかしてエリザさんも欲しいんですか？」

「……私は魔法を使えるけど、魔石を加工したりは出来ないから必要ないわ。それにメルルちゃんもきっと受け取らないと思うわよ」

「えっ⁉　どうしてですか？」

魔石は買ってくれるのに、プレゼントするのは駄目なのかな？

「それ一つの値段が白銀貨一枚ぐらいするからよ」

「……銅貨百万枚分ですか⁉」

「ふふっ、何で銅貨なの？　でも、そうよ。クリス君がお世話になっているからって、その魔石を渡されたらどうする？」

「……受け取らないです」

さすがに渡されたら怖い。

エリザさんは僕の反応を楽しむように微笑んだけど、僕にその余裕は無く笑えなかった。

あれ？　でもたくさんの魔石を一つにすることが出来る魔導具があるのに、何でそんなに魔石が高くなるんだろう？　このことは後でメルルさんに聞いてみようかな。

「そうね。だからそれはクリス君が大人になるまで、ずっと黒い霧の中にしまっておくのよ」

「はい、分かりました。あ、でもメルルお姉さんにも一度見せていいですか？」

「ええ、メルルちゃんならいいわよ」

僕はホッと息を吐く。

「あ、それでゴロリーさんはいますか？　昨日用意してくれた料理の器を返したいんですけど……」

「私が預かるわ。今はクリス君のために朝食を作っているから、昨日と同じ席で待っていてもらえるかしら？」

「はい」

それから少ししてゴロリーさんが料理を持って来てくれて、三人で一緒に朝食を食べ始めた。

そこでゴロリーさんにも巨大スライムを倒したことを告げた。

「俺も巨大スライムの話は聞いたことがないな。まぁ一階層はスライムで旨味がないから、今まで情報が上がって来なかったんだろう」

「僕はあの巨大スライムが迷宮の罰なんだと思いましたよ……」

「あ～あ、そんな話もしたか」

「あなた、クリス君にそんな事言ったのね」

そしてその後、僕に起こった不思議なことについて聞いてみた。

「それで一つ不思議なことが起きたんです。昨日の夜にその巨大スライムを倒してレベルが上がったのに、また今朝スライムを一匹倒しただけでレベルが上がったんです」

「……クリスのレベルは幾つか覚えているか？」

「えっと今日でたぶん九になったと思います」

「もしかすると器から漏れる水が、新しい器になってからも入ったのかもしれないな」

「そういうこともあるんですか？」

「いや、普通は自分より強い敵とは極力戦わないから、そんなことが起きるのは珍しいことだ。だが二レベル一気に上がった話は聞いたことがある」

倒す魔物によって何か違うことがあるのかな？　でもゴロリーやエリザさんが分からないなら仕方がないかな。

「そうなんですね。そういえばこの首飾り、本当はゴロリーさんにあげるつもりだったんですけど、ゴロリーさんの頭を通らなそうだったから、自分の物にしました」

僕は首に掛けた首飾りを見せたけど、ゴロリーさんとエリザさんは困惑した顔でこちらを見ている。

「……首飾りってどこにあるんだ？」

「クリス君、私にも見えないわよ？」

「えっ？　でも僕はしていますよ？　祝福の首飾りっていう首飾りで、僕専用になっちゃったけど……」

意地悪をしている訳じゃなくて、ゴロリーさんもエリザさんも本当に見えていないみたいだった。

だから黒い霧に触った時の説明をしてみた。

「あ～あ、なるほどな。専用装備ならありえることか」

「まさかその歳で固有スキルに専用装備持ちになるなんて、クリス君の将来は一体どうなっていくのかしら……。心配なような、楽しみのような複雑な気持ちね」

「クリス、その装備についても口外はしちゃいけない。いいな？」

「……はい」

信じてはもらえたけど、僕には人に言えない秘密がいっぱいになってきたな。

僕は少し肩を落としながら、残りの朝食を食べた。

それから心配していたスラムの人達と会うこともなく〝魔法専門店メルル〟へ移動した僕は、迷宮で巨大スライムに襲われたことをメルルさんに伝えた。

「これがその魔石です」

「……それはエリザさんに言われたと思うけど、いつかクリス君が使うために【収納】しておこうね」

「でもスライムの魔石を合体出来るんだから、結局同じ物が出来るんじゃないんですか？」

「う～ん、それはそうなんだけど、魔石には純度があって、合成された魔石と単一の魔石では純度が段違いなの」

純度か～、もっと色々なことを勉強しないと、メルルさん達の役に立つことも出来なそうだよね……。

「はい。あ、それでゴロリーさんのところで使っていた魔導コンロなんですけど……」

壊れてはいないけど、乱暴に扱ったことを謝ろうと思っていた。

「あ、それはクリス君が将来必要になるかもしれないから持っていていいわよ。どうせここには置く場所がないし、邪魔なら迷宮に吸収させてもいいわ」

いつの間にか魔導コンロは僕の物になっていた。

嬉しいけど、それはさすがにおかしい。

「そんなことは出来ませんよ。それに魔導コンロって高いんですよね？」

「ええ。でも魔導コンロは大きいし、重いから、本当に必要な人以外は不要な物なのよ」

「バラバラにしたら、使えるところもあると思うけどな……」

「いいこと言うわね。確かにそうなの。でも魔導具は魔導具を作る魔導技師の結晶なの。それを違う魔導技師が分解出来ないように契約をしているのよ」

「それって前に僕としたのと同じ物ですか？」

「そう。だからそういうことは出来ないの」

きっとそのせいで魔導具が高騰しているのかもしれないな。

でもそれはそれでいいのかもしれない。

メルルさんは魔導具を作っている時は楽しそうだし、納得しているようだからいいのかな。

「そうなんですね。じゃあその分僕が、メルルお姉さんのお店にある服をいっぱい買うことにしますね」

「えっ？　無理はしなくていいのよ」

「無理じゃなくて、僕にも色々必要だと気づいたんです」

それから僕は今回の巨大スライムとの戦闘でボロボロになった服やブーツを全て新調することにした。

新しい服とブーツを銀貨一枚分だけ購入した僕は、渋るメルルさんにようやくお金を渡すことが出来て、何だか嬉しかった。

この日はいつも通りに文字の勉強とゴミの回収を四件済ませた僕は、夕食に貰った四軒分の料理を【シークレットスペース】へ入れた。

嫌な視線は感じないし、スラムの人達が見張っている感じもしないけど、それでも気をつけないといけない。

どうしてもスラムの人達につけられていないか気が張ってしまう。

何だか疲れてきてしまったけど、迷宮に入るとその緊張が一気に吹き飛んだ。

「昨日のスライムは滅多に出ないと思うし、緊張で身体が硬くならないように頑張らなくちゃ」

そしてこの日、僕の中にあるもう一つの固有スキル【エクスチェンジ】が、どんなスキルなのかを僕は知ることになる。

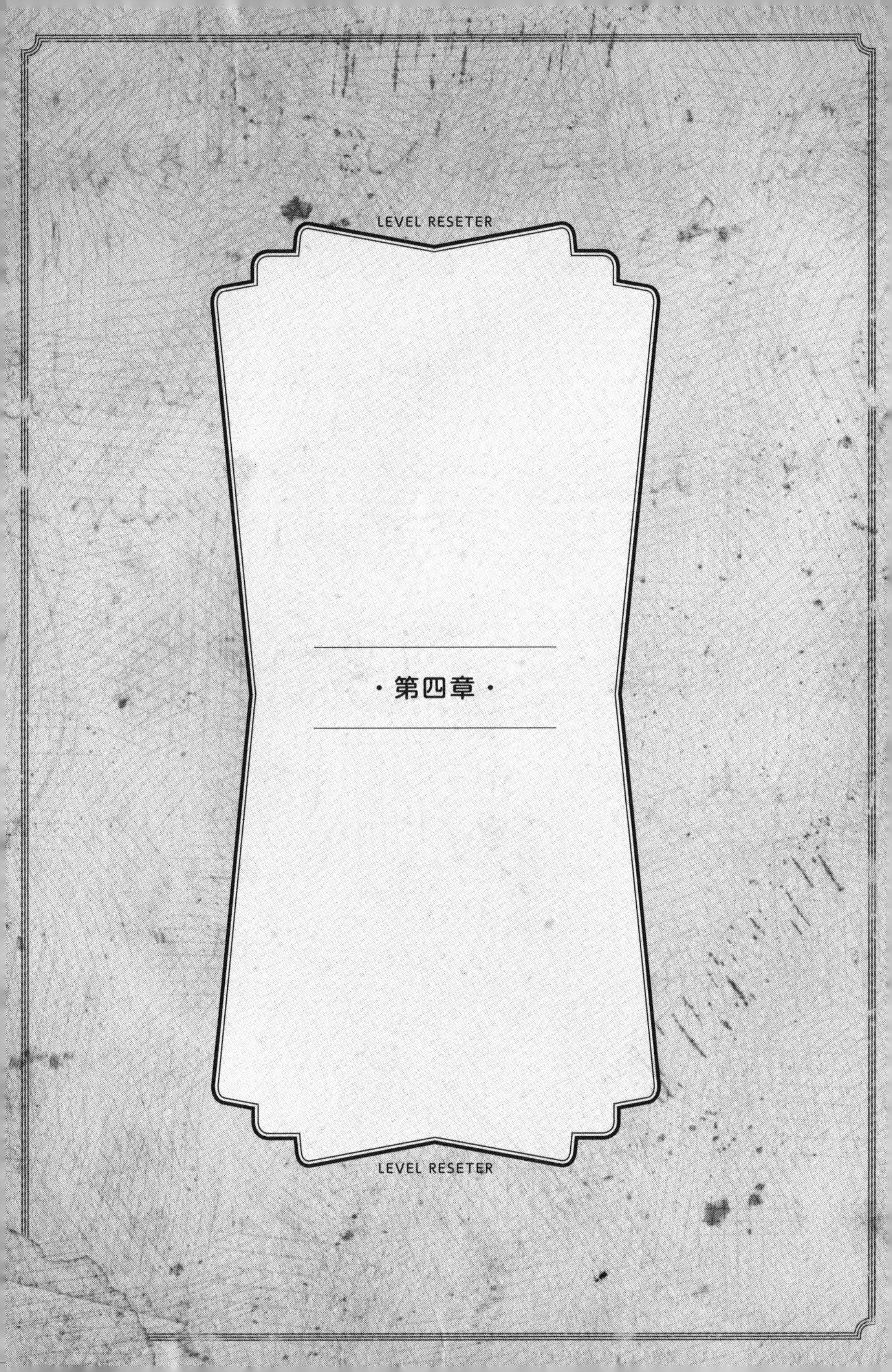

LEVEL RESETER

・第四章・

LEVEL RESETER

いつものように迷宮に潜っていると、入って直ぐのところにスライムが一匹でいたので、僕はいつも通りに生ゴミを【排出】してから吸収を始めたスライムへ近寄り、無防備になった核へ木の棒を振り下ろした。

そしていつも通り魔石を落としたスライムの横で、僕は身体に力が漲るのを感じて戸惑っていた。

「どういうこと?」

今朝、迷宮を出る前に倒したスライムで僕のレベルが上がったのは間違いない。

今まではレベルが上がってから、徐々にスライムを多く倒さないとレベルアップしなくなっていた。

だからかなりの数のスライムを倒さないとレベルは上がらないはず……だったのに、一匹倒しただけで簡単に上がった。

それも今朝と今の二回だ。

これはゴロリーさんが言っていたこととも違っているのは間違いなかった。

もし昨日までと違うところがあるとしたら……。

「やっぱりこれのおかげなのかな?」

僕は祝福の首飾りの黒い珠に触れる。

だけどやはりただの首飾りにしか見えない。

「僕以外には見えない専用装備……か」

どういう理由でレベルが上がりやすくなっているのかは分からないけど、これでレベルが十になったのか……。

「あ、もしかして【エクスチェンジ】も使えるかな？」

僕は意識して、もう一つの固有スキルである【エクスチェンジ】を念じてみた。だけど、反応は全くなかった。

「やっぱりそう都合よくはいかないよね」

僕はそんな考えを浮かべた自分に笑いながら、いつも通りスライムを倒していく。

何だか今日はとても身体が軽く感じる。

でもまた頑張り過ぎると、前と同じようになってしまうかな……。

そう思いながらもスライムを倒していると、どこからか微かに声が聞こえた気がした。

僕は慌てずに階段がある場所からバレないように、反転して声が聞こえたと感じた方向の様子を窺うためにじっと身を潜めた。

もしかするとスラムの人達かな？　警戒していたとしても、身を隠すことが上手い人がいたら、きっとバレてしまう。

幸いスライムはいなかったので、ただただバレないように祈るだけだった。

するとそれから直ぐに四人の冒険者が姿を現した。

どうやら怪我をしているみたいで、一人が背負われて運ばれていた。

僕は自分以外に怪我をした人を見るのは初めてだったから、知らないうちに手をぎゅっと握りしめていた。

それに気がついたのは、冒険者達が地上へと続く階段を上っていってからだった。

「……皆が少なからず怪我をしていたみたいだった。下の階層はやっぱり強い魔物がいるんだろうな。それとも僕が戦った巨大スライムのように変異種とでも戦ったのか……」

僕は色々と考えてしまって、何処か心がソワソワしてきてしまったので気分転換の為に、少し早いけど安全エリアで食事することにした。

美味しい料理を食べているのに、全く気分が良くならない。

今日集めた魔石の数はまだ五十を超えたぐらいなのに、これじゃあメルルさんに心配されちゃうかな……。

でも今まで怪我をしていなかったけど、僕も怪我をしていたかもしれないことは今までもあったし、昨日なんて死にそうになった。

それでも不安を感じなかったのは、きっと怪我をしたことがなかったらだ。

やっぱり一人で考えていると、暗くなっちゃうから、何か楽しいことを考えたいな～。

「はぁ～ゴロリーさんやメルルお姉さん、マリアンさんにエリザさん、そしてフェル……誰でもいいから話す相手が欲しいな」

するとお腹がいっぱいになったからか、あまり疲れていないはずなのに僕は眠くなってきてしまった。

「少し早く寝て、起きたら頑張ってあと五十匹倒そう」

そして眠りに就いた。

僕？　は盾を構えていた。

そして角やしっぽが生えている人が空から僕に向け……僕達へ向けて魔法の攻撃を仕掛けてきた。

僕が何か叫ぶと構えていた盾が輝き、空中に大きな盾が現れ、その魔法攻撃を全て食い止めた。

だけど僕の作った盾も徐々に輝きを失って消えていく。

尻尾の人が再び魔法を唱えようとしたところで、空を切り裂く風が飛んでいる人へと飛んでいく
視線を向けると、とんがり帽子が似合うローブを着た青年が笑いながら次々に魔法を放っていた。

そして尻尾の人に放った雷が落ちたところで、また横から黒髪をした女性が現れ、尻尾の人へ斬りかかった。

僕は近くにいた怪我を負った人達に何か呟くと少しだけ傷が塞がっていく。

でも、怪我を負った人達は僕の力では完全に治すことは出来なかった。

それでも諦めきれない僕が怪我を負った人達を再度治療しようとすると、金髪の女性が視界に映り込み、僕よりも遥かに凄い回復魔法であっという間に傷が癒えてしまった。

そして視線を空へ向けると、黒髪の女性が空を飛ぶ尻尾の人の首を刎ねたところだった。

視界が暗転してから再び明るくなると、僕は金髪の女性に頭を下げていた。

金髪の女性は頷き、手から青白い光を放っていた。

僕はそれを真似て何かを呟くと、同じように手から青白い光を放つ事が出来た。

それが嬉しいのかとても楽しそうに笑っていた。


そこでまた場面が変わると、今度はとんがり帽子の人に頭を下げていた。

するととんがり帽子の人がため息を吐いて僕に何かの魔法を掛けると、薄い膜が僕の身体を覆った。

そして盾と剣を構えた僕に魔法を次から次へと放ってくるのが見えた。

僕は光輝く盾で受け、光を纏った武器で魔法を切り裂いていく。

ここでも僕はとても楽しそうに笑っていた。


そしてまたまた暗転して場面が変わると、黒髪の女性にも頭を下げていた。

だけど今度は黒髪の女性が剣で攻撃してくるのを僕は盾で弾き、いなす。

そしてたまに剣で反撃する。

徐々に速くなっていく攻撃を僕は受け止めてから反撃をしていた。

途中、後方から魔法攻撃が放たれても身体を揺らすように躱し、盾を生み出して一向に攻撃を受けることはなかった。

黒髪の女性は呆れているような顔をしていたけど、僕はここでもとても楽しそうに笑っていた。

そしてまた暗転すると靄が掛かった何かに声を掛けている僕がいた気がした。

そこで黒い霧に覆われた瞬間、僕は目を覚ました。

「はぁ～夢か。でも凄かったし、楽しかったな～」

たぶん前に見たよりも僕視点の騎士は若かった気がする。

それでもあれだけ動けていたし、騎士の仲間達も本当に凄かった。

特に黒髪の人はもの凄く強かったな……。あんな風に動けたら、きっと守れるものは沢山あったんだろうな～。

僕も夢の動きを少しだけ真似してみようかな。

「皆と一緒はやっぱり楽しいんだろうな。いつかフェルと迷宮に潜ってみたいな～」

僕はそう呟きながら一度伸びをして、スライムを探すことにした。

夢を見て気分が高揚したからか、暗い気持ちはどこかへ全部吹き飛んでいった。

僕は軽やかにスライムを探し始めた。

すると直ぐに一匹でいるスライムを見つけて、いつも通りに倒した途端、またもやレベルがいきなり上がったことを実感することになった。

「だから何で……この祝福の首飾りって、実はかなり凄い物なんじゃないかな……痛ッ、何でこのタイミング？　あれ？」

僕が祝福の首飾りのことを考えようとしたら、また頭に鋭い痛みが走った。

痛みが止んだ直後に固有スキルである【エクスチェンジ】の膨大な情報が頭の中に流れ込んできた。

「うっ、気持ち悪い。でも頭に痛みが走ると、僕に出来ることが増えるのは何でなんだろう？」

訳の分からないまま、流れ込んだ情報を少しずつ整理していくために、また安全エリアへと引き返すことにした。


「レベルを対価としてスキルを得るスキル……ん？　それって凄いのかな？」

そう思っていると、レベルは十単位でスキルと交換出来るみたいで、「レベル十」と交換出来るスキルが頭の中に浮かんだ。

「気持ち悪いよ〜」

いきなり頭の中に文字が浮かぶのは、とても気持ちが悪くて慣れそうにない。

僕は少し落ち着くまで目を閉じることにした。

そのおかげなのか、頭に浮かんだ情報は比較的楽に整理することが出来た。

そして落ち着いたところで試しに【エクスチェンジ】と念じてみることにした。

すると頭の中に――。


「身体能力補助スキル」

［武術スキル］
［魔法スキル］
［技能スキル］
［耐状態異常スキル］
［センススキル］
［特殊スキル］

そんな言葉が浮かび上がった。

「なにこれ？」

悩みながらも［身体能力補助スキル］と念じてみると、レベル十と交換できるスキルが頭に浮かぶ。

「うわぁ～、このスキルのどれかとレベルを交換出来るってことなのか」

頭に浮かんだスキルは――。

［体力量上昇率増加］
［魔力量上昇率増加］
［力上昇率増加］
［耐久力上昇率増加］
［器用力上昇率増加］

［敏捷力上昇率増加］
［知力上昇率増加］
［魔法力上昇率増加］
［対魔法耐久力上昇率増加］
「最初に戻すことは出来るのかな？」
自分のスキルに聞いてみると、最初のスキルを選ぶ項目に変わった。

「ありがとう。じゃあ今度は［武術スキル］」
すると今度は先程とは違うスキルが浮かび上がってきた。
［格闘術］［剣術］［短剣術］［弓術］［槍術］［棒術］［斧術］［盾術］……その他にも色々なスキルと交換出来るみたいだった。
「う～ん、これでこのスキルと交換したら剣がきれいに振れるようになるのかな？　……でも、僕は剣を持っていないから、スキルがあってもしょうがないよね」
僕はそう判断した。
それからも
［魔法スキル］
［技能スキル］
［耐状態異常スキル］

［センススキル］

［特殊スキル］を見ていった。

［魔法スキル］には魔力感知というスキルがあって直ぐに取りたくなったけど、僕は何とか我慢して、ゴロリーさんが言っていた感覚を鋭くするスキルがある［センススキル］を選択した。

本当は［特殊スキル］が凄そうだから楽しみにしていたのだけど、十レベルと交換出来るスキルが一つもなかった。

［センススキル］には［視覚］［聴覚］［嗅覚］［味覚］［触覚］［直感］の感覚を鋭くするスキルがあって、どれも凄く興味があったけど、僕は最終的に二つのスキルのどちらと交換するかで迷っていた。

［気配察知］と［魔力察知］、［気配察知］は人や魔物が近づいてくるのが分かるスキルだと思うんだけど、これがあればスラムの人やスライムを必要以上に警戒しなくて済むと思ったからだ。

けれども僕は結局［魔力察知］のスキルと交換することにした。

もしかすると自分の魔力がこれで分かれば、僕にも【クリーン】の魔導具が使えると思ったからだ。

僕は念の為、安全エリアに入ってから［魔力察知］と交換するように念じた。

その直後、僕の身体から全ての力が消えていくような感覚になって、僕は立っていることが出来ずに、その場で膝を突いた。

どれぐらい経っただろう。僕は何とか動けるようにはなったけど、とても身体が重く感じる……いや、本当に重いのだ。

その感じはまるでレベルアップの反動で無理をしたあの日の朝に似ていたけど、それよりももっと酷かった。

「これがレベル一になったペナルティーなのかな？　たぶんレベルアップすればこの身体が重い状態も何とかなるよね？　何とかしてスライムを倒さなきゃ」

僕は重い身体を引きずるようにしながら安全エリアから顔を出して、スライムがいるかを確認したら、運良く二匹のスライムがいた。

［魔力察知］を試してみても、残念ながらスライムの魔力を感じているのかどうか分からなかった。

「……魔力？　良く分からないや……。こんなことなら［気配察知］と交換すれば良かったな～」

少し不満に思いながらも、いつも通りの手順で何とかスライム達を倒すと、またレベルが上がった。

レベルが上がったことを疑問に思いつつも、何でレベルが上がったのか考えることは止めた。

ただ今は純粋に身体に力が漲って軽くなったことを喜ぶことにしたのだ。

「ふぅ～もしも君を装備していなかったら、大変なことになっていたよ。ありがとう」

祝福の首飾りを撫でてから、僕はさらに新たなスライムを探すのだった。

次のレベルアップは五匹倒しただけで上がり、またその次のレベルアップも七匹だった。

……どういうことなんだろう？　そう思いながらも目標の百個に届くようにスライムを探していたけど、途中から凄くお腹が空いてきてしまった。

このままだと目標の百個には届かないと思ったけど、無理をしてはいけないと言っていたゴロリーさんの顔が浮かび、お腹がグゥルルルルウとなったので、僕はもう一度レベルが上がってから迷宮を出ることにした。

そして前のレベルが上がってから十二匹目のスライムを倒すと、ようやくレベルが上がったので、僕は美味しい料理が待っている〝ゴロリー食堂〟を目指して迷宮から脱出することにした。

いつものように迷宮から〝ゴロリー食堂〟へ向かっていた僕だったけど〝ゴロリー食堂〟が近づくにつれて、小さな違和感があった。

〝ゴロリー食堂〟からとても暖かい空気みたいなものが出ているように感じたのだ。

「これってもしかして魔力なのかな？　でもスライムやここに来るまでにすれ違った人達にはこんなに暖かな魔力？　は感じなかったのに……」

僕は少しだけ〝ゴロリー食堂〟に入るのを躊躇ったけど、ゴロリーさんやエリザさんが優しいことを知っているので、魔力を気にしないで中へと入っていく。

「おはよう御座います」

すると魔力の陽だまりみたいな物が近づいてくるのを感じると、その正体はエリザさんだった。

「はい、おはようクリス君。今日も怪我はしていないわね？」

「はい……」

「どうしたの？　何か私の顔についているかしら？」

いけない。少し呆けてしまった。

「えっと、エリザさんは［魔力察知］という［センススキル］を知っていますか？」

「もちろん知っているわ。魔力に長けている魔法士が覚えるスキルだからね。当然私も持っているわよ。それにしても［センススキル］なんてどこで知ったの？」

「実は僕も昨日［センススキル］の［魔力察知］を取得したんです」

そう習得ではなくて、僕の場合は取得になるんだよね。

「何だか事情がありそうね……。三人で朝食を食べながら一緒に話を聞いてもいいかしら？」

「はい。もちろんです」

それから間もなくしてこちらへゴロリーさんが顔を出し、いつも通りに先に生ゴミを【回収】してからの朝食となった。

僕は固有スキルの【エクスチェンジ】の能力を説明すると、二人とも固まってしまった。

「えっと、だから今回は［魔力察知］のスキルと交換したんですけど、やっぱり［気配察知］のスキルの方が良かったですか？」

僕は自分の選んだスキルが間違いだったのかと不安になってきた。

「え、いや、クリス。［魔力察知］のスキルでも［気配察知］でも間違いではない。だが、その固有スキルの異常性に驚いていただけだ」

「クリス君、その固有スキルも誰にも教えてはいけないわ」

やっぱりこれも秘密にしないといけないみたいだ。

「あ、はい。でも僕はこの【エクスチェンジ】が凄いのか、どうなのかが良く分からないんですけど……」

だって、レベルが一になるってことは、せっかく大きくなった器がまた小さくなるってことだもん。

「クリス、スキルっていうのは開花した才能だと前に教えたな？　そのスキルを数日で覚えられるようになるスキルなんて、まして［センススキル］の［察知系スキル］を覚えられる奴なんていないんだぞ」

「それに普通は、十歳になるまでレベルを上げる経験なんてほとんどしないの。それこそ旅でもして魔物と戦わない限りはね。クリス君がこのままスライムを倒し続けたら、十歳になる頃にはたくさんのスキルを所持することになるわ」

ゴロリーさんとエリザさんは、黒い霧や専用装備の話をしていた時よりとても真剣な顔をしていた。

「えっと、つまりこの【エクスチェンジ】はこれからも使っていった方がいいってことですか？」

「「ああ（ええ）」」

……二人とも【エクスチェンジ】について、凄いと思ってくれているみたいだった。

「それならまたスキルが交換出来るようになったら、新しいスキルと交換しますね」

「……クリスの【エクスチェンジ】については分かった。また【エクスチェンジ】が使えるようになったら、交換出来るスキルを羊皮紙に書いて見せてくれないか？」

ゴロリーさんの要求の意味が僕にはあまり良く分からなかった。役に立ちそうなスキルを教えてもらえるだけだと思っていたからだ。

「あなた慌て過ぎよ。まだ五歳で完璧な文字の読み書きなんて出来る訳ないでしょ」

やっぱり普通の五歳児では読み書きなんて出来ないんだな……。

いつか僕が読み書き出来るようになった理由も分かる日が来るのかな？

「あ、えっと、まだ書く方はあまり自信がないけど、読むことは出来ます……それよりもどうしてですか？」

「スキルには習得しやすいスキルとそうじゃないスキルがあるんだ。だからクリスには普通だったら取得し難い有用なスキルを【エクスチェンジ】で交換させた方がいいと思ったんだ」

「えっと、じゃあゴロリーさんが詳しく相談に乗ってくれるんですか？」

ゴロリーさんが一緒に考えてくれるなんて、とても心強い。

「当たり前じゃない。それにしても［魔力察知］を覚えられるってことは、クリス君には魔法の才能もありそうね。魔力が安定するとされている七歳になったら、私が指導してあげるわ」

「えっ、いいんですか？　じゃあ七歳になったらお願いします」

どうやらエリザさんも一緒に相談に乗ってくれるみたいだ。

僕が一人で考えるよりもずっと凄いことになりそうで、とてもワクワクしてきた。

でもそれ以上に、魔法の才能があるかもしれないということがとても嬉しかった。

あの夢に出てきた騎士も魔法が使えるみたいだったし。

まぁ当分先の約束だけどね。

それでも僕が魔法を使える可能性があることがとても嬉しかった。

せっかくメルルさんがくれた【クリーン】の魔法が使える魔導具も、結局一度も使えていないし、僕には魔法の才能がないと思い始めていたからな～。

「そうだ。エリザさん、昨日スライムにも魔力みたいなものがあるのかを感じようとしたんですけど、あまり分からなくて」

「スライムか～……スライムは分かり辛いと思うな～」

「やっぱりそうなんですか？　ただ〝ゴロリー食堂〟に来るまで見た人達からもあまり感じませんでした。まぁ〝ゴロリー食堂〟からは、とても暖かくて優しく包み込むような魔力を感じたんですけど、それはエリザさんでした」

「やっぱりクリス君はいい子ね」

エリザさんは急に褒めてくれたけど、どうしてなのかが分からなかった。

「［魔力察知］や［気配察知］といったスキルは、その相手をどう思っているかで感じ方が違うんだ。もちろん魔力量でその伝わってくる強さは異なるけどな……」

するとゴロリーさんが解説してくれた。

ゴロリーさんは喜ぶエリザさんに、少しだけ困ったように笑う。

二人とも仲がいいな～。

「だからクリス君は、私達のことを優しく包んでくれる人だって思ってくれているってことなのよ」

「そうだったんですね。確かに僕はエリザさんが優しくて好きだし、ゴロリーさんはとっても頼りになる僕の目標だから……この［魔力察知］を覚えて良かったです」

きっと［気配察知］のスキルも同じようなものなんだろうな。

こうして僕の中で次にレベルと交換するスキルが決まった。

そしてちょうど魔力の話になっているので、僕は【クリーン】が使える魔導具の杖を出した。

「あの、この魔導具なんですけど、実はまだ使えたことがなくて……」

「あ、それがメルルちゃんの作った【クリーン】の魔法を使用することが出来る魔導具ね……［魔力操作］が使えないと使用出来ない魔導具なんて、あまり買う人もいないでしょうし……ん？ ねぇクリス君、メルルちゃんは使い方を教えてくれたかしら？」

「えっと、はい。杖に魔力を流して【クリーン】と唱えるだけだって……」

でも僕は魔力がイマイチ理解出来ないから、分からないことが多い。

「はぁ～やっぱりね。昔からそそっかしいから、ちゃんとした説明をしていなかったのね。クリス君、スライムの魔石を一つもらえるかしら」

「はい」

エリザさんはどこか呆れた表情をしながら魔石を求めてきたので、僕は黒い霧から魔石を【排出】して渡すと、エリザさんはその魔石を杖の先端に填めた。

どうやら魔石を填め込むことが出来るものだったらしい。

「これで唱えるだけで、魔石から魔力が流れて魔法が使えるわよ。これで試してみて」

エリザさんは笑って杖の魔導具を渡してくれた。

僕は少し緊張しながら、【クリーン】と呟いてみせた。

するとと先端の魔石が少しだけ光ったと思ったら、キラキラした何かが食事の終わった食器に当たり、とても綺麗になった。

「やった〜。僕にも使えた」

「良かったわね。メルルちゃんはそそっかしいところがあるから、次に魔導具を貰ったり、買ったりすることがあったら、ちゃんと詳しい使い方を聞いた方がいいわよ」

「はい、そうします」

さっきもエリザさんは同じことを言っていたけれど、メルルさんがそそっかしいのは昔からなんだな。

僕はメルルさんを思い浮かべながら笑ってしまった。

でもこれで僕にも魔導具を使ってだけど、魔法が使えるようになったのだと、とても感動したのだった。

いつかメルルさんやゴロリーさんみたいに自分の魔力で魔導具を使えるようになりたいな。

「それで今日もこれからメルルの所か？」

「はい。メルルお姉さんはたくさんの本を持っているので、文字の勉強も楽しくて」

「そうか……。今日は前に言っていたように店が定休日だから、顔馴染の鍛冶師を紹介しようと思っていたんだが……」

ゴロリーさんは困った顔をしていた。

「そういうことは決まったら直ぐに知らせなさいっていつも言っているでしょ。相手がすごく困るわよ」

エリザさんはそんなゴロリーさんを叱っているようで、何だか悪いことをしたような気分になってしまった。

「……すまない。それでどうだ?」

「鍛冶師って、物を作り出す人のことですよね?」

「ああ」

「僕、見てみたいです」

きっとゴロリーさんが紹介してくれる人ならいい人だろうし、将来きっとお世話になると思うから。

「じゃあメルルが来たら説明は俺がするから、今日は一日俺に付き合ってくれ」

「はい」

僕はこうして初めて鍛冶師と出会うことになる。

ゴロリーさんのスープを受け取りに来たついでに、僕を迎えに来てくれたメルルさんだったけど、ゴロリーさんが今日は僕を鍛冶師の人のところへ連れていきたいと告げると、少しだけ困った顔をした。

「どうかしたんですか？」

僕に何か用があったんだろうか？

「えっと、最近物騒だから、出来たらスープを持って歩きたくなくて……」

「確かに物騒ですもんね」

メルルさんが怖がるのも無理はないし、もっともだと思った。

スラムではきっとお腹を空かせた人達がいるだろうし、それこそゴロリーさんの美味しいスープ……その美味しそうな匂いに釣られる人がいてもおかしくない。

「じゃあ、鍛治師さんの所へ行くのはメルルお姉さんを送ってからでいいですよね？」

僕はゴロリーさんにそう聞くと頷いてくれた。

「ああ。どうせそんなに離れている訳でもないからな」

「メルルちゃんは魔法もそんなに得意ではないから、そうしてあげて」

「えっ、本当に？　助かるわ、クリス君。ありがとう御座います、ゴロリーさん、エリザさん」

僕の手を握り、上下に振って喜ぶメルルさんを見て、何だか朝からいいことをした気分になった。

「良かったですね」

「うん」

安心した顔を浮かべたメルルさんに、エリザさんが何かを思い出したように話し始めた。

「あ、そうそうメルルちゃん、喜ぶのはいいけど、クリス君に【クリーン】が使える魔導具を渡していたでしょう？」

「はい。お礼の気持ちを込めて」

「そう。でも、クリス君にちゃんとした使い方を教えていなかったでしょ？」

「あれ？　そうだったっけ？」

困った顔をしてメルルさんに訊ねられてしまった。

「えっと、魔石を杖の先端に装着すると【クリーン】が使えるようになるなんて知らなかったです」

「あれ？　それってそんな魔術回路組んでいたっけ？」

魔道具を作ったメルルさん本人が、商品の使用方法を忘れていたようだ。

僕とゴロリーさんは苦笑いを浮かべ、エリザさんは頭を抱えていた。

「まさか魔術回路を組んでいて忘れるなんて、そそっかし過ぎるわ」

「た、たまたまですよ」

「ふぅ～ん、そう」

「……気をつけます」

慌てるメルルさんにエリザさんは疑うような視線を向けると、メルルさんはそそっかしいことを認めた。

「クリス君の前で恰好つけても、もう駄目よ。クリス君も薄々メルルちゃんがそそっかしいことに気づいているもの」

エリザさんの言葉に吃驚した僕は、メルルさんが涙目になっていたことに気が付き、メルルさんに対して思っていることを伝える。

「えっと、それでも僕にとっては頼りになる優しいお姉さんですよ」

「クリス君、ありがとう～」

何故か泣きながら抱き着かれてしまった。

「はぁ～優しいわね。でもその歳でその気遣いと優しさは将来を不安にさせるわね」

そんなエリザさんの声が届いたけど、メルルさんは僕をなかなか離してくれそうにない。

ゴロリーさんがスープの入ったお鍋を持ってくるまで抱きしめられた僕は、ここでようやく離してもらえた。

「じゃあクリス、これを頼むぞ」

「はい」

僕はスープが入ったお鍋を黒い霧に【収納】した。

「じゃあ戸締りをするか」

「そうね」

「えっと、もしかして僕がいたからお店を開いてくれたんですか？」

そう思ったら、とても悪い気がしてきた。

「別に何処かの街へ旅行に行くわけではないし、気にしなくていいわ。結局メルルちゃんのスープはいつも作っているし変わらないわよ」

「ああ、クリスは気にするな。甘えるのは子供の特権だ。もし将来同じようなことがあれば、同じように手を差し伸べてやってくれ」

エリザさんとゴロリーさんはそう言って笑い、その後〝ゴロリー食堂〟でエリザさんと別れ、〝魔導具専門店メルル〟へとメルルさんを送り届けると、奥のキッチンまでスープの入ったお鍋を運んだ。

「本当にありがとうね。クリス君、それにゴロリーさん」。

「メルルお姉さんには、いつもお世話になっていますから」

「そのやりとりはここに来るまでにもやっただろ……。ところでクリス、メルルに新しい固有スキルの説明はしなくていいのか？」

　また僕に抱きつこうとしたメルルさんを、ゴロリーさんが止めてそう言ってくれたので、まだ【エクスチェンジ】の内容で説明していなかった事を話した。

「あ～、もう一つの能力が分かったの？」

「はい。実は【エクスチェンジ】は自分のレベルと引き換えにスキルと交換出来るスキルで――」

　僕は［魔力察知］と交換して、今度は［気配察知］のスキルと交換する予定であることを告げた。

　そして全てを聞き終えたメルルさんが最初に口にしたのは「何それ？　羨ましい」だった。

　やっぱり僕のレベルと交換が出来るスキルは、とても凄いスキルだったみたいだ。

「それでクリスの能力がレベルとスキルの交換だった訳だが、折角有能なスキルだから、それを最大限活かすためにメモを取ってもらうことにしたんだ」

「ゴロリーさんずる～い。そんなすごく面白そうなことをしようとしているなんて……」

　何が面白いのか僕には分からなかったけど、どうやらメルルさんも一緒になって取得するスキルを考えたいと思ってくれたみたいだった。

「だったら、メルルも協力すればいいだろう？」

「えっ？　クリス君いいの？」

僕の答えは最初から決まっていた。

「はい。スキルの数も多くて、僕では何と交換すればいいのか良く分からないから、レベルと交換したらいい本当に必要なスキルを教えてくれたら助かります」

「ちょうどスキルに関して書かれた本があったと思うから探してみるね」

そんな凄い本があるのか……。うまくいけば【エクスチェンジ】じゃなくてもスキルを覚えられるかも知れないな。

僕の胸が高鳴った気がした。

「メルル、それでクリスに羊皮紙とインクと羽ペンを頼む」

「あ、そうか。字の練習の時は結局、書かないでいたのよね？」

「はい。でも今回は頭に浮かんだ文字をそのまま書くだけなので。それでもうまくは書けないかもしれないですけど……」

「いいわ、待ってて」

それからまず魔石を売って、そのお金で羊皮紙の束とインクと羽ペンを購入した。

「じゃあまた明日ね」

「はい。メルルお姉さん、また明日」

こうして僕とゴロリーさんは〝魔導具専門店メルル〟から、鍛冶師さんのお店へと向かうのだった。

ゴロリーさんと歩いて向かった先は、大通りにあった鍛冶屋さんではなく、僕の事を死んだと思った商人に捨てられた場所の近くだった。

僕は不安になって、身体が震えて硬くなっていく。

「ゴロリーさん、こっちにあるんですか？」

「ああ。ちょっと偏屈な奴だから、商売のこととかはあんまり考えていないんだ。だが腕はこの街で一番なのは間違いない」

「凄い人なんですね」

「鍛冶の腕だけは、だがな」

ゴロリーさんは困ったような顔をして笑った。

でも、やっぱり路地裏を進むことになるから、怖くて聞くことにした。

「でも、ここって路地裏ですけど、大丈夫なんですか？」

「ああ。ここの近くに孤児院があるから、スラムの奴らは滅多に近寄らないし、孤児達にも〝グラン鍛冶店〟は大事な場所だから、その客となる者に危害を加えようとする者もいない」

「そうなんですか～」

スラムの人達がいないことを知った僕はホッとした。

それにこの近くに孤児院があるなら、フェルとも会えるかも知れないしね。

そう思うと、必要以上に力が入っていた身体から力が抜けていった。

そしてあのゴミ捨て場から直ぐのところに〝グラン鍛冶店〟はあった。

ゴロリーさんは〝グラン鍛冶店〟とボロボロになった看板が出ているお店の扉を開いて、中へ入って声を掛けた。

「グランいるか？」

しかし中から反応はなかった。

ゴロリーさんがお店の中へ入ったので、僕も続いて中へ入ったけど……お店の中には、お店のはずなのに何も置かれていなかった。

「驚いたか？　大抵はここを見て知らない奴らは帰っていくんだ」

ゴロリーさんは笑いながら、中央にあるカウンターまで向かうと、カウンターの後ろの扉が開いた。

「いらっしゃいませ。あ、ゴロリー様、お待ちしていました」

出て来たのは、メルルさんと同じくらいの歳の男の人だった。

「ああカリフか。グランはどうした？」

「いつも通り『今は忙しいから、勝手に工房に入ってくれ』だそうです」

「はぁ〜全くあいつは毎回それだな」

「ははっ、まぁそれが親方ですからね。それでゴロリー様、そちらの少年は？」

ゴロリーさんと話していたお兄さんが、僕のことをゴロリーさんに聞いた。

「クリストファーという。きっと将来はこの店に貢献してくれると思うぞ」

「へぇ～それは凄いですね。クリストファー様、私はカリフといいます。商人をしています。以後、お見知りおきを」

僕みたいな子供にも、微笑みながら丁寧に挨拶をしてくれた。

そのカリフさんからは、嫌な感じが全くしなかった。

「えっと、クリストファーです。クリスでいいです。カリフお兄さんよろしくお願いします」

「……ゴロリーさん、クリス君はいずれ大物になる気がします」

「だろ？」

二人は笑い合った。

僕には何のことだか分からなかったけど、二人が笑っているので、僕も笑顔でいることにした。

「では、工房へどうぞ」

そう言ってカリフさんが出て来た扉へと皆で入っていくと、そこには剣や槍、鎧が所狭しと置かれていた。

それには目もくれずに店の奥へ進むと、今度は下へと続く梯子（はしご）の階段が出てきた。

「クリス、下りられるか？」

「……たぶん大丈夫です」

梯子に足を掛ける場所がそこまで離れていなかったので、何とか無事に下りることが出来た。

そして下りた場所にもたくさんの武器が落ちていた。

「何でこんなに雑に置かれているんですか？」

「これらはグラン親方にとってゴミみたいなものですからね」

カリフさんは苦笑いを浮かべて、僕の質問に答えてくれた。

でもこれがゴミだなんて、僕には信じられなかった。

それぐらい僕には輝いて見えた。

そして奥にある重そうな扉を開くとそこには、怖い顔をした顎鬚がとても長い、まるでゴロリーさんを太く小さくしたような人がいた。

「おうグラン、約束の物は出来上がったか？」

「ああ。だが、最近は良い鋼鉄が中々手に入らなくてな……悪いが、いまいちだ。［錬成スキル］を持っている奴は多いが［抽出スキル］を持っている奴なんて、そうそういないからな。ところでその小僧は何だ？　まさか孫か？　それともエリザとの子か？」

「どちらでもない……が、将来を見たいと思わせてくれる子供だ。クリス、こっちはこの〝グラン鍛冶店〟のグランだ。自己紹介は自分でするんだな」

「はい。グランさん初めまして、クリストファーです。クリスと呼んでくれればうれしいです。よろしくお願いします」

「ほう。その歳でしっかりと挨拶が出来るとはな。……グランだ。大人になったら武器でも包丁でもなんでも作ってやろう」

「お願いします」

自己紹介が終わると、先程まで怖い顔をしていたグランさんは笑っていた。

角がある硬そうなヘルメットを被っているグランさんからは金色の髪が見え隠れしていた。

そして特徴はあの髭だと思う。ゴロリーさんといい勝負だよ。

でもゴロリーさんよりも少し怖い顔な気がする。

「それにしても親方の顔を見て泣かない子供は久しぶりですね」

ゴロリーさんがグランさんから、何かを受け取ったところで、カリフさんが口を開いた。

「煩いわ。それにしてもカリフ、今日は工房が休みだって言っているのに、どうして工房に来たんだ？」

「親方を放っておくと、何も飲み食いしないから、工房の仲間で見張……見守る人をつけることになったじゃないですか」

「ちっ、若い者なら休みの日ぐらい、出会いを探しに出かけろ」

「ははっ、でも親方に倒れられて困るのは私達ですからね」

「勝手にしろ」

グランさんとカリフさんのやりとりは、きっといつも通りなんだろうな。

それにしてもグランさんは困っているみたいだった。

ゴロリーさんの知り合いみたいだし、何とか力になって上げたいな……。

「あのグランさん、その［抽出スキル］があれば、グランさんは仕事で困らないで済むんですか？」

「ああ。そうだ」

「そうですか……。じゃあ僕が覚えることが出来たら、グランさんを手伝いますね」

「クリスっていったか？　そのまま素直に育ってくれよ」

グランさんはそう言って僕の頭を撫でてくれたのだけど、ゴツゴツとした手だったからか少し痛かった。

それでも嬉しそうな顔をして撫でてくれるグランさんに、結局最後まで痛いと言い出すことは出来なかった。


グランさんは僕の頭を撫で回した後で、何かを考えるようなしぐさを見せたかと思うと、何故か僕の身体の大きさを測りだした。

僕は吃驚したけど、強い力で固定されたかのように、全く動くことが出来なかった。

「おいグラン、何でクリスの採寸なんて始めたんだ？」

そこへゴロリーさんがグランさんに声を掛けてくれて行動を止めてくれた。

「ゴロリー、儂に内緒でこの小僧……クリスを鍛えようとしているんだろ？　弟子なら弟子と言えば良いではないか」

少しだけ怒った？　いや、呆れたようにグランさんはゴロリーさんへ告げた。

「いや、まだだ。身体が出来ていないから無理をさせる訳にはいかないし、エリザが七歳から魔法を教えるようなことを言っていたから、俺もそれぐらいから武術の基礎だけは教えようと思っている……」

どうしよう……エリザさんが魔法を教えてくれるだけじゃなくて、ゴロリーさんが武術の基礎を教えてくれるみたいだ。

もの凄く嬉しい。

「そうなのか？　それにしては結構な筋力があると思うんだが……本当に鍛えていないんだな？」

グランさんはもしかすると、僕のレベルが上がっていることを見抜いているのかもしれない。

これが職人さんなのかな……とっても格好いいな～。

僕はそう一人で納得しながら、ゴロリーさんとグランさんの会話を聞いていた。

「ああ。あと数年は適度に身体を動かして、しっかり食べて、しっかり睡眠を取らせて強い身体を作らせるさ」

「なるほど……。じゃあ子供でも訓練が出来る軽い武器でも作ってやろうか？」

僕はグランさんの顔を見上げると、また頭を撫でられた。

「まだまだ先の話だが、その時には頼む」

「おいクリス、俺が作る装備が見合うだけの漢（おとこ）になれよ」

「はい」

グランさんはゴロリーさんと一緒で顔は少し怖いけど、とっても優しい人だってことが分かった。

「それでクリスを今回連れて来た目的は顔合わせだけか？」

「ああ。本当は鍛冶をしている姿を見せようと思ったんだが、まさか今日が休業日だとは思わなかったからな」

「さっきも言ったが、いい材料がない時に目的もなく鎚を振るいたくないのだ。クリスの装備を作るなら炉に火を入れるぞ」

「えっと、僕はお金を持っていないので、お金が貯まったら買いに来ます」

「そうだな。それに今から炉に火を入れていたら、本当にカリフの一日が終わってしまうだろう？」

「気を遣って頂きありがとう御座います。でも私のことは気にしないでください。色々な職人を見てきましたけど、親方のような優れた職人が一つの作品にのめり込んで物を作るところは、見るのも勉強になりますから、大歓迎なんですよ」

あれ？　そういえばさっきカリフお兄さんは商人って言っていたような？　グランさんが作った物を買いに来たのかな。

「……カリフお兄さんは商人って言っていたけど、職人さんではないんですか？」

「うん、私は商人だよ。親方の仕事を間近で見せてもらうことで、本物の作品であるのかどうかとか、物の良し悪しが分かるように勉強させてもらっているんだ。いつか私がお店を持った時に粗悪品を掴まされることが無い様にね。それとは別に本物の職人との人脈づくりも兼ねているんだけどね」

職人さんの仕事を見るのも商人さんの経験になるのかな？　でも人脈ってことは、毎回職人さんのところで働くってことではないよね？

「あの、その人脈づくりって？」

「まだ難しかったかな？　クリス君はゴロリーさんが困っていたら助けたいと思うよね？」

「はい」

「きっとゴロリーさんもクリス君が困っていたら助けたいと思ってくれると思うんだ」

「はい。いつも助けてくれます」

本当に頼りになる存在だ。

それより人脈についての言葉は知っているんだけどな……。

「僕はそのクリス君とゴロリーさんの関係を、ここにいるグランさんや職人さん達と築きたいと思っているんだ」

職人さん達と仲良くなるってことなら納得出来る。

でも沢山の職人さんから作品を売ってもらえるようにするってことになる気がする。

それって万屋になるってことなのかな？　そんな疑問が浮かんだ。

でも僕はその疑問を口にしないことにした。

商人さんは商人さんのやり方があるかもしれないからだ。

「そうなんですね。カリフお兄さんならきっと大丈夫だと思います。だってこちらを窺うような嫌な感じが全くしなかったですから」

「そうかい？　それは嬉しいな。いつも子供には胡散臭いって言われているから嬉しいよ」

「……そうだったんですね。参考にならなかったらごめんなさい」

でもそれはたぶんずっと笑顔だからじゃないかな～。そう思ったけど、ゴロリーさんやグランさんが何も言わないので、僕も言わないことにした。

でも、色々な職人さんと知り合いならメルルさんのことも知っているのかな？　明日メルルさんに会った時に聞いてみよう。

一応メルルさんは人見知りだから、先に確認しておいた方がいいだろうし。

「それでクリス、鍛冶をするところを見て行くか？　どうしたい？」

「う〜ん、見たい気もしますけど、今日はゴロリーさんに付き合うって決めたので……」

きっとゴロリーさんは見ても見なくてもいいんだろうし、僕に付き合ってもらうのは悪いからね。

「そうか。じゃあ昼までグランの鍛冶をしているところを見て、それから昼食をどこかで食べよう。

グラン、そういう訳だから、クリスに鍛冶の工程を少しだけ見学させてやってくれないか？」

「ああ。どうせ何かを作ろうとは思っていたからな」

「カリフ、炉の石炭を焼いてくれ」

「はい」

こうしてグランさんは僕に鍛冶というものを見せてくれることになった。

工房にある炉と呼ばれるところは、とても近づくことが出来ないぐらい熱くなっていた。

「クリス、大丈夫か？　熱いなら俺の後ろから見ているといい」

「うん」

僕は直ぐにゴロリーさんの後ろに隠れてまた炉を見ようとすると、グランさんは工房の外に転がっている剣を数本持って来て、持ち手と刃の部分を分解してしまい、真っ赤に燃える炉の中へ刃の部分を入れた。

「痛ッ……あれは幾つかの鉱石が混ざり合っているんですね」

「クリス、どうして分かった？」

グランさんには僕が呟いた声が聞こえていたらしい。

「えっと、何となく？」

頭に痛みが走った時に、何となくそう感じたんだけど、詳しいことは僕にも分からない。

「何だそうなのか。鍛冶師の才能もあれば、それはそれで面白そうだと思ったんだがな」

グランさんはそう言って笑った後に説明してくれた。

本来であれば、鋼と呼ばれる鋼鉄を叩いて武器を作るみたいだけど、グランさんは鉱石一つだけで作る場合に屑鉄と呼ばれるものに、幾つかの種類を混ぜて［錬成］することで、鋼鉄に近い鉄を作り出すことが出来るらしい。

強度も切れ味もそこら辺のお店で売っているものよりずっと凄いって、途中からグランさんの説明を受け継いだカリフさんが嬉しそうに語っていた。

グランさんは炉に入れられた刃の部分が真っ赤になったことを確認すると、炉から取り出しつつ刃と刃の部分を重ねたところを鎚で鋭く叩いた。

その時、カンッカンッと鉄を叩く音が工房内に何度も響いた。

それは僕の頭の中にも響くような凄い音で、両手で両耳を塞いでしまう。

グランさんとゴロリーさんはチラッとこちらを見て笑い、グランさんはそれからもずっと鎚を振るい続けた。

あんなに熱い炉のところに居たら倒れちゃうよ。

それでもグランさんは笑って鎚を振っているんだから、職人さんって凄いんだな～。

そんな感想を抱きながら、グランさんの仕事を見守っていた。


全ての刃が一つになると、今度は刃の厚みを均一にするためにまたそれを叩く、そして全てを終えたところで、いつの間にか運ばれていた水の中へと刃を沈めていく。

「本来はまた炉に入れて、叩いて、水の中に入れて鉄の中の不純物を取り除いて、切れ味を鋭くする鋼を混ぜ合わせるんだが、これからこれを研いでいかなくてはいけないからな」

するとグランさんは隣の部屋へと移動して行く。苦笑するカリフさんに僕とゴロリーさんは案内されてついて行くと、既にグランさんはさっきの合成した刃を水に濡らして研ぎ石を使って研いでいた。

「まずは荒く削って厚みを均一にする。最後は仕上げ用の砥ぎ石で細かく出来た傷が残らないように丁寧に研いでいくんだ」

僕達はそれからもずっとグランさんの動きを見ていた。

それから暫くしてグランさんの動きがようやく止まった。

「これで後は、持ち手をつければ完成だ」

そう言ってグランさんは誇らしげに笑った。

再び炉のある工房へと戻り、刃に持ち手をつけると、それは不思議な形をしていた。

「これは棒の先端に刃をつけたものだ。刃は斬れないが強度はある。クリスがもう少し大きくなって、ゴロリーが使ってもいいと判断したら訓練にでも使ってくれ」

「いいんですか？」

僕の武器を作っていてくれたのだと、とても吃驚した。

「ああ。クリスとは縁がありそうな気がするからな」

「グランさん、ありがとう御座います」

グランさんから僕が一度受け取り、ゴロリーさんへ渡した。

木の棒と同じぐらいの重さだったけど、当分はゴロリーさんに預かってもらおう。

きっと僕が持っていたら使いたくなっちゃうし。

「軽いな……預からせてもらう」

「ああ、クリス、たまには遊びに来いよ」

「はい」

グランさんのところには、ゴロリーさんの許可が下りたら来ることにしようと僕は決めた。

「最近は治安も悪いから、当分は俺と一緒になると思うがな」

「そうだな。儂の店に一人で来られるように早く鍛えてくれ」

「無茶を言うな」

ゴロリーさんとグランさんのそんなやりとり見て、きっと二人はずっと前からの友達なんだろうな
～と、そんな風に感じていた。

それから間もなく〝グラン鍛冶屋〟から出たところで、僕のお腹がグルルッと鳴った。

「おっ、お腹が空いてきたのか？　今から美味しい料理を出す店に連れて行こう」

「いいんですか？」

「こっちが付き合ってもらっているんだから気にするな」

僕はゴロリーさんは僕の頭を撫でながら笑うと、来た道を帰るように進んで行く。

ゴロリーさんが作る料理よりも美味しい料理なんて無いと思っているけど、ゴロリーさんが美味しいと言う料理はとても楽しみだな。

それから僕達はそのお店がある場所へと向かって歩き始めた。

そしてゴロリーさんが連れて来てくれたところは〝エヴァンス〟という高級な宿屋さんだった。

その宿は〝イルムの宿〟とは違って、お金持ちしか入れないような感じだった。

「ゴロリーさん、きっとここのお店は高いですよ？」

「ははっ、支払いは心配しなくていい。ここは知り合いが経営しているから安心していっぱい食べていいぞ」

僕は躊躇いながらも、ゴロリーさんと一緒にお店に入った。

外も凄かったけど〝エヴァンス高級宿〟の中はとっても広くてきれいだった。

お客さんもいたけど、皆がとても高そうな服や装備を身に纏っているから、やっぱり高いことに間違いはないだろう。

　すると、一人の青年が近寄ってきた。

「これはゴロリー様。よくいらっしゃいました」

「ああ。今日は連れもいるんだがいいか？」

「もちろんですとも。さぁこちらへどうぞ」

　どうやら本当にゴロリーさんの知り合いのお店みたいだ。

　僕は安堵しながら、ゴロリーさんについていく。

　途中でチラチラ見られている気もしたけど、ゴロリーさんの側にいれば大丈夫だと思った僕は、既に美味しい料理が頭の中に浮かんでいて、そちらのことは全く気にならなかった。

　席に案内されると、僕でもテーブルで食事が出来るように、子供用の席を直ぐに用意してくれた。

「ありがとう御座います」

「いえ、当然のことですから」

　案内してくれた人はそう言って微笑んだ。

　ゴロリーさんが僕の分も一緒に料理を注文してくれたら、案内をしてくれた人は僕達の席から離れて行った。

「何だか凄いですね」

「ああ。この宿は皆がちゃんと教育されていて、高級の名に恥じない店なんだ」

「でも、ここって高そうですよね？」

「ああ、実際に高い。食事無しの宿泊で銀貨二枚からだったと思うぞ」

「ぎ、銀貨？」

泊まるだけでゴロリーさんの食事二十回分。

僕には勿体なくて、ここに泊まることはないだろうな～。

あるとすればお金持ちになってからだろうけど……。

「ああ。それでも繁盛しているみたいだけどな」

「そうなんですね。いつか僕がお金持ちになったら泊まってみたいな」

「ふっ、クリスなら、大人になれば泊まれるようになるさ」

「はい。そうだといいな～」

それから暫くすると、色々な料理が運ばれてきた。

僕はゴロリーさんと話しながらも、一つ一つ料理を食べていく。

野菜と豆のサラダ、黄色くて甘いスープ、とっても柔らかくて、噛めば噛むほど甘くなるパン。

それだけで満足だったけど、それからも香ばしい煮込まれたお肉が入った料理が出て来て、とても幸せな時間だった。

ただ僕はゴロリーさんの料理の方が美味しいと思った。

でも何故かここで出された料理はゴロリーさんの味に似ている様にも感じた。

限界まで食べて、ポッコリとお腹が膨れた。

「美味しかった……でも僕はゴロリーさんの料理の方が好きだよ」

「そうか？　それは嬉しいな」

ゴロリーさんは嬉しそうに笑ってくれた。

「でも、何となくゴロリーさんの料理に似ていたんだよな〜」

「クリスは味に対してとっても敏感なんだな」

「？」

ゴロリーさんの言っている意味が分からなかったので、その意味を聞こうとした時だった。

するとと大柄な男性が一人、僕達に話し掛けてきた。

「父さん、今日の出来はどうだった？」

「もう俺が教えることはないな。しっかり素材の味も出ていたぞ。ただクリスの舌では、まだ俺の料理の方が美味いらしいぞ」

ゴロリーさんはその大柄な男性をとても褒めていた。

「クリス？　ああ。君が父さんのところに来ている子供か」

とてもでかいけど、何となくゴロリーさんに似ていたので怖くなかった。

「えっとクリストファーです。いつもゴロリーさんとエリザお姉さんにお世話になっています」

「げっ、母さんも絡んでいるのか……しかもお姉さんだと……。僕はエドガー、その二人の息子さ。それで何で父さんの方が美味しいと感じたんだい？」

エリザさんはたまに怖いと感じることはあるけど、そんなに怖がる程では無いと思うんだけどな……。

でも何故かエドガーさんの纏った雰囲気が優しくなったのを感じた。

これも［魔力察知］が関係しているのかな？

「う〜ん、ゴロリーさんの料理の方が安心する味がするんです。何だか僕に合わせてくれているみたいな……だからだと思います」

「……なるほど。じゃあ料理は満足してもらえたかな？」

「はい。ゴロリーさんの料理と出会ってなければ一番美味しい料理でした」

「……君は人を褒めるのがうまいな。そうか、じゃあまた食べに来るといい」

エドガーさんはそう言い残して奥の部屋へと消えていった。

「忙しい奴だな。まぁ今は食事時だからな」

「こんなに大きなお店で料理を作っているなんてエドガーさんは凄いんですね」

「今度会う時があったら、直接本人に言ってやってくれ」

ゴロリーさんはとても嬉しそうに頷いて言った。

「分かりました」

「じゃあ行くか」

「はい」

そして席を立った時に、一人でいる女の子がキョロキョロと辺りを見回して、今にも泣きそうな顔をしているのが見えた。

「ゴロリーさん、あの子困っているみたいだから、話を聞いてきてもいいですか？」

「ああ。俺は店の者を呼んでくるから、その場から離れないようにな」

「はい」

僕は返事をしてから女の子に近づいて声を掛ける。

「こんにちは、僕の名前はクリストファー、伝説の騎士だよ。困っているのなら助けるよ」

「えっと、ティアリスだよ。いつも一緒にいてくれるアニタがいなくなっちゃったの」

キョトンとした後に、僕よりも少し背の大きな金色の髪の女の子も自己紹介をしてくれて、迷子だということが分かった。

「そっか〜、でも大丈夫だよ。このお店の人達は凄く優秀だから、直ぐにティアリスの探している人を見つけてくれるよ」

「本当？」

「本当だよ。ね、お兄さん？」

後ろに魔力を感じたから話し掛けてみると、本当に最初に案内してくれたお兄さんがいた。

お兄さんは少し驚いた顔をした後で、直ぐにまた笑顔になって頷いた。

「はい、お客様。お連れの方は女性の騎士の恰好をされた方でよろしかったですか？」

「えっと、はい」

「現在お連れ様を探して参りますので、しばらくお待ちください。それと従業員も側におりますので、お困りの時は……こちらのお子様か、従業員までお話しください」

「はい」

女の子が僕の服を掴んでいるのを見て、お兄さんは僕に頭を下げてから行ってしまった。

「ところでゴロリーさん、何で頭をそっちに向けているんですか？」

従業員の人を連れてきたゴロリーさんだったけど、こちらを見ないでずっと背中を向けているのだ。

「いや……子供が俺の顔を見ると泣くこともあるからな」

確かにゴロリーさんを最初に見た時は少し怖かったかもしれない。

不安な状況の女の子なら尚更そう思うだろうから、正しい対処なのかもしれないな。

「確かにそうですね。僕は格好いいと思いますけど、ティアリスは女の子だから……」

「くっ……お嬢ちゃん。探し人が来るまでは、クリスが側にいてくれるから安心するんだぞ」

「フフッ　面白い。クリストファー君。一緒に待っていてくれる？」

「うん、今は伝説の騎士だからね」

「ありがとう」

それから少しすると案内のお兄さんと、鎧を着たお姉さんが一緒にやって来て、僕とゴロリーさんに何度もお礼を言うのだった。

どうやら二人はこの街に用があって寄った訳ではなかったらしく、たまたま昨日この〝エヴァンス高級宿〟に宿泊しただけで、これからこの街を離れるらしい。

そのことをアニタさんがゴロリーさんに説明していると、僕の服を掴んだままのティアリスは残念そうにしていた。

だから僕はティアリスと友達になることにした。

「僕はクリストファー、友達や親しい人はクリスって呼ぶから、今度会った時はそう呼んでね」

「分かった。ティアリスのことも、今度会った時にはティアって呼んでね」

「うん。またどこかで」

「ええ、またどこかで」

こうして〝エヴァンス高級宿〟で別れを済ませた僕とゴロリーさんは〝ゴロリー食堂〟へと向かって歩き出した。

「クリス、軟派な男にだけはなるなよ」

「えっと、はい。分かりました」

ゴロリーさんの顔が少しだけ怖かったから、僕は素直に頷いた。

でも軟派ってなんだろう？　そんなことを思いながら、ゴロリーさんと休日を満喫するのだった。

ゴロリーさんとのお出掛けは〝グラン鍛治店〟と〝エヴァンス高級宿の二軒で終わりになった。
本当はあと一軒くらい回る予定だったみたいだけど、お腹がいっぱいになった僕がきっと眠くなるだろうという判断で〝ゴロリー食堂〟に帰ってきたのだ。
それから間もなくして、僕はゴロリーさんの読み通りに夢の世界へと旅立つのだった。
ただ実際は眠っただけで、本物の夢を見ることはなかったけど……。

目が覚めて身体を起こすと、お店の中にゴロリーさんの姿はなかった。

とりあえず僕は大きく伸びをしてから、ゴロリーさんを探すことにした。

「ゴロリーさ～ん」

カウンターから少し大きな声で呼んでみたけど、ゴロリーさんの返事はなかった。

「奥の部屋にはいないのかな？　う～ん、あ、そうだ」

僕は目を瞑って、ゴロリーさんの優しくて強い魔力を探すことにした……でも残念なことにゴロリーさんの魔力を感じることは出来なかった。

「……駄目だ。全く何も感じない。誰もいないってことかな？　それとも僕が魔力を感じることにまだ慣れていないからなのかな？」

「何が駄目なんだ？」

「えっ!?　ゴロリーさん？　何で？」

僕は声のした後ろを振り返ると、いつの間にかゴロリーさんが僕の後ろに立っていた。

「店の前を掃いていたら、微かにクリスの声が聞こえたからな。それより腹が減ったのか？」

ゴロリーさんはそう言いながらカウンターの中で手を洗い始めた。

「ううん。ゴロリーさんの姿が見えないので、魔力を意識して探すことにしたんですけど、ゴロリーさんの魔力を全然感じることが出来なかったから……」

「あ～、これでいいか？」

するとゴロリーさんの暖かい魔力を感じられるようになった。

「あ、はい。でもどうしてですか？」

「昔、エリザと旅をしていた時に『魔力が大き過ぎて、周囲から魔力を感じられないわ。これじゃあ警戒も出来ないし、寝るに寝られないわ』って、怒られたことがあってな。それからは誰かが寝ている時、極力自分の魔力が身体の外へ漏れないように［魔力遮断］というスキルを覚えたんだ」

エリザさんの為にそれを覚えたのか～。

本当に仲がいいな。

「へぇ～、そんなことが出来るんだ。あれ？じゃあ気配を消したりすることも出来るってことですか？」

「ああ。［隠密］や［気配遮断］というスキルがあればの話だ。俺は［魔力遮断］のスキルしかないから、気配を完全に消すことは出来ない」

「ふぅ～ん。スキルってたくさんあるんですね」

でも、そうなると、やっぱり［気配察知］も覚えた方がいいのは間違いないよね。

「そうだな。でもスキルがいくらあっても、油断をしていると迷宮からは帰って来られなくなるから、迷宮にいる時は絶対に気を抜くんじゃないぞ」

「はい」

「よし。じゃあ……これはクリスが持っていろ」

そう言って手渡してくれたのは、グランさんのところで作ってもらった武器だった。

「えっと、僕は手元にあると使っちゃうと思うから、ゴロリーさんが持っていてくれませんか？」

「クリス、武器なのだから、使うのは当たり前だぞ。それにクリスが使っている木の棒と比べて、長さや重さはどうなんだ？」

「えっと、こっちの方が長くて軽いです。それに持ちやすいです」

僕は聞かれたことを素直に答える。

「それならその武器を、戦闘前に木の棒と同じように使えるか試してみるといい。駄目だったら木の棒に戻せばいいだけのことだ」

「えっと、使ってもいいんですか？」

グランさんは大きくなったらって、言っていたけど……。

「もちろん迷宮にいる時だけしか使ってはいけないぞ。それに新しい武器があれば使ってみたくなるだろ？　それを我慢して戦いに集中出来なくなるぐらいなら、一度試してみた方がいい。合わないなら諦められるだろ？」

やっぱりゴロリーさんは凄い。

僕の考えていることを全部分かってくれている。

「ありがとう御座います。やっぱり僕も使ってみたかったんです」

僕が頷いて笑うと、ゴロリーさんも笑ってくれた。

「そうだろ？　でも、使えないと思ったら、ちゃんといつもの木の棒に戻すんだぞ？　そこはクリスのことを信じているからな」

「はい」

僕を色々と気に掛けてくれているゴロリーさんの信頼は裏切りたくないし、今までも色々と約束をしてきているから、しっかりと頷いて見せた。

「よし、今から迷宮でも食べれる料理を作ってくるから、もう少しだけ待っていてくれ」

「はい」

ゴロリーさんはそれから少し多めに料理を作ってくれた。

「そういえばエリザから『食事をする前に【クリーン】で、手の汚れを落とすこと』って、伝えるように言われていたんだ。俺も料理する時には絶対手を洗うことって義務付けされているから、それと一緒だな」

「エリザさんが？　分かりました」

エリザさんも僕のことを気にしてくれているから、僕の為になることを教えてくれたんだろう。

ゴロリーさんの用意してくれた料理を黒い霧の中へ【収納】して、僕はゴロリーさんにお礼を告げ、迷宮へ向かうことにした。


〝ゴロリー食堂〟を出ると、外は夕日に照らされ、街をオレンジ色に染めていた。

その光景がとても綺麗だと思いながらも、僕の頭の中には新しい武器を早く試してみたいという気持ちでいっぱいだったから、直ぐに人が多い大通りへ向けて歩き始めようとした。

でもその時、何となくだけど、いつもとは違う感じがした。

念の為に振り返ると、そこには真剣な顔で〝ゴロリー食堂〟を覗き込むフェルの姿があった。

僕は驚いて友人のフェルに声を掛けそびれてしまった。

するとフェルの方が僕の視線に気がついたみたいで、硬かった表情を柔らかくさせて声を掛けてきた。

「あ、騎士クリス、今日もお店の中にいたのか？」

「やぁ剣聖フェルノート、そうだよ。それで今日はどうしたの？」

「あ、えっと、エリザさんはいるかな？」

どうやらエリザさんに用事みたいだ。

「ううん。今日はお店が休みだからいないよ」

「なんだ……そうか」

「エリザさんに何か用事があったの？」

「べ、別にエリザさんが美人だから会いに来たわけじゃないぞ」

フェルは顔を真っ赤にして手を顔の前で激しく左右に振る。

「……誰もそんなこと聞いてないよ？」

「うっ、いや、エリザさんと孤児院の院長が話しているのを聞いていたんだけど、エリザさんは昔、凄い魔法使いだったらしいんだよ。だから魔法を教わりたくて……」

そういうことか。確かにエリザさんも自分から魔法が得意って言っていたし、僕もきっと教われるならそんな人から教わってみたいと思うから気持ちは分かる。

「そっかぁ。でも何で魔法を使いたいの？　フェルは剣聖なんでしょ？」

「それは魔法が使えたらカッコイイからに決まっているだろ？　クリスだって、魔法を使いたいって思うだろ？」

フェルは目を輝かせながら、そう口にした。

フェルのそんな問いに、僕は頷いた。

僕が【クリーン】を使えるのは魔道具のおかげだけど、いつかは自分一人の力で使いたいと思う。

ただ何で魔法を使いたいのか……それを考えてみる。

大切な人を守りたいからかな？　もしそんな誰かを守れる力が魔法で得られるというのなら使いたい、それこそ夢に出て来た僕のように。

フェルのように魔法を使えることへの憧れみたいなものはあるかもしれない。

「うん。僕は人を守れる為に魔法を使いたいかな」

するとフェルはこちらを見つめてから、肩を落とした。

「くっ、クリスの方が俺よりも大人に感じるぜ」

「ねえフェル、ゴロリーさんやエリザさんはとても優しいけど、ちゃんとした理由がないとたぶん危険なことは教えてくれないと思うよ」

格好いいというだけで教えてくれるなら、もっとお店にそういう人達が来ているだろうし……。

「……でも、クリスは仲がいいし、教わっているんだろ？」

「ううん。フェルが僕を助けてくれたあの日、実は僕も二人に鍛えてもらえるか相談したんだけど、まだまだ早いって言われちゃったんだ」

まだ鍛えてくれるのは先の先だ。

フェルは肩を落としていた。

するといきなり笑顔になりながら口を開いた。

「な～んだ。クリスも同じようなこと聞いていたのか。でも俺の方が大きいから、頼んでみるのはありだよな？」

「えっと、うん。そうだね」

ちょっと違う気もしたけど、確かにフェルの方がお兄さんだからね。

「そういえばフェルって身を隠すのがとっても上手いよね？　初めて会った時も声を掛けられるまで気がつかなかったし」

「ああ、あれってスキルなんだぜ。孤児院でかくれんぼって遊びをしていると［隠密］ってスキルを覚えるんだよ」

「へぇ～遊びでもスキルって覚えられるんだ」

遊びでも覚えられるスキルなら、交換する必要はないのかもしれないな。

そのうち孤児院に遊びに行って、かくれんぼに混ぜて貰おうかな。

「ああ。でも本当に覚えているかどうかは分からないけどな」

「どういうこと？」

「自分の能力を見ることが出来る魔導具があるんだけど、それは結構高いから孤児院では十歳になるまでは、自分のスキルについて知ることが出来ないんだ。さっき言った［隠密］スキルは、孤児院を卒業するときに皆が持っているスキルだからさ」

「そうなんだ」

でも、きっと持っていると思うな。

今もフェルの魔力はあるような、ないような感じだし。

「ところでクリスはこれからどこに行くんだ？」

「えっと、散歩だよ」

まさか友達でも、迷宮には誘えない。本当のことが言えないのは辛いな。

「まだあれから何日も経っていないのに大丈夫なのか？　孤児院の七歳以下のチビ達はずっと孤児院で留守番しているぞ？」

「えっと、たぶん？　エリザさん達が大丈夫だって言っていたから」

「そっか、エリザさんが……俺もエリザさんがいないのなら、今日は早く帰ろうかな」

フェルは本当にエリザさんと会う為に来たんだな。

僕は少しだけ笑ってしまった。

「フェルは一人で大丈夫なの？」

「俺は剣聖だし、八歳だから大丈夫さ」

「じゃあ伝説の騎士である僕も、大丈夫だよね？」

「……この辺りには嫌な感じがしないから大丈夫だと思う。でも、まだスラムの方は荒れているって、院長先生も言っていたから気をつけるんだぞ」

心配してくれるフェルは、僕にとってお兄よりも本当のお兄さんみたいだと思った。

「ありがとう剣聖フェル」

「ああ、困ったことがあったら、何でも相談するといい。じゃあ暗くなる前に帰れよ」

「フェルもね」

「ああ」

僕達は大通りまで一緒に歩き、そこで別れた。

「フェルもスキルを持っているってことは、スキルは何も特別な力じゃないってことだよね？　もしかするとスラムの人もスキルを持っている可能性が十分考えられる。もっと慎重にならないといけないな」

新しい武器を使いたいという気持ちよりも、無理をしない、怪我をしない、油断しないという約束を思い出した。

一人で街中を歩く時は、周りを警戒しながら歩くことを決めて、僕は迷宮へと再び歩き出した。

迷宮の中は暗くなった外よりも明るくて、いつも通り僕を歓迎してくれているようだった。
「何だかいいことがありそうな気がするな〜。ちょっと振ってみようかな」

僕はスライムを探して歩く前にグランさんが作ってくれた武器を試してみることにした。

いつも通り両手を頭の上で挟むようにして、今日は木の棒ではなくグランさんが作ってくれた武器を握るようにイメージする。

そして【シークレットスペース】から【排出】した武器をしっかりと握って振り下ろした。

振り下ろした武器からはブウォンという風を斬るような音が鳴り、僕はちゃんと振れた……そう思ったけど、武器が地面に当たった瞬間にカァンと木の棒では感じなかった凄い衝撃が手に走った。

「痛ッ」

僕はその衝撃で思わず手から武器を放してしまい、武器はそのままカラン、カランと音を立てて地面を転がった。

手は痛みと痺れで、グランさんの作ってくれた武器を掴めそうになかった。

仕方なく【シークレットスペース】へ武器を【収納】すると、僕は何だかそれが悔しくなってきてしまった。

「木の棒は地面を叩いてもそこまで痛くなかったのに……」

でももう一度だけ試してみよう。今度は地面を叩かないように。

諦め切れない僕はもう一度だけ試してみることにした。

今度もしっかりと握って振り下ろすまでは良かった。

でも、やっぱり武器の先が地面に当たると、強い衝撃が手に走ってしまい、このままだと腕が壊れてしまうと思い、封印することに決めた。

「今の僕には使えないんだね。……いつか使える時まで、【シークレットスペース】の中で待っていてね」

僕はゴロリーさんとの約束を守って、グランさんから作ってもらった武器を【収納】した。

「……よし、今まで通り頑張るぞ」

気を取り直して、いつものようにスライムを倒すと、また一匹倒しただけでレベルが上がった。

「これでレベル六になったんだよね。祝福の首飾りのおかげなのはなんとなく分かるんだけど、どうして簡単にレベルが上がるんだろ？」

僕は祝福の首飾りを撫でながら、次のスライムを探して倒していく。

スライムを倒す時に、木の棒が地面に当たっても痛くない理由はゴロリーさんに聞くことにして、今日こそは百個の魔石を集められるように頑張ることにした。

スライムに生ゴミを吸収させ、核を叩いて倒して周りを警戒する。

この動きを続けていると、魔石の数が二十八個になったところで、またレベルが上がった。

「これでレベル七……前は十一でエクスチェンジが使えたんだっけ？　今日中に十一まで上がるかな？」

でも結局、スライムを百匹倒し終わった時のレベルは八だった。

「ゴロリーさんが作ってくれた料理を、我慢して頑張ったのに上がらなかったな……」

僕は落ち込みながら、ゴロリーさんが作ってくれた食事を口に入れた。

「……美味しい。うん、焦っちゃ駄目だよね」

料理を食べているとゴロリーさんに励まされている感じがして、僕の沈んだ気持ちもゴロリーさんの作ってくれた料理を食べ終わる頃にはすっかり元に戻っていた。

「ゴロリーさんの料理って魔法みたいだな」

それから食べ終えた料理の食器を黒い霧へしまうと、まだ安全エリアの周辺にいるスライムを倒していないことに気がついた僕は、安全エリアから顔を出してスライムを探してみることにした。

すると少し先のところで、ちょうど天井からスライムが落ちて来るのが見えた。

それ以外にスライムの姿は見えなかったので、生ゴミを仕掛けていつも通りに倒したのだけど……。

「……レベルが九になっちゃった」

ここでまたレベルが上がって、身体に力が漲ってきた。

「祝福の首飾りって、魔力を吸収するって頭に浮かんでいたような……うん。明日試してみよう」

それから僕は安全エリアに戻って眠ろうとした時、食事前に【クリーン】を使っていなかったことを思い出した。

「……明日からは気をつけることにしよう」

それから目を瞑ったけどしばらくの間、エリザさんの顔が思い浮かんで中々眠ることが出来なかった。

目が覚めた翌日、僕はまずスライムを探して倒してみた。

すると思った通りレベルが上がった。やっぱり時間が経過すると、その分レベルが上がりやすくなるんだ。

「凄い、凄い。これなら無理をしないでも、十日に一度はスキルが取得出来るってことだよね？　ありがとう祝福の首飾りさん」

　僕は興奮して祝福の首飾りの恩恵に感謝を口にしながら、ゴロリーさん達に早く報告したいという思いで、急いで迷宮の外へ向かった。

　いつものように〝ゴロリー食堂〟でゴロリーさん達と一緒に食事をしている時に、祝福の首飾りの恩恵とグランさんの武器が今の僕では使えなかったことを話していた。

「じゃあクリス君は、一日に一匹のスライムを倒すだけで、十日後にはスキルと交換が出来るようになるのね」

　エリザさんは凄く真剣な表情をしているけど、少しだけ笑っているので喜んでいるように見える。

「はい。たぶんそうだと思います。でも引き換えるレベルが十では取れないスキルもあるんです」

「それはそうだろうが、クリスの固有スキルとその祝福の首飾りはとても相性が良かったんだな。冒険者だけじゃなく、戦いを生業にする者達にとっては喉から手が出る程欲しいスキルとアイテムだな。まぁ首飾りが他者からは見えない専用装備で良かったな」

「はい。本当に良かったです」

　もし祝福の首飾りが見えるものだったら、きっと大変なことになっていただろうし……。

「グランの武器についてはよく我慢したな」

「本当は使いたかったですけど、あのまま使っていたら怪我をしちゃいけないっていう約束を破ってしまうことになったと思うので……」

「クリス君は本当に素直でいい子だわ。新しく手に入れた装備を無理に使っていつも負傷していた誰かとは違うわ」

　エリザさんの視線がゴロリーさんを捉えていた。

「クリスに俺の経験が活きたってことだな。はっはっは」

「もう、調子がいいんだから」

　ゴロリーさんはエリザさんを見ないで笑っていた。

　エリザさんは怒っているような口調だったけど、笑っていて楽しそうだった。

　やっぱりゴロリーさん達は冒険者だったんだろうな。

　それにきっとゴロリーさんは自分の失敗したことを僕にさせないようにしてくれていることが良く分かった。

　するとゴロリーさんが急に真面目な顔になって口を開いた。

「だが、それなら明日起きてスライムを倒したら、新しいスキルを覚えられるようになるんだな？」

「はい。まずは［気配察知］と交換しようと思うんですけど、先に交換できるスキルを紙に書くことにします」

　少しだけ書くことが遅くて、外に出るのが遅れそうで怖いけど……。

「ああ。あ、でも全部書いている間に日が昇ったら不味いから、まずは［身体補助スキル］と［センススキル］だけでいいぞ。無理なら片方だけでいい」

「いいんですか？」

「ああ。クリスの為にやっていることで、クリスが大変な目に遭ったんじゃ意味がないからな」

ゴロリーさんは僕のことが全て分かっているみたいだ。

「そうよ。それにまだまだクリス君には時間があるんだから、そんなに急いで成長しようとしなくてもいいのよ。いつでも家で保護してあげられるんだから」

「ありがとう御座います、エリザさん」

エリザさんは本当に優しい……まるで……。

それ以上考えると泣いてしまいそうになるのが分かったのでグッと堪えた。

すると僕の様子を見ていたゴロリーさんはスキルを交換するタイミングを口にする。

「ただ前回の話を聞く限りスキルを交換するのは、迷宮の中でした方がいいだろうな」

「そうね。そうじゃないと、クリス君は身体が重いと感じたまま一日を過ごすことになるもの」

それはとても困る。

「えっと、それじゃあどうしたらいいですか？【エクスチェンジ】は明日の夜、迷宮に潜ってからですか？」

「ああ。それから明日の朝にスキルを書いたら、スキルを交換してスライムを倒した方がいいと思うぞ。それか俺が迷宮へついて行ってもいいと思っているが……どうだ？」

ゴロリーさんの提案に僕は少しだけ考えて、ゴロリーさんの目を見てしっかりと断ることにした。

「う～ん、ううん。僕一人で頑張ります」

「どうしてだ？」

「……きっと伝説の騎士もそうしたと思うから」

本当はゴロリーさんやエリザさんとずっと一緒にいると、寂しくなっちゃうからとは言えなかった。

それにゴロリーさんにだって大切な仕事があるのに、甘えてばかりもいられない。

「はぁ～、分かった。だが、何度も言っているが、少しでも怪我をしたら、迷宮には行かせないからな」

「そうなったら家に来るのよ？」

えっ？　いつの間にか、ゴロリーさんとエリザさんの家へ行くことになっていた。

「一生懸命頑張ります」

そう告げると二人はおかしそうに笑っていた。

「あ、そういえば、僕が前に連れてきたフェルがエリザさんに魔法を習いたいって話をしてましたよ」

「あの子ね……魔法を教えるのは少し難しいわ」

エリザさんはさっきまで笑っていたのに、急に笑顔では無くなってしまった。

「どうしてですか？」

「クリス君は魔法が使えるようになるとしたら、どんな魔法が使いたい？」

「人を守るための魔法です。昨日フェルと話をしていてそう思いました」

「そう。やっぱりクリス君はいい子だわ。でもあの子は……きっと魔法を人を攻撃するための手段として使う気がするの」

フェルのことを話す時、エリザさんはさっきと同じで少し悲しそうな顔をした。

「えっと、フェルは優しいですよ？」

「ええ、クリス君を助けてくれるぐらいだから優しいのは分かるわ。それでももう少し精神が成長しないと私が教えることは出来ないわ」

きっと僕には分からない何かがあるのかもしれないな。

エリザさんが意地悪で教えないなんてことはなさそうだし。

「エリザさん、困らせてしまってごめんなさい」

「ふふっ、いいのよ」

「僕も七歳になったら、エリザさんから魔法を教えてもらえるように頑張ります」

「ええ、でも無理はダメよ」

「はい」

そして食事を終えるとメルルさんが迎えに来てくれた。

それから迎えに来てくれたメルルさんと一緒に〝魔導具専門店メルル〟へと向かった。

そして魔石をお金と交換した後、メルルさんに昨日〝グラン鍛冶店〟で知り合ったカリフさんのことを聞いてみることにした。

「……それでそのカリフさんですが、グランさんの所に通っているんですよ」

「へぇ～、あのカリフがね……」

メルルさんはカリフさんのことを知っているみたいだった。

「あれ、メルルお姉さんはカリフさんのことを知っていたんですか？」

「うん。まぁ幼馴染よ。だけどもう十年以上は会っていないわね。私はしばらくこの街に居なかったから……」

幼馴染って、僕とフェルみたいな関係なのかな？

「そうなんですね。それで思いついたことなんですが、メルルお姉さんのお店にある、メルルお姉さんが価値を知らない物を、カリフさんに見てもらったらいいんじゃないかと……」

「……カリフか～。う～ん……その話は考えてみるわ。だけどカリフにはまだ内緒よ？」

前にメルルさんはお店に人をあまり入れたくないって言っていた気がするし、カリフさんのことはメルルさんに任せよう。

別に僕はカリフさんの味方というわけではないし、メルルさんを困らせたいわけではないからね。

「はい。それじゃあ今日も本を見せてもらってもいいですか？」

「ええ」

メルルさんは微笑んで僕を奥の部屋へ通してくれた。

そしていつも通り偉人伝を読みながら、伝説の騎士クリストファーがどんなスキルを持っているのかを想像して読んでいたら、メルルさんに声を掛けられた。

「クリス君、今日は生ゴミを回収に行かないの？」

「えっ、あ、もう外が明るい」

「ふふっ、一生懸命読んでいたのね」

「伝説の騎士の子供時代が面白くて……じゃあ、行ってきますね」

「はい、待ちなさい。新しい服に着替えて行きなさい」

「……はい」

こうして新しい服へと着替えた僕は、生ゴミの回収へと向かうのだった。

生ゴミを【回収】した僕は二軒目の〝イルムの宿〟で出してくれた料理を食べていた。

すると見ていたイルムさんが声を掛けてくれた。

「クリス坊、もしかして他でも料理を食べているのかね？」

「はい。今日はゴロリーさんのところで……」

「ほっほっほ。奴のところでとは、随分と気に入られているようじゃな」

僕が正直に伝えると、イルムさんは怒らずに嬉しそうに笑ってくれた。

「はい。ゴロリーさんにもエリザさんにも助けてもらっています」

「〝双斧の破壊神〟と〝雷姫〟がのぉ……それじゃあ朝食は余計な事になってしまうか」

それってゴロリーさんとエリザさんのことなのかな？　でもそんなことより食事がなくなることの方が僕にとっては重要だった。

「いえ、美味しいから全部食べられますよ。……それに持ち運べる料理も美味しいですし。特にパンは他と違って面白いから好きです」

せっかく用意してくれるのなら、勿体ないことはしたくなかった。

「ほっほっほ。童が大人に気を遣わなくても良いぞ。食事は楽しむもので、苦しむものではないのだから」

「ありがとうございます。イルムさん、僕はいっぱい食べて少しでも早く大きくなって、皆を守れるぐらい強くなりたいんです」

「こっちは礼をしているだけなのだから、気にしなくてよいぞ。しかしフォッフォフォフォ、いい心意気だの」

良かった。これで大きくなってからも食事を出してもらえるかもしれない。

そういえばさっきのこと、聞いてみようかな。

「それで〝双斧の破壊神〟と〝雷姫〟って何ですか？」

「知らんのか？　当時この街最強だった〝双竜の咢〟というパーティーがいた。あの二人にはそれぞれの特徴から通り名が付けられた。〝双斧の破壊神〟〝雷姫〟とな」

「そんなに凄かったんですか」

「ああ。たぶん今でも〝双竜の咢〟を越えるような冒険者パーティーはあるまい。だからこそクリス坊には少し期待している」

「そうなんですか？」

「ああ。あの二人が気に入っている人材じゃからな」

「ははっ、期待に沿えるようにまずは強く大きくしなやかに動ける身体を作りたいと思います」

「いい心掛けだ」

それからイルムさんに〝双竜の咢〟のことをもう少しだけ聞き、僕はゴロリーさんとエリザさんに認めてもらえるように頑張ることを決意して〝魔導具専門店メルル〟へ向け歩き出した。


ゴロリーさんが有名な冒険者だったってことは、やっぱり教えてくれたことをしっかりと守った方が僕の為になるのだと改めて感謝していた。

そんなに直ぐに身体が大きくなることはないだろうけど、地道に努力していけば、きっと大きくなることは分かった。

それに生ゴミを回収するだけで、お腹いっぱい食べられるようになったことを、固有スキルを授けてくれた神様に感謝していた。

それから僕はいつも通り〝魔導具専門店メルル〟へと戻って、本を読んで過ごし、メルルさんと一緒に食事をしてから、お昼寝して過ごした。

起きてからまた読書をして生ゴミを【回収】し二軒のお店を回って、お礼として貰った食事を【収納】して、暗くなるのを待ってから迷宮へと入り込んだ。

そしてスライムを倒したところでレベルが上がり、十レベルになった僕は安全エリアへ向かった。

明日レベルが上がることは分かっているんだから、焦らなくてもいいよね。

まずは文字がしっかり書けるか試してみよう。

それから僕は紙とインク瓶と筆を出した。

「あまり長く置いていたら迷宮の中に吸い込まれちゃうから、気をつけなきゃ……」

それから僕は何度か文字を書いてみたけど……きれいに掛けた文字は一つもなかった。

「字がうまく書けるスキルってありそうだよね……でもこれは練習しないと駄目だよね」

それにしてもこれで分かるかな？　僕は全く自信がなかった。

メルルさんが言っていたスキルの分かる本を借りてくれれば良かったかもしれない。

そんなことを考えてから、一応文字を書いていき、なんとか読むことが出来たことにホッとした。

その後はいつも通り魔石を集める為にスライムを倒すために安全エリアを後にした。


そして五十四目のスライムを倒したところで、食事休憩を挟むことにした。

今日はイルムさんが作ってくれた料理を食べてみようかな。

ウッ……苦いし、あまり美味しくない……でも、せっかく作ってくれたんだし……食べ終わる頃には目に涙を浮かべることになったけど、全部食べることは出来た。

「イルムさん、今回は何を入れたんだろ？　いつか変な物を入れそうで怖いな～」

……今度、苦いのは入れないようにお願いしてみよう。

僕はそう心に決め、少しだけ気持ち悪くなったので、しっかりと休んでから再びスライムに挑むことにした。

食事を残さなかったからなのか、それともしっかりと休んだことが良かったのか、九十三匹目のスライムを倒したところで、身体に力が漲った。

そう、何とレベルが十一になったのだ。

「やった。これなら明日慌てて迷宮から出なくてもいいよね」

僕は直ぐに安全エリアへと向かい、紙にゴロリーさんから言われた［身体能力補助スキル］と［センススキル］を書き出していく。

レベル十と引き換えに出来るスキルの数は［身体能力補助スキル］が十四、［センススキル］は少し多くて十七もあった。

それを紙に一つずつ書いた僕は、全て書き終えてから黒い霧に紙を【収納】した。

そして【エクスチェンジ】と念じた後で［気配察知］と交換したいと念じると、身体から力が抜けていくあの感覚がやってきた。

「ウウッ」

やっぱり身体が異常を感じるぐらい身体が重くなっているのが分かる。

僕はその場で少しの間蹲(うずく)ってしまった。

でも、これで［気配察知］を覚えたんだよね？　僕は目を閉じて気配を探ってみる……だけど、何も感じることはなかった。

「えっと、スライムがいないってこと？」

僕は何とか身体を起こして安全エリアから外へ顔を出すと、本当にスライムがいなかった。

「そんな……」

［気配察知］は正しかったけど、それからスライムが出てくるまで、僕はとても身体が重くて大変な思いをすることになるのだった。

その後、スライムをようやく一匹倒した僕は、レベルが上がり身体に力が漲っても、今日はもう動く気がおきず、直ぐに寝ることを決めた。

それでも眠る頃には、【エクスチェンジ】で二つ目のスキル［気配察知］を取得することが出来て良かったと思えた。


翌朝〝ゴロリー食堂〟でスキルを書いた紙を見せると、ゴロリーさんとエリザさんは少し困った笑顔で、僕が書いた文字を確認していた。

［気配察知］と交換したことはとても褒めてくれたけど、スキルを交換した後のことや、祝福の首飾りの話になるととても真剣な表情で相談に乗ってくれた。

こうして朝食の時間は終わったのだけど、いつもはスープをもらいに来るついでに迎えに来てくれるメルルさんが一向に姿を見せなかった。

「メルルお姉さん、遅いですね」

「そうね。いつもはもうとっくに来ている時間よね……」

エリザさんも心配しているみたいだった。

もし鍋を持って歩いているところをスラムの人達に見つかったら……そんな想像が浮かんでしまう。

「また朝まで魔導具でも作っているのかもなぁ……クリス、スープを持って行ってくれるか？」

「はい、分かりました」

「最近はクリス君がいるから、こんなこともなかったのにね。メルルちゃんがまた魔導具を作っていたら、私が無茶しては駄目だって言っていたことを伝えてくれるかしら」

「はい」

僕はゴロリーさんからスープが入った鍋を受け取り、黒い霧に【収納】すると、〝魔導具専門店メルル〟へ向かうことになった。


お店を出てから〝魔導具専門店メルル〟に着くまでメルルさんと会うことはなかった。

もしお店が閉まっていたら〝ゴロリー食堂〟へ戻ることも考えていた。

だけどお店の扉は開いていた。

「メルルお姉さん。いますか？」

僕は声を掛けてお店の中へと入っていくと、メルルさんが迎えに来なかった理由が分かった。

〝魔導具専門店メルル〟に珍しくお客さんがいたからだ。

「あ、クリス君、おはよう。いいところに帰ってきてくれたわ」

「おはよう御座います。何でカリフお兄さんが？」

お客さんの正体はカリフさんだった。

「やぁクリストファー君、おはよう」

「おはよう御座います。メルルお姉さん、ゴロリーさんとエリザさんが心配していましたよ」

僕はまだカリフさんにメルルさんの事を伝えていないのに……。

「ゴロリーさんの差し金よ……はぁ～」

困ったようにメルルさんはため息を吐いた。

「差し金とは人聞きが悪いよ。クリス君が私をいい人だと信じてくれたから、ゴロリーさんもこのお店の状況を教えてくれたんだし……」

「？？？」

何で僕の名前が出るんだろう？

「昨日の夜に親方と〝ゴロリー食堂〟へ食べに行ったんだけど、その時にメルルの話が出てね」

「せっかくクリス君が気を利かせてくれたのに、ゴロリーさんのせいで……後で絶対エリザさんに叱ってもらうわ」

う～ん、どうやらカリフさんは歓迎されていないみたいだ。

メルルさんから黒いオーラが出ているのを感じる。

「メルル、僕は商人として適正にこの店の商品を売ってみせるから、任せてくれないか？　もちろん給料は少しは欲しいけど、それ以上に商人としての勉強がしたいんだ」

カリフさんが真剣なことは伝わってきた。

たぶんカリフさんなら雑貨を売っていくことが出来ると思うな。

「……クリス君はどう思う？」

メルルさんは悩んで僕に聞いてきた。

大事なことなのに僕が決めてもいいのかな？

「う～ん、カリフお兄さんは嫌な感じはしないし、僕はいいと思います。メルルお姉さんが悩んでいるなら、前に僕とした契約の書？　で、契約すればいいと思うし……」

「あっ、その手があったわね。がちがちの契約内容にするけど、カリフそれでもいいの？」

「……内容次第かな」

強気に出たメルルさんに、カリフさんは苦笑いを浮かべていたけど、結局契約することを選んだ。

そしてその契約には、僕の能力を誰にも言わないことが密かに追加されていた。

もしそれを破って誰かに教えようとしたら、声を失うというとても重いものだったけど、カリフさんが迷うことなく受け入れたことに、メルルさんはとても驚いていた。

こうして僕の能力をカリフさんが知ることになっても、僕の日常が大きく変わることはなく……。

瞬く間に二年という歳月が過ぎていった……。

そして七歳になった僕はゴロリーさんから武術の基礎、エリザさんから魔法の基礎を教わり始めることになり、十歳になったフェルが騎士になる為、この街から出て行くことになった。

《了》

LEVEL RESETER

【特別収録】友達作り

LEVEL RESETER

迷宮に潜ることが日課になったある日、ゴロリーさんとエリザさんから休養するように勧められた。

「休養ですか？」

いきなりどうしたんだろう？　今までそんなこと言ったことなかったのに。

「ああ。クリスが毎日強くなるために迷宮に潜っていることは知っている。でも夜は迷宮の固い地面に寝ているし、疲れは蓄積しているものだからな」

ゴロリーさん達が作ってくれる料理もあるし、メルルさんから買った新しい服もある。

迷宮の地面は固いけどしっかりと眠れる。

だから僕が住んでいた家より、ずっと快適な生活は送ることが出来ている。

ただ今でも両親を思い出すと寂しくて涙が零れそうになるけど……。

「あまりそういうのは感じないですよ？　まぁそれも〝ゴロリー食堂〟と〝魔導具専門店メルル〟で昼寝をさせてもらっているからですけどね」

「たまには宿に泊まっても罰は当たらないんだぞ？　確かにスキルを取ることが出来るようになって楽しくなってきたと思うけどな」

ゴロリーさんには何もかもお見通しみたいで、隠し事は出来ないみたいだ。

確かに僕は今、新しいスキルを取得することが楽しくて仕方がない。

出来なかったことがいきなり出来るようになることが嬉しくて仕方がないのだ。

「そういえばクリス君、同年代の友達と遊んだりしていないわよね？」

会話に入ってきたエリザさんの言葉に僕の心は揺れた。

確かに僕が友達と呼べるのは孤児院のフェルと一度会ったことのある金髪の少女ティアリスだけだ。

他に友達はいない。

「……はい」

「何でそんなに落ち込んでいるの？　もしかしてメルルちゃんと同じなんじゃ？」

「フェ、フェルがいますよ」

でも確かに遊べる相手で思い浮かぶのはフェルだけで、お兄みたいに外で頻繁に遊ぶことがなかったから、顔見知りはいるけど友達はいないんだよね。

「確かにフェルノート君は友達だけど……そうだわ。クリス君、友達を作ってみるのはどう？」

「……友達ですか？　ええ。簡単に出来たら苦労はしないんじゃないでしょうか？」

「だから何でそんなに暗くなるの？」

「おい、クリスを追い込むな。そもそもクリスの性格からして、目的もなく知らない人達に話しかけることはないだろ」

「それもそうね」

「あの質問なんですけど……」

「何でも聞いて」

「友達ってどうやって作るんですかね？　フェルの時はきっかけがありましたけど……」

「「……」」

二人は顔を見合ってしまった。

そしてゴロリーさんがこちらへ顔を向けて話し始める。

「クリスは前に〝エヴァンス〟で女の子と友達になっていただろ?」

「はい。ティアリスのことですね」

「そうだ。あの時はすんなりと友達になれただろ? きっかけは単純だぞ」

あの時はティアリスが困って泣きそうだったから、助けて上げたいって思ったから声を掛けたんだっけ。

フェルの時は最初に助けてもらって、次はこっちが助けて、また助けられて一緒にいるのが楽しかったから友達になったんだっけ。

それじゃあ友達になるっていうのは助けた人なのかな? 何だか少し違う気もするけど、一緒に遊びたい人と遊べれば友達なのかな?

「ゴロリーさん、エリザさん、友達って何ですかかね?」

「「えっとどうした(の)クリス(君)」」

「僕が友達になったのは人助けしたりされたりした時だったんです。フェルと友達になった時も僕が困っているのをフェルが助けてくれたし、ティアリスの時は僕が助けたし。困っている人を助けたいって思ったら友達なんですかね?」

二人はまた顔を見合ってしまった。

僕は何か間違ったことを言ったのかな?

小声で拗らせたら……って聞こえてきたけど？

すると二人が友達探しについて話し始めた。

「……子供限定になるけど、迷子を助けた後にまた会ったり、遊んだりしたいと思える関係だな。それにあくまでも友達探しだから、変に気遣わなくてもいいんだぞ」

「でも迷子とかならいいけど、大事になりそうだったら、相談は必ずして欲しいわ」

じゃあ友達を作るまで、僕は休養日を作ることになるってことなのかな。

僕はそれよりもフェルと遊んだり、ティアリスが遊びに来てくれたりする方が嬉しいんだけどな……。

「分かりました。でも一日一回は迷宮に入りたいです」

「ああそれは分かっている。でもレベルを上げる以外でクリスが迷宮に入る理由は、正直もうあまりないだろ？」

「そんなことないですよ。今はまだお世話になっていますけど、冒険者になるとお金がかかるってイルムさんが教えてくれましたから」

「クリスは今、一日でだいたい銀貨三枚の収入があるのは分かっている。しかも元手は掛かっていない。じゃあ他の冒険者見習いは一日にいくら稼ぐか分かるか？」

それは考えたこともなかった。

「分からないです」

「そうだよな。だから常識に囚われない柔軟な発想で、自分なりのスライム攻略法を見つけたんだから。答えは良くて銅板数枚だ」

「えっ、そんなに少ないんですか？　それだったら宿だってギリギリ泊まれるかどうかですよ？」

「そうだ」

お兄は稼ぐって言っていたけど、それじゃあ冒険者になって稼げる保証はなかったんだね。

お兄も固有スキルを持っていれば、お父さん達のことを心配しなくてもいいって思えたけど、不安になってきちゃったよ。

「それでも冒険者になる人は多いですよね？　それでもですか？」

「それが現実だ。まぁ大半は見習い期間中、冒険者に指導してもらってレベルを上げることになるから、稼げるのはちゃんと冒険者になってからだな」

初めて知った。誰かがスライムの倒し方を教えてあげればいいんだけど、一階層に人が多くなって安全エリアで眠れなくなったら困るから僕は言えないけど……。

すると僕の考えが分かったのか、ゴロリーさんは魔物の説明をしてくれる。

「まずスライムと戦えば服や靴が溶けてしまうから、二階層からの攻略になる。そこに出て来るのはワームという魔物だ」

「はい。それは前に冒険者ギルドのマリアンさんに聞いたことがあります」

「そうか。そのワームという魔物はスライムよりも倒しやすい。だからある程度レベルが上がるまではワームと戦うんだ。冒険者は焦った者から大抵は脱落して一年後には冒険者を止めることになるのさ」

「それは人それぞれよ。冒険者だった人が料理人になったり、商人になったり……スラムの住人になることもあるわ」

　ゴロリーさんとエリザさんの言葉には、何だか説得力があった。

「僕ももし将来怪我をして冒険者を諦めなければいけなくなったら、他にも出来ることを探しますね」

「ああ。クリスなら大半のことが出来そうだからな。なんなら料理人になってみるか？」

「何を言っているの？　魔法を使えるようにするんだから、その発想力で人を助ける仕事が向いているわ」

　将来か……出来れば伝説の騎士が歩めなかったトップランカーっていうのになってみたいな～。

「それじゃあ今日の迷宮探索は少しにしておきますね。今のレベルは九なので、ちょっとだけ潜ります。それで明日の早朝にまた少し潜って【エクスチェンジ】を使います」

「そうか。どこに泊まる？　〝イルムの宿〟でも〝エヴァンス〟でも泊まれるぞ？」

　〝高級宿エヴァンス〟はその名の通り高いけど……。

「折角なので〝高級宿エヴァンス〟に泊まります」

「そうか。じゃあエドガーにも連絡をしておこう」

「お願いします。じゃあ行ってきますね」

「スラムの奴らには気をつけろよ」

「頑張ってね」

「はい」

「「行ってらっしゃい」」

こうして二人に見送られて、迷宮探索を始めてから初の休養日を過ごすことになった。

街は太陽の光が降り注いで、もう明るくなっていた。

何だか今日はいいことがありそうだと思っていると、僕の足はいつも通り〝魔導具専門店メルル〟へ向いていていた。

「あ、そうだった。大型魔導具の魔導冷蔵庫を開発しているから、今日から三日間は〝ゴロリー食堂〟で過ごすことになっていたんだっけ」

カリフさんが付けた札がいつもなら〝ＯＰＥＮ〟なのに、今日は〝Ｃｌｏｓｅ〟になっていた。

どうしようかな……［気配察知］と［魔力察知］は覚えているから、久しぶりに歩いてみようかな。

そう思って歩き出すと、路地裏から走って出て来たフェルの姿が見えた……と思ったら、僕に気付いてこちらへと駆けて来た。

息を弾ませたフェルは疲れていそうだったので、僕から声を掛けることにした。

「やぁおはよう剣聖フェルノート」

「はぁ、はぁ、おはよぅ、伝説の騎士クリス」

「何でそんなに慌てて走っていたの？　誰かいなくなったの？」

「いや、何だか昨日知り合った奴に追われているんだよ」

「誰に？」

「それが、あ、来た」

フェルが振り向きながら言葉を発しようとすると、茶髪の女の子がこちらへと走ってきた。

「待ちなさ～い！」

よく見たらフェルよりも少し背の高い子だった。

全力で走ってはいないみたいだけど、結構速く走るんだな～。

そして何故か木剣を二本持っていた。

「それであの子は？」

「良く知らないんだけど、この街を守る騎士の娘らしい」

「それで何で追われているのさ？」

フェルとはあまり接点が無さそうなのに。

「それは……『私にまぐれで剣の勝負に勝ったからですわ』らしい」

フェルが話そうとしたところで、女の子にも僕の質問が聞こえたのか、フェルの言葉に言葉を被せて来た。

「さすが剣聖フェルノートだね」

騎士の娘さんなら、少しは習っているんだろうし、独学で勝つなんて本当に凄い。

「それで何で知り合ったの？」

「クリスと会った時と一緒で迷子だよ」

それならフェルが助けるのも分かるな。

「私を除け者にしないで」

「人をスラムの孤児扱いしたくせに」

僕は女の子の顔を見た。

フェルにスラムの孤児扱いをしたら、怒らせてしまうのも無理はない。

でも何でフェルが逃げていたんだろう？

「それはもう謝りました。さぁフェルノート勝負です」

「嫌だよ。昨日あれからシスターにどれだけ怒られたと思っているんだよ」

「そういうことか」

納得がいった。シスターに怒られるのをフェルは嫌っているからね。

すると女の子がこちらを見下ろして怪訝そうな顔して言った。

「……このおチビさんも孤児院の子ですか？」

「……その勝負僕が受けるよ。そしてチビって言ったことを謝ってもらう」

チビって言われたのは、お兄以来だった。

それもおチビは僕を馬鹿にする時だけ使う言葉だった。

「おいクリス、相手にするなよ」

フェルは面倒事に頭を悩ませているみたいだったけど、僕にも譲れないものがある。

「大丈夫だよ。僕は剣聖じゃないけど、目指している人はいるから」

「でもさすがにここじゃ不味いぞ？」

「なら直ぐ側に空き地がありますから、そこでやりましょう。おチビちゃんに勝ったら、次は貴方ですよ。フェルノート」

またおチビと言われてしまった。

「……」

「分かったよ」

そして僕達は誰もいない空き地へと移動する。

「はぁ～じゃあどちらかが木剣を落とすか、攻撃があたったら終わりだ。首から上の攻撃は禁止な」

「「はい」」

女の子は僕よりもずっと背が高い……羨ましい。

きっとこの女の子ぐらいの身長があれば、ゴロリーさんから武術を習えるのに……。

僕はいつものように木剣を振り下ろす構えを取った。

相手は困惑していたけど、何も言わなかった。

そして――。

「始め」

フェルの合図とともに、女の子が僕に近づいて胸へ木剣を突いてきた。

僕はそれがしっかりと見えていたので、思いっきり木剣を振り下ろした。

「きゃあ」

ガンッと鈍い音が鳴ったところで、女の子は突いてきた木剣を手放してしまった。

「僕の勝ちだね」

「勝者クリス……クリスやるな」

「たまたまだよ」

僕とフェルはハイタッチをした。

そして女の子に目を向けると俯いて「小さい子にまで負けた」と震えていた。

フェルは首を振って溜息を吐いたので、僕が話すことにした。

「お姉さん、まず僕はチビと言われるのが嫌いです。無意識かもしれませんがそれは僕にとって侮辱なので謝ってください」

「……ごめんなさい」

「はい、許しました。それと僕はまだ五歳ですけど「剣術スキル」を習得しています。お姉さんは僕を侮っていましたよね？　それが敗因ですよ」

「そんなに……強(小さくても)い人はいるのね」

「僕の名は伝説の騎士と同じでクリストファーです。友達や親しい人からはクリスと呼ばれています。

お姉さんは？」

「私はユーリよ」

「それではユーリお姉さん、僕と友達になりましょう。友達になったらユーリと呼ばせてもらいますけどね」

「……よろしくクリス君」

「おいおいクリス。なんでそんなのと友達になるんだよ」

「フェル、友達になればいきなり木剣を持って、朝早くから孤児院に来たりはしないですよ。人の嫌がることをしないのが友達ですから」

「おおっ、それはいいな。よし、ユーリ。俺も友達になるぞ」

「それは断るフェルノート。私はフェルノートの剣のライバルになる。ちょうど同じ歳だし、私を初めて負かした相手ならライバルが一番相応しい。さぁ手の痺れは収まったから、今度はフェルノートと戦うぞ」

「……」

フェルは絶句して逃亡しようとしたけど、ユーリが逃がさなかった。

ただ大人がいないところで剣を交えることが禁止されていたため、二人が戦う時は、僕達は三人で遊ぶことになった。

そして僕に三人目の友達が増え、そのことをゴロリーさんとエリザさんに報告すると、二人はとっても喜んでくれた。

そして〝高級宿エヴァンス〟で寛ぎ、英気を養った僕は、翌日まだ日が昇る前に迷宮へと入り［剣術スキル］を【エクスチェンジ】で取得した。

「まさかレベルが高いからなんていう訳にいかなかったからね」

こうして僕は友達を作ろうとすれば作れるという実績を残し、新しいスキルを得るため、迷宮に潜り続けてゴロリーさんとエリザさんに呆れられてしまい、二人に再度休養日を設定されることになるのだった。

《特別収録・友達作り　了》

あとがき

お久しぶりです、または初めましてブロッコリーライオンです。

この度は『レベルリセッター　クリスと迷宮の秘密1』を手に取って下さり、誠にありがとう御座います。

本作は『小説家になろう』で公開しているWEB版と大筋は同じですが、大幅に加筆修正していますし、所々変更点もありますので、WEB版を知っていらっしゃる方にも楽しんでいただけたのなら幸いです。


あとがきなのですが、感謝以外の何を書いたらよいのかとても悩んでいます。

そこで少しだけレベルリセッターの裏話？　をさせていただきます。


実のところ作者はレベルリセッターのWEB版を公開した当初、書籍化の打診がくるとは考えてもいませんでした。

何故なら本作のWEB版は、作者がプロットを書いてから執筆した初めての作品だったのですが、そのプロットの出来があまりに酷かったからです。


内容は主人公が奴隷商人にゴミ捨て場に捨てられたところで前世の記憶を取り戻し、徐々に力をつけて無双していく異世界転生もののストーリーだったのですが、展開が雑でキャラクター達にもまるで人間味もありませんでした。

それでもせっかく書いたプロットが八万文字もあったので、捨ててしまうにはあまりに勿体ないという理由から、キャラクター名やアイディアを活かしつつ、少しでも楽しめる作品へと改稿してから、新しい作品を執筆しようと思っていました。

本当に自己満足での改稿だったので、書籍化の打診をいただいた時には驚きのあまり固まってしまった記憶があります。

ですので、この場にてこの本を生み出す原動力を下さった皆様に謝辞を送らせていただきます。

いつもWEB版を読んで応援して下さっている皆様のご感想が、プロットからWEB版へと継続して改稿するための原動力となってくれました。

きっと皆様のご感想がなければ、途中で筆を折ることになっていたことでしょう。

本当にありがとうございます。今後もよろしくお願い致します。

素晴らしいイラストを描いて下さったｓａｒａｋｉ様、これからも我儘を言うかもしれませんが、宜しくお付き合い下さい。

書籍化の声を掛けて下さった編集担当のＥ様。Ｅ様が根気よく編集作業にお付き合いしていただいたおかげで、この本が生まれました。

今後もご迷惑をお掛けすることになると思いますが、今後も面白い作品になるようお付き合い下さいませ。

そして最後に、当書籍『レベルリセッター　クリスと迷宮の秘密１』を手に取り購入して下さった方々。

お読みいただき楽しんでいただければ幸いです。

今後も楽しんでいただけるよう、尽力して参りますのでよろしくお願い致します。

皆様に多大なる感謝を！

ブロッコリーライオン

レベルリセッター

クリスと迷宮の秘密 1

発 行
2017 年 4 月 15 日 初版第一刷発行

著 者
ブロッコリーライオン

発行人
長谷川 洋

発行・発売
株式会社一二三書房
〒 102-0072 東京都千代田区飯田橋 2-14-2 雄邦ビル
03-3265-1881

デザイン
Okubo

印 刷
中央精版印刷株式会社

作品の感想、ファンレターをお待ちしております。

〒 102-0072 東京都千代田区飯田橋 2-14-2 雄邦ビル
株式会社一二三書房
ブロッコリーライオン 先生／ saraki 先生

乱丁・落丁本は、ご面倒ですが小社までご送付ください。

送料小社負担にてお取り替え致します。但し、古書店で本書を購入されている場合はお取り替えできません。

本書の無断複製（コピー）は、著作権上の例外を除き、禁じられています。

価格はカバーに表示されています。

©Broccoli lion

Printed in japan, ISBN 978-4-89199-430-3

※本書は小説投稿サイト「小説家になろう」（http://syosetu.com/）に
掲載された作品を加筆修正し書籍化したものです。